長編時代小説

# さむらい

## 青雲の剣

鳥羽 亮



祥伝社文庫

# 目次

母へ

# 第一章　切腹

## 一

ゴトッ、と音がした。庭に面した雨戸の方である。座敷にいた五人の男たちは、一瞬動きをとめ、互いの顔を見合って耳をそばだてた。

風があった。その風に折れた枯《か》れ木の枝が、雨戸に当たった音かと思ったがちがうようだ。何者かが雨戸を外《はず》したのかもしれない。ほかにも、屋敷林を吹き抜ける風音のなかに異質の音があった。跫音《あしおと》である。それも、ひとりやふたりではなかった。大勢が、玄関先や庭の方からこの座敷へむかって近付いてくる。

「多勢でござる」

秋月平八郎《あきづきへいはちろう》はかたわらの刀を引き寄せた。

燭台《しょくだい》の明かりに浮かび上がった五人の顔に、緊張が疾《はし》った。居合わせたのは、奥州倉《おうしゅうくら》田《た》藩十三万石の家老小島庄左衛門《こじましょうざえもん》、先手組頭《さきてぐみがしら》高柳定次郎《たかやなぎさだじろう》、御使番《おつかいばん》佐野三郎《さのさぶろう》、先手組福《ふく》地《ち》伝右衛門《でんえもん》、それに大目付《おおめつけ》の秋月である。

秋月以外の男たちも、かたわらの刀を手にした。座敷の隅に置かれたふたつの燭台の炎が激しく揺れ、左右に散った男たちの影が錯乱した。男たちの動きで、大気が乱れたのである。

「酒井《さかい》どのの手の者か」

小島が細い唇を震《ふる》わせて言った。こわばった顔に憤怒《ふんぬ》の色がある。歳《とし》は四十がらみ、小柄で痩身《そうしん》だが、細い双眸《そうぼう》には能吏《のうり》らしい鋭いひかりがあった。

「おそらく」

秋月が立ち上がり、すばやく股立《ももだち》を取った。その動きにつられたように、福地と佐野も刀を腰に差し、股立を取った。

跫音はしだいに近付いて来る。すでに侵入者たちは外した板戸から屋敷内に入ったらしく、廊下を歩く音や襖《ふすま》を開ける音なども聞こえてきた。ひと部屋ごとに住人を調べながら近付いてくるようだ。

「この場は逃げるしかない。秋月、ご家老をお守りしろ」

この屋敷の主であり、場のまとめ役だった高柳が命じた。

ハッ、と答えて、秋月は小島のそばに立った。秋月は三十半《なか》ば、倉田藩では名の知れた東軍流《とうぐん》の遣《つか》い手であった。高柳は、腕の立つ秋月に敵刃から小島を守らせようとしたのである。

秋月は腰を低くして、一尺八寸（約五五センチ）ほどの刀を抜き放った。通常大刀の定寸は二尺二、三寸（約六七～七〇センチ）とされるから、かなり短い。

東軍流は川崎鑰之助《かわさきかぎのすけ》なる者が、上州白雲《はくうん》山（妙義《みょうぎ》山）に籠《こも》って妙旨を得たとされる刀術で、代々の伝承者が諸藩へ伝え、倉田藩にも根を下ろしていたのである。

鑰之助は富田勢源《とだせいげん》から小太刀を学んでいたので、東軍流でも小太刀の寄り身や太刀捌《さば》きなどを取り入れていた。

富田勢源は中条《ちゅうじょう》流小太刀の嫡伝《ちゃくでん》である富田流の達者である。勢源は流祖である富田九《く》郎左衛門《ろうざえもん》から数えて三代目にあたる富田家の嫡男で刀術にもすぐれていたが、眼病のため弟に道統を継がせ剃髪《ていはつ》して勢源と号した。

秋月の大刀が短かったのは、中条流からの流れを汲《く》む小太刀の妙技を生かすためであった。

「灯《ひ》を消せ！」

高柳が燭台のそばにいた福地と佐野に命じた。

跫音は廊下で聞こえ、五人のいる座敷へ迫っていた。人声と障子《しょうじ》や襖を開ける音なども聞こえた。遠く台所の方で、女のひき攣《つ》ったような叫び声がした。女中部屋にいる下女が、侵入者に気付いたようだ。

部屋の隅にあったふたつの燭台の灯が消えると、一瞬座敷は漆黒《しっこく》の闇《やみ》につつまれた。五人は闇のなかに身を低くして、気配をうかがった。

辺りは静寂につつまれた。突然明かりが消えたため、侵入者たちも動きをとめたらしい。だが、次の瞬間、雨戸を破れ！　という甲高《かんだか》い声がし、戸を蹴破《けやぶ》る激しい音がひびいた。それとともに、仄《ほの》かな青白いひかりが障子を照らし、複数の人影が映《うつ》った。月光が射したのである。だが、月明かりは座敷まではとどかなかった。
五、六人の武士らしい人影は、庭に面した廊下に集まっているらしい。いっとき、跫音や人声がやんで静かになったが、すぐに、こっちだ！　という声とともに人影が動き、五人のいる座敷の方へ足早に近寄ってきた。庭の方から迫ってくる灯も見えた。提灯《ちょうちん》を手にしている者もいるらしい。
「玄関へ！」

高柳が低い声で指示した。

家老の小島をなかほどにして、五人は襖を開け隣の部屋へ駆け込んだ。侵入者のいる廊下を使わず、部屋伝いに玄関まで逃れ、そこから屋外へ脱出しようとしたのだ。

だが、五人の動く気配を感じ取ったらしく、

「いた、こっちだ！」

叫び声とともに、三人の敵が踏み込んできた。三人の背後に提灯を手にしている者がおり、踏み込んできた男たちの姿を闇のなかに浮かび上がらせた。

いずれも戦闘装束《しようぞく》である。抜き身をひっ提《さ》げている者と槍《やり》を手にしている者がいた。三人とも襷《たすき》で両袖《りようそで》を絞り、裁着袴《たつつけばかま》に武者草鞋《わらじ》、柿色《かきいろ》の鉢巻《はちま》きをしている。藩士らしいが、名を知らぬ者たちだった。

「こ、ここは、われらが！」

急に福地と佐野が、反転して立ち止まった。

敵を迎え撃つ気のようだ。ふたりとも極度の興奮で顔がこわばり、両眼はつりあがっていた。前に突き出すように構えた刀身が、笑うように震《ふる》えている。

「頼むぞ」

高柳が言い、福地と佐野をその場に置いて三人は玄関の方へむかった。

踏み込んできた三人は福地と佐野のまわりに立ち、腰を低くして切っ先や穂先をむけてきた。殺気だった目をし、足裏を擦《す》るようにして間を狭《せば》めてくる。

タアッ！

突如、槍を手にした武士が、福地に突き込んできた。

福地は背後に身を引きながら穂先を払おうとしたが、槍の刺撃のほうが迅《はや》く、脇腹に刺さった。

福地は、グワッという呻《うめ》き声を上げてよろめき、一間（約一・八メートル）ほど後ろの柱に背を当てて体をささえた。槍は腹部に刺さったままである。

槍を手にした武士が攻撃を仕掛けるのと同時に、他のふたりの武士も動いた。まず、佐野の左手にいた武士が、甲声《かんごえ》を上げながら肩口へ斬《き》り込んできた。

その肩口への斬撃を、佐野は下から撥《は》ね上げ、返す刀で袈裟《けさ》に斬り落とした。その切っ先が横鬢《よこびん》のあたりをとらえ、髪を付けたまま肉が削《そ》げ、耳が飛んだ。

ギャッ、と絶叫を上げて、左手の武士が後じさる。半顔が赤い布を当てたように真《ま》っ赤《か》に染まった。

が、次の瞬間、佐野の右手に衝撃が疾《はし》り、刀を取り落としていた。正面にいた武士が踏み込んできて刀身を横に払ったのだ。手首のあたりを斬られ、ぱっくり開いた傷口から白い骨が覗《のぞ》いていた。一瞬、間を置いて傷口から迸《ほとばし》るように血が噴出する。

「お、おのれ！」

叫びざま、佐野は左手で小刀を抜こうとした。

そこへ、喉《のど》のひき攣《つ》ったような声を上げ、正面にいた武士が刀身を振り上げざま斬りつけてきた。その斬撃が佐野の首根に入った。

ドスッ、という鈍い音とともに佐野の首がかしげ、血が噴き上がった。佐野は呻き声を上げながら、その場にくずれるように尻餅《しりもち》をついた。首根から血が噴出し、見る間に全身が血に染まっていく。

障子や板壁が小桶《こおけ》で撒《ま》いたように血飛沫《しぶき》に染まり、座敷も血の海だった。そのどす黒い血海に、佐野はがっくりと首を前に落とし、座り込んだまま動かなかった。すでに、絶命しているらしい。

「ふたりは仕留めた。三人を逃がすな！」

槍を持った武士が声を上げ、玄関の方へ走った。もうひとりの武士が血刀をひっ提げて後を追ったが、横鬢《よこびん》のあたりを削がれた男は、顔に袖口を押し当て呻き声を上げてうずくまったままだった。

二

秋月、高柳、小島の三人は、玄関から外へ飛び出した。

その気配を察知したらしく、いたぞ！　という叫び声とともに跫音がし、三人の武士が、前方をふさぐように駆け寄ってきた。座敷に侵入した者たちと同じように戦闘装束に身をかためている。

さらに、砂利《じゃり》を踏む音とともに、庭の方から走り寄る何人かの人影が見えた。抜き身が、夜陰に鈍い銀光を曳《ひ》いている。

「うぬら、酒井どのの手の者か」

小島が怒りに声を震わせて誰何《すいか》した。

「問答無用！」

叫びざま、小島の右手に立った武士が斬り込んできた。

刹那《せつな》、スッと秋月の体が小島の前に出て、横に払うように閃光《せんこう》が疾った。迅い。流れるような体捌《たいさば》きである。一瞬裡《り》に、秋月は斬り下ろそうとした武士の胴を薙《な》ぎ、脇へすり抜けていた。

斬られた武士は、その場に腹を押さえてうずくまり、獣《けもの》の唸《うな》り声のような呻吟《しんぎん》を漏らした。

「ご家老、こちらへ」

秋月は、そのとき右脇から斬り込んできた武士の斬撃をはじき上げ、小島を表門の方へ逃がした。

その間に、高柳はもうひとりの武士の一撃を後頭部に受け、元結《もとゆい》が切れてざんばら髪になっていた。頭皮を削がれ、頬《ほお》や肩口が血に染まっている。だが、傷は浅いらしく、新たに駆け付けた数人の武士へ必死に刀を揮《ふる》っていた。

「秋月、ご家老を逃がせ！」

高柳は鬼のような形相《ぎょうそう》で叫んだ。

「高柳さまも！」

「おれはここで食い止める。行け！」

秋月はうなずき、反転して小島の後を追った。背後で短い気合と刀身の触れ合う音がした。秋月の後を追おうとした武士へ、高柳が斬りつけたようだ。

表門の前で、秋月が小島に追いついたとき、背後で絶叫が聞こえた。高柳が討《う》たれたようだ。

「ご家老、ともかく、お屋敷へ」

小島の屋敷は、ここから数町（数百メートル）しか離れていなかった。屋敷まで逃げれば家士もいるし、場合によっては馬も使える。

「分かった」

「走りますぞ」

ふたりは、懸命に走った。背後から跫音が迫ってくる。追っ手である。表門を出て一町（約一〇九メートル）ほど走ったとき屋敷林の闇にまぎれて、ふたりは脇道へ入った。武家屋敷の間の狭い露地である。遠回りになるが、追っ手をまくためであった。

思ったとおり、後を追ってきた跫音が、通りをそのまま小島の屋敷の方へむかっていく。

「お、おのれ、酒井め……」

闇の濃い露地を通りながら、小島は身を震わせて憤怒の声を漏らした。追っ手をまいたという安堵《あんど》から、酒井に対する怒りが胸に込み上げてきたようだ。

狭い露地は、すぐに次の通りへ出た。しばらく歩くと築地塀《ついじべい》をめぐらせた武家屋敷が通りの左右に見えてきた。この辺りは森山町《もりやま》と呼ばれる上級家臣の屋敷のある地域だった。小島の屋敷も、この地域の一角にある。

自邸の長屋門が見えてきたとき、ふいに小島が、

「ここにも、手が……」

絶句して、足をとめた。

見ると、門前に三、四人の人影がある。月光に浮かび上がった姿は、鉢巻き襷がけの武士たちであった。

そのとき、いた！　こっちだ、という声がし、背後から駆け寄る複数の跫音が聞こえた。高柳の屋敷から追ってきた者たちが、ふたりに気付いたようだ。前方には屋敷を囲んだ者たちがいる。道の前後をふさがれ、左右は武家屋敷の築地塀と長屋になっていた。逃げ場がない。

「ご家老、拙者《せっしゃ》の後ろへ」

秋月は何とか斬り抜けるよりほかないと思った。

「大勢過ぎる」

「……」

「これまでのようだな」

小島は口をかたく結び、目を瞠《みひら》いていた。顔は蒼《あお》ざめていたが、覚悟を決めたらしく動揺は見られなかった。

「捕らえられるよりほかあるまい。あの者どもに、斬り殺されるよりましだろう」

小声でそう言うと、小島は静かに自邸の方へ歩きだした。

「お供、つかまつります」

秋月は血糊《ちのり》のついた刀身を懐紙で拭《ぬぐ》い、納刀すると、小島の後に従った。道の前後から、武装した男たちがばらばらと駆け寄ってきた。

三

天保《てんぽう》三年（一八三二）三月（旧暦）上旬。

慶林寺《けいりんじ》の山門のちかくに、人だかりがしていた。周辺の百姓や半農の下級藩士たち、それに女、子供も混じっていた。

慶林寺は山裾《やますそ》にある古刹《こさつ》で、周辺を鬱蒼《うっそう》とした杉や檜《ひのき》の杜《もり》に囲まれた寂《さび》しい地にあり、葬儀時でもなければ、滅多《めった》に人の集まるような場所ではなかった。人々の装束《しょうぞく》は野良からそのまま集まってきたような粗末なもので、何か特別な催事があるようにも見えなかったし、むろん葬儀でもない。

山門をくぐると、境内《けいだい》に荒縄がまわしてあり、縄の前に七、八人集まっていた。いずれも武家らしいが、老武士や女、子供の姿もあった。こちらも質素な身装《みなり》で、肩を落とし顔には悲哀と苦悩の濃い翳《かげ》が刻《きざ》まれていた。

人々の陰鬱《いんうつ》なたたずまいに比して、頭上には抜けるような明るさと清々《すがすが》しさがあった。桜《はな》である。境内の隅に、一本だけ山桜の大樹があり、爛漫《らんまん》と咲きほこっていた。辺りは杉や檜の常緑樹が多いせいか、そこだけ白く燃え上がるように輝いていた。すでに満開で、かすかな風で、ひらひらと白い花弁が舞い落ちてくる。

だが、その桜を見上げる者はいなかった。そこに集まった人々は押し黙ったまま視線を足元に落としている。

その桜の幹のそばにふたりの男が立っていた。ひとりは武家のようだが、まだ前髪姿の少年で、もうひとりは粗末な身装の下男と思われる初老の男だった。

少年の名は秋月信助《しんすけ》、秋月平八郎の嫡男《ちゃくなん》であった。信助に連れ添っている男は、秋月家に長年仕《つか》えている下男の孫七《まごしち》である。

「孫七、父上にはお会いできるだろうか」

信助がかたわらの孫七に小声で訊《き》いた。しっかり目を瞠《みひら》いていたが、肌は土気色をし唇にも血の気がなかった。

「……おらには分からねえだが、お姿を見ることはできますすべえ」

孫七は涙でしょぼしょぼさせながら、本堂の前の方に目をやった。

そこには、本堂の階《きざはし》から数枚の筵《むしろ》が縦に並べてあり、その先に方形に砂が撒《ま》かれ、砂の上に畳二枚が敷かれ白布をかけてあった。その後方には、床几《しょうぎ》や水の入った小桶《こおけ》などが並べてある。さらに本堂の隅の方に目をやると、数人の中間《ちゅうげん》と思われる男たちが控《ひか》えていて、棺桶らしい物が三つ置いてあった。

切腹場であった。それも三人分準備されている。

「介錯人《かいしゃくにん》がいるのだろうな」

また、信助が問うように孫七を振り返って見た。

「………」

孫七は涙ぐんだ顔で、うなずいただけだった。

秋月たちが、高柳邸で武装集団に襲われてから、一月《ひとつき》の余が経《た》っていた。あの夜、高柳定次郎、佐野三郎、福地伝右衛門は斬り死にし、秋月と小島庄左衛門は捕らえられ、酒井の手で小島邸に幽閉されていた。

詳《くわ》しい事情は、藩士にも知らされなかったが、藩の改革をめぐって執政者の間で対立があり、中老の酒井兵庫《ひょうご》が手の者に命じ、その日小島派が密会していた高柳邸を奇襲したのである。むろん、単独でやったわけではなく、藩主松木駿河守直勝《まつきするがのかみなおかつ》の許しを得ての行動であった。

理由は、小島一派が藩改革の名を借りて私腹を肥やすために藩政を動かしたこと、二の丸御殿再建にかかわって工事費を横領したこと、さらに藩の世継ぎに関して陰謀があったこと、などの罪状とされたが、真実かどうか定かではなかった。

酒井は中老ながら直勝の寵臣《ちょうしん》で、直勝が酒井からの讒訴《ざんそ》をそのまま鵜呑《うの》みにし、激怒して小島派を捕らえるよう命じたとの噂《うわさ》もあった。

そして、捕らえられたり処分されたのは小島たち五人だけではなかった。小島派として動いていた小島の弟で用人の小島槙右衛門《まきえもん》、徒組頭《かちぐみがしら》の鳴海新八《なるみしんぱち》、そして郡《こおり》奉行で、小島の甥《おい》の小島六郎《ろくろう》の三人にもそれぞれ申し渡しがあった。

合計八人のうち、生き残った五人の処分は次のとおりである。

小島庄左衛門は切腹、家禄は千石から五百石に半減する。小島一族の槙右衛門は御役御免のうえ、八百石から五百石へ減石、小島六郎は何度も謀議にくわわったことで、切腹のうえ、家禄は半減。

秋月と鳴海は同じ処分で、本人は切腹のうえ家禄は高百石から雀《すずめ》の涙ほどの十俵に激減された。倉田藩では士分の最下級である足軽が三十俵だったので、足軽以下の微禄ということになる。残された家族は、中級家臣から一気に扶持《ふち》米だけでは生きていけない最下級の身分に落とされたわけである。

そして、この日、小島庄左衛門以下四人が切腹することになっていた。

家老という重職にあった小島は、栄松寺《えいしょうじ》という小島家の菩提《ぼだい》寺で屠腹《とふく》することになっていたが、秋月たち三人の切腹は、城下から離れた山裾の慶林寺で執行されることになった。そして、藩から各家に、それぞれの死を見届けてから死骸《しがい》を引き取るよう指示があった。そのさい、各家から三人ほど慶林寺に来てもよいとの沙汰《さた》もあった。

秋月家では、平八郎の妻のきわが、

「嫡男ゆえ、そなたが父の死を見届けてきなさい」

と言って、信助と孫七をここに寄越《よこ》したのである。

したがって、この場に集まっているのは、信助と孫七のほかは、鳴海家と小島六郎の家の者たちで、父や妻、兄弟、嫡子などであった。

半刻《はんとき》（一時間）ほど待つと、黒羽織に袴《はかま》姿の三人が本堂から出て来た。検使の組頭、石井仙右衛門《いしいせんえもん》と郡奉行の上司にあたる郡代の野沢常吉《のざわつねきち》、それに徒目付の佐久間永允《さくまながまさ》である。本来、倉田藩ではこうした検使の場合、大目付があたるのだが、大目付自身が屠腹者だったので、組頭が代わったのである。

つづいて、白衣に柿色の裃《かみしも》を着た三人の武士が姿を見せた。切腹する秋月、鳴海、小島六郎である。さらに、その三人の背後に、襷《たすき》で両袖を絞り袴の股立を取った武士がついてきた。

男たちが境内に姿をあらわすと、張り縄のそばに佇《たたず》んでいた人々は縄のそばまで歩み寄り、小声で夫や伜《せがれ》の名を呼んだり、嗚咽《おえつ》や呻き声を漏らす者もいた。

――父上だ。

信助の目に、父の姿が痩《や》せて細くなったように見えた。そのとき、ふいに胸から喉元に突き上げてくるものがあった。

――泣いてはならぬ。取り乱してはならぬ。

信助は己《おのれ》の胸に叫び、歯を食いしばり両眼を目尻が裂けるほど瞠いて、喉から突き上げてくる感情に耐えていた。

黒羽織姿のふたりの武士が床几に腰を落とし、秋月たち三人が白布をかけた畳に座ると、ひとり座らなかった黒羽織姿の武士が、見守っている三家の者たちの方へゆっくりと歩み寄ってきた。

「徒目付、佐久間永允でござる。……ご身内の最期、しかと、その目で見届けられるがよい」

佐久間は低い声で言い置いて、もどっていった。

父、秋月平八郎は畳の隅に座していた。沐浴《もくよく》を終え、髭《ひげ》もあたったらしく、少し痩せて頬が落ちくぼんだように見えたが、すっきりした顔をしていた。秋月は目を細め、穏やかな顔で信助の方を見ている。

春のやわらかな陽射しのなかで、父の顔が白く浮き上がったように見えていた。その顔が小刻みに揺れていた。信助は自分の体が震えているせいだと気付いたが、その震えはなかなかとまらなかった。

四

鋭い気合とともに、陽射しのなかに白い閃光が疾《はし》った。かすかな骨音とともに鳴海新八の首が前に落ち、首根から赤い帯のように血が疾るのが見えた。首のない鳴海の体が前に倒れ、見る間に白布を赤く染めていく。

一瞬、間を置いて、見守っている者たちの間から喉を裂くような悲鳴が漏れ、鳴海の妻が両手で顔をおおってその場にうずくまった。

信助と同じ年頃であろうか、鳴海の嫡男らしい前髪の少年が、その母親の背に顔を埋《うず》めて泣き声を漏らしていた。

信助は震えながら、切腹の様子を見ていた。

——おれは泣かぬ。この目で、父上の最期を見届けねばならぬ。

と、信助は己の胸で叫んでいた。

風が出てきたのか、流れる桜の花びらが信助の視界を斜めに横切っていく。

切腹場では、佐久間が前に出てきて鳴海の首の髻《もとどり》をつかみ、床几に腰を落とした検使たちの方へむけていた。中央にいた石井がうなずくと、鳴海の首を元にもどし、本堂の脇に控えていた中間たちを呼んだ。

中間たちは棺桶を持ち込み白布ごと鳴海の死骸をつつんで納めると、その場から運び去り新しい白布で畳をおおった。

切腹場に座した三人は、鳴海、秋月、小島六郎の順に切腹することになっていた。そして、いま鳴海が切腹を終えたのである。

次は秋月の番だった。

少し後ろに控えていた秋月はあらためて前に出て座り直すと、信助のいる方へ顔をむけた。そして、少し目線を上げた。信助の頭上で咲いている桜を見たようである。

——信助、見てみろ。桜《はな》が咲いている。

信助は、父がそう言ったような気がした。

見上げると、信助の目に春の陽を浴びた満開の桜が辺りを圧するように白く輝いて見えた。美しいとは思わなかった。あまりにも清麗すぎた。己をつつみこむ白い炎のように見え、かすかな恐怖さえ覚えた。

信助は頭のなかで父に話しかけようと思ったが、言葉にすると、泣き声が出そうだったので、ただ目尻が裂けるほど両眼を瞠《みひら》いて、その場につっ立っていた。

すぐに、着座した秋月の前に中間のひとりが三方《さんぽう》に短刀を載《の》せて持参した。九寸五分（約三〇センチ）の短刀の柄《つか》のあたりに奉書紙が巻かれている。

中間が去ると、すぐに介錯人が姿を見せた。襷で両袖を絞り、袴の股立を取り、腰に大刀だけを帯びていた。秋月たち三人の後に本堂から出てきた男である。

介錯人は秋月に一礼し、

「斎藤精一郎《さいとうせいいちろう》にございます。ご介錯仕《つかまつ》ります」

と、静かな声音で述べた。

顎骨《あご》のはった眉根《まゆね》の濃い男だった。長年の修行で鍛《きた》えられたらしく、胸が厚く、どっしりとした腰をしていた。

「ごくろうでござる」

秋月は斎藤をよく知っていた。道場こそ違うが、同じ東軍流の達者として藩内では名の知れた男だった。何度も竹刀《しない》を合わせたことがある好敵手でもあった。

秋月は斎藤に一礼すると、肩衣をはね、右より肌を脱いで腹部を露出させた。その間に、斎藤は小桶の水を柄杓《ひしゃく》で汲《く》んで、刀身にかけた。

「願いが、ござるが」

上半身裸になったところで、秋月が顔を上げて言った。

「なんでござろう」

斎藤は刀身を背後にまわしたまま動きをとめた。

「拙者《せっしゃ》が声をかけるまで、介錯は待っていただきたい」

秋月がそう言うと、斎藤はわずかに驚いたような表情を浮かべたが、心得ました、と言って、左脇へまわった。

切腹と言っても、通常は腹を切る前に介錯人が首を刎《は》ねる。介錯人の斬首には、『三段の法』とか『四段の法』と呼ばれる斬り落とすための瞬間があるとされる。切腹者が、三方を引き寄せるとき、短刀を手にするとき、左の腹を見るとき、切っ先を腹に突き立てるとき、などである。いずれにしろ、腹を切る前に、介錯人が首を落とすのである。この方法で、前の鳴海も、斎藤が首を刎ねていたのだ。

古くから切腹は、まず切っ先を左腹に突き立て、右へ引きまわし、一旦刀を抜いて胸下から刺して心ノ臓を貫く。さらに、その柄を逆に取って下腹へ押し下げ、余力あれば喉を突く。それが方式とされたが、ちかごろは形式的で、ほとんどの場合、屠腹者が腹に切っ先を突き刺す前に、介錯人が首を落とすのである。

声をかけるまで、斬首を待ってくれ、ということは、秋月が実際に腹を切るつもりでいるからである。それを察して、斎藤は驚いたような顔をしたのだ。

「何か、ご遺言がござろうか」

斎藤が訊《き》いた。

「ひとつだけ……」

「何なりと」

「桜の下に、拙者の倅がおるが、侍らしく、生きよ、とだけ伝えていただけようか」

「承知仕った」

「かたじけない」

「では、心置きなく」

淡々と会話を交《か》わした後、斎藤はゆっくりと刀身を振り上げ高い八相《はっそう》に構えた。

秋月は静かに三方を引き寄せて、右手で短刀をつかむと、左手で腹をなぜた。と、わずかに上体を前に倒し、左腹部に切っ先を突きたてた。瞬間、グッと喉が鳴り、顔が怒張したように赭《あか》くなったが、そのまま右へ引き切った。

脇にいた斎藤は刀身を上段に振りかぶり、息をとめて秋月から斬首の声がかかるのを待っている。

秋月は介錯人がいるので心ノ臓は突かず、臍《へそ》の上あたりに切っ先を突き刺し、下へ三寸（約九センチ）ほど切り下げたところで、

「介錯を！」と声をかけた。

刹那《せつな》、鋭い気合とともに斎藤の刀身が一閃した。

かすかな骨音とともに喉皮一枚残して首が前に落ち、秋月はそのまま前につっ伏した。

首根から音をたてて血が赤い帯のように噴出し、白布とその先の砂上にまで飛び散った。

斎藤は刀身を下げたまま動きをとめた。かすかに面《おもて》が朱を帯び、虚空を見つめた双眸がうすくひかっている。動く者もなく、切腹場は静寂につつまれていた。

前に伏した秋月の体だけが生きているようにびくびくと震え、首根から押し出すように血を流出させていた。広がっていく鮮血だけが、生命そのもののように妙に生々しかった。

父の首根から噴出した血が、信助の目に焼き付いた。頭のなかは真っ白だった。父の顔も言葉も頭に浮かばなかった。ただ、突然視界を疾《はし》ったひと筋の赤い血が、胸を引き裂くような衝撃を生んだのだ。

信助は目尻が裂けるほど両眼を瞠き、両足を踏ん張って父の切腹の様子を凝視していた。信助にとって見つづけることだけが、死にゆく父の怨念《おんねん》や苦悩を共有できる唯一の手段だった。

父が前につっ伏すと、どういうわけか辺りが暗くなり、視界が急に遠ざかったように感じた。佐久間が首を検使の方へ見せる様子も中間たちが走り出て、死骸を片付けている姿も、信助には見えていなかった。ただ、ぼんやりとした視界のなかで、人々が何か喋《しゃべ》りせわしそうに動きまわっているだけだった。

風が強くなったらしく、桜が降るように散りだした。突然降りだした雪のようだった。信助の暗い視界を無数の白い花びらがよぎっていく。その花びらが、信助の身を氷雨《ひさめ》のようにたたいた。

「信助さま、信助さま……」

孫七が、つっ立ったまま動かない信助の袖口をつかみ、声を震わせた。

白刃が、またひかった。

小島六郎の首が刎ねられたようである。信助のそばで、喉を裂くような女の悲鳴が起こり、その後細い嗚咽が聞こえた。小島の妻女らしい。

切腹場で動きまわる中間たちの姿が、信助の視界にぼんやりと見えていた。信助はその場に立っていた。三人の切腹が終わった後、孫七とともに父の死骸を引き取らねばならぬのだ。

ふと、こっちへ真っ直《まっす》ぐ歩いてくるひとりの武士の姿が見えた。黒羽織に黒袴姿の武士が、信助の視界に黒い影のように映った。

武士は信助のすぐ前に立った。その姿が、黒い大きな巌《いわお》のように見えた。信助は押しつぶされるような恐怖を感じた。

「斎藤精一郎でござる。そこもとが、秋月平八郎どののお子であろうか」

低く重い声だった。

信助は歯を食いしばって目の前の斎藤を見上げ、うなずいた。

「見事なご最期であった」

「……………」

「ご遺言がござる。侍らしく、生きよ、とだけおおせられた」

それだけ言うと、斎藤はきびすを返し、何事もなかったように歩き出した。遠ざかって行くその黒い背に、桜の花びらが降りかかる。

五

粗壁の落ちた隙間《すきま》から、月光が射していた。灯《ひ》のない家のなかは闇につつまれ、青白いひかりが、狭い土間と筵《むしろ》を敷いた床を照らしている。その冴《さ》えた月光から身を隠すように、隅の濃い闇のなかに信助と妹のせつが肩を寄せ合って座っていた。

父親の秋月平八郎が死んだ後、秋月家は母親のきわとふたりの兄妹が残された。この年、せつは七つ、信助は十歳だった。

ときどき、せつは白く細い足をひかりのなかに投げ出して眺めているが、また、闇のなかに隠すようにひっこめてしまう。信助は粗壁に背を預けたまま、まんじりともせず、少しずつ動いていく月光を見つめていた。

夜の静寂《しじま》が、幼い兄妹をおしつつんでいる。

「兄上、母上は、まだ……」

せつがひかりのなかに出していた足をひっこめて、顔を信助の方にむけた。心細そうに小さな眉根を寄せている。

「もうすぐ、帰ってくる」

信助はぶっきらぼうに言って、また黙ってしまう。

母親のきわは、今後の暮らし方を相談するため、実家の前田《まえだ》家へ行ったままもどらなかった。日の傾いた七ッ（午後四時）ごろ出かけたのだが、もう五ッ（午後八時）を過ぎていた。遅すぎる。信助の頭に、母上は帰らないのではないか、という不安が何度もよぎった。

「兄上、おなかがすいた」

せつが泣き出しそうな声で言った。

「がまんしろ」

信助は怒ったような声を出した。

夕餉《ゆうげ》がまだだった。信助も腹がへっていたが、それより母が帰らないのではないかという不安のほうが強かった。もし、帰らなければ、せつとふたりでこの家に取り残されてしまう。それは、不安というより恐怖だった。

「兄上、前田さまの家に迎えに行きましょうか」

急にせつが月光のなかに這《は》い出して来て、すぐ近くで信助の顔を見上げた。

「いや、だめだ。母上は家で待つように言っていた」

そう信助が答えたとき、表の戸口で足音がした。

「母上だ」

せつが声を上げて、戸口の方へ飛び出した。信助も立ち上がり、上がり框《がまち》の方へ飛んでいった。

ガタガタと音をたてて雨戸が開き、上がり框に並んで立っている兄妹の前に風呂敷包みを背負った母が姿を見せた。月光を背に受けて顔は闇にとざされていたが、暗く沈んだ顔であることは分かった。すぐに、信助は前田家での相談がうまくいかなかったことを察知し、腹がへった、という言葉を呑み込んだ。

だが、せつは、がまんできなかったと見え、

「おなかすいた」

と、泣き声を出した。

「すぐ、食べられます。前田の家で、にぎり飯をいただいてきました」

そう言うと、母は上がり框に背負った風呂敷包みを置いた。なかに女物と思われる着物

と竹の皮のつつみが入っていた。にぎり飯はそれらしい。

「そこに上がって、待っていなさい」

母は、土間の隅にある桶の水をふたつの椀に汲み、にぎり飯の包みを前に置いて正座している信助とせつの前に置いた。

月光で明るくなっている筵の上で竹の皮の包みを開けると、にぎり飯が三つ入っていた。まず、せつが手を出し、次に信助が、そして残ったひとつを母が手にした。

信助とせつは夢中で頬張り始めた。

「喉に詰まらせないよう、たんと水を飲みなさい」

母はふたりに言った。

言われたとおり、ふたりはにぎり飯を一口食べては水を飲んだ。そうやって、食べながら信助は、母が水で腹を満たさせようとしていることに気付いた。にぎり飯ひとつではとても足りない。それを、いっしょにたくさんの水を飲むことで満腹にさせたい、と母は思ったようなのである。

信助はにぎり飯を少しずつ口に入れ、喉につっかえそうだ、と言って、椀の水をおかわりした。せつは、そこまでの母の気持は分からなかったようだが、おなか、いっぱいになった、と言って、満足そうな顔をした。

そんな様子を見ていた母は、耐えられなくなったように、

「こ、このような粗末な小屋で、たったひとつのにぎり飯だけ……」

と声をつまらせて言い、闇の方に顔をむけてうつむいてしまった。こらえているらしく泣き声は聞こえなかったが、肩が小刻みに震えていた。

母の言うとおり、灯《ひ》もない荒れはてた茅屋《ぼうおく》である。粗壁はところどころ剝《は》げ落ち、藁葺《わらぶ》きの屋根からは雨が漏る。一間だけの部屋には、畳がなく筵が敷いてあるだけであった。

慶林寺から平八郎の死骸を引き取り、葬儀を終えた後、秋月家の者たちは屋敷をたちのいた。それまで秋月家は百石であり、藩からの拝領屋敷に住んでいた。屋敷は城の東側にあたる騎馬《きば》町にあり、そこは百石から二百石ほどの中級家臣の住む地域だった。

当然、無役で十俵の秋月家がそこに住むことはできず、葬儀を終えると、身のまわりの衣類やわずかな家財などを持って引っ越したのである。

新しい住居は城の北側にあり、徒組で三十俵取りの村上《むらかみ》という者が住んでいた家だった。村上は三年前に酒を飲んで狼藉《ろうぜき》を働き追放されたが、そのまま空き家になっていた。そこへ、藩の許しを得て秋月家が移り住んだのである。

だが、その家を見て驚いた。家と呼べるようなものではなかった。狭い土間と六畳ほどの一間だけの荒屋《あばらや》で、板戸は剝《は》げ、粗壁は落ちていた。周囲は草ぼうぼうで、蔓《つる》草が藁葺きの屋根まで這い上がっている。

「これは、あまりにひどい……」

いっしょに家財を運んで来た孫七までが茫然《ぼうぜん》とするほど、ひどい荒れようだった。

だが、この家よりほかに住む場所のないことを知っている孫七は、なに、手を入れれば何とか暮らせますだ、と言って、さっそく修理を始めた。

板戸や壁に板切れを打ち付け、屋根に這い上って、蔓草を取り、雨漏りしそうな箇所に農家からもらってきた藁をあてがった。家のなかの掃除やまわりの草取りなどは、母と兄妹の仕事だった。そうやって、何とか雨露だけはしのげるようにしたのである。

粗末な食事を終えると、母は部屋の隅の仏壇の前に座り、父の位牌《いはい》に掌《て》を合わせていた。仏壇と言っても、騎馬町の屋敷から持ってきた長持《ながもち》の上に白布をかけ、位牌を置いただけのものである。

信助は部屋の隅の柱に背を当てたまま、何やら一心に念じている母の横顔を見ていた。母はひどくやつれていた。頬がこけ、目が落ちくぼんでいる。眉を剃《そ》り鉄漿《かね》をつけた母の顔が年寄りのように見えた。ここひと月あまりの間に秋月家を襲った悲劇と暮らしの激変が、母らしいやさしい面立ちを奪ってしまっていた。

それに信助は、母の体をとりまいている重苦しい雰囲気が気になった。得体《えたい》の知れぬ大きな不幸が母の身におおいかぶさっているような気がしたのである。

しばらく、瞑目《めいもく》合掌していた母は立ち上がり、位牌をずらして長持を開け、着物の間から何か棒状の物を二本取り出した。父のものらしい黒鞘《くろざや》の小刀と赤鞘の懐剣だった。その

二振りを手にして、部屋のなかほどに来ると、

「信助、せつ、ここに来なさい」

と、言って、ふたりを前に座らせた。

月光に照らし出された母の顔は紙のように蒼《あお》ざめ、目が異様なひかりを帯びていた。膝《ひざ》の上で握りしめた手が震えている。

せつも母の異常な様子に気付いたらしく怯《おび》えたような顔をしたが、丸い目を瞠《みひら》いて母を見つめていた。

「前田の家でのお話はうまくいきませんでした……」

そう言うと、母は思いつめたような顔で黙っていたが、ごくりと唾《つば》を飲み、

「母といっしょに、父上の許《もと》へ行きましょう」と言った。

信助とせつは、母の顔を凝視したまま氷のように固まっていた。

ふいに、母は膝を動かし信助と正対すると、

「信助、まず、そなたからです。……そなたは、まだ幼いゆえ父上のように腹は切れぬでしょうが、武家の子らしく、これを腹に当てなさい。介添えは、母がいたします」

そう言い、小刀を信助の手に握らせた。

仄かな月光に浮かびあがった母の顔は悽愴《せいそう》さを帯びていた。歪《ゆが》み、眉を寄せた顔が鬼のように見えた。

「……！」

信助は言われるままに小刀を握り、その場に座した。母は恐ろしい形相《ぎようそう》で、せつに少し離れているように言った。せつは、穴のなかに逃げ込むように隅の濃い闇のなかに尻から後じさった。

母は絶対的だった。呪縛《じゆばく》されたように身が竦《すく》み、逆らう気さえ起こらなかった。信助は、恐ろしい闇が自分をつつみ込み、奈落の底へ引きずり込もうとしているような恐怖を感じた。

「襟《えり》を広げて腹を出しなさい」

そう言って、母は立ち上がると、懐剣を手にして信助の脇に両膝をついて腰を浮かせた。そして、信助の肩に左手を当て、右手に持った懐剣の切っ先を首筋にむけた。切腹の介錯の代わりに、信助の首を突くつもりらしい。

「すぐに、母とせつも後を追います」

母がうながすように言った。

「……」

信助は母にあやつられるように小刀を抜いた。その刀身が、月光に皓《しろ》くひかったとき、信助の脳裏に父の切腹の光景が浮かんだ。

その瞬間、唐突に信助の口から言葉がこぼれた。

「は、母上、父上の遺言があります」

「遺言……」

「は、はい」

「何とおおせられた」

「侍らしく、生きよ、と遺言されました」

母は、フッ、と切っ先を下げ、父上がそう言い遺《のこ》したのか、と訊いた。見ると、かすかに驚いたような表情があった。信助は、父の遺言は己に対するものと思い、いままで胸に秘めていたのだ。

「介錯された方から、お話がありました」

「侍らしく、生きよ、と、そう申されたのか」

母は念を押すように言った。

「はい」

信助は膝を母の方にまわして、母の顔を見つめた。

「………」

ふいに、手にした懐剣の切っ先が落ち、母の顔からこわばったものが拭い取られたように消えた。そして、眉間《みけん》に大きな皺《しわ》が寄り目が糸のように細くなったと思うと、急に左手でせつの手をつかんで引き寄せ、おおいかぶさるように信助とせつを抱きしめて泣き出した。喉から突き上げてくる泣き声は、母の声とは思えないほど大きなものだった。しばらく、強いひびきのある泣き声が、闇を震わせていた。

六

形ばかりの仏壇の前に座した堀川達右衛門《ほりかわたつえもん》は、しばらく合掌していたが、信助と母の座している方へ膝先をまわし、

「きわどの、すこしは落ち着かれたかな」

と、静かな声音で言った。

堀川は城下にある東軍流堀川道場の道場主だった。長く父の平八郎が修行した道場であり、三年ほど前から信助も稽古《けいこ》に通うようになっていた。ただ、父が死んでからは道場へは足をむけていなかった。

堀川は五十がらみ、鬢《びん》に白いものが目立ち肌に老人特有の肝斑《しみ》も浮いていたが、胸は厚く腰はどっしりとしていた。目の細い丸顔とがっしりした体軀《たいく》には、戦国の匂《にお》いを残しているような雰囲気があり、立居にも剣の達人らしい威風があった。

「はい、なんとか、石原《いしはら》町の暮らしにも慣れてきました」

きわは顔を伏したまま小声で答えた。

この家のある地は、倉田藩の領地を横断している長瀬川《ながせ》沿いに広がる低地で、石原町と呼ばれていた。河原ちかくで、開墾された後も所々に石原が残っていたためその名がついたのである。石原町には、二十石から三十俵ほどの微禄の家臣や足軽などが住み、中間、荒子《あらしこ》などの住む長屋もあった。

「森山町での騒動の後、いろいろあったようだが、ちかごろ、城下もやっと落ち着いてきたようです」

堀川が言った。

平八郎たちが処罰された後、事件は上級家臣の住む森山町の襲撃が発端になったことから、森山町騒動と呼ばれるようになった。この騒動後、家中でも政変といっていい動きがあった。倉田藩の名門であり代々家老職をつとめる小島一族は要職からはずされ、代わって酒井派の者たちが栄進した。そして、酒井兵庫は中老から家老になり、ほぼ藩の実権を掌握した。

そして、さらなる処分も行なわれた。先に断罪された小島、鳴海、秋月などの親族や血縁の者などが、その関係に応じて、閉門、蟄居《ちっきょ》、隠居などの申し渡しをされたのである。そうしたなか森山町騒動のあった十三日後、悲観した鳴海の残された一家四人が自裁《じさい》するという悲劇も起こった。死んだのは、鳴海の妻と老父、それに子供ふたりである。わずか十俵の扶持では、一家四人生きていくことはできない。鳴海家にとって、藩の仕打ちは、死ね、ということと同じだったのである。

その状況は秋月家でも同じだった。後に残された母子《おやこ》は自裁こそ思いとどまったが、これから先生きていけるだけの糧《かて》は得られそうもない。

「やはり、狭かろうな」

堀川は、視線を一間しかない座敷へむけて、眉宇《びう》を寄せた。

家とは言えないような狭い荒屋であることは、家の前に立っただけで分かる。

「これでは、下男や女中の住む場所もない」

「いえ、家に仕えていた者たちには暇《ひま》を出しましたので」

きわは顔を上げて言った。

顔はやつれていたが、堀川を見つめた目には、強いひかりがあった。声にも気丈そうなひびきがある。いまのきわには、生きて秋月家を支えねばならぬという必死の思いがあるようである。

平八郎が生きていたころ、秋月家には、家族のほかに中間がひとり、下男がふたり、女中がふたりいた。

平八郎の死後、奉公人たちのうち三人が去り、いま残っているのは下男の孫七と女中のくらだけである。

十俵では下男や女中を雇う余裕がないので、その旨《むね》を孫七に話すと、給金はいらないから置いてくれ、と言って、敷地の隅に自分で茅葺《かやぶ》きの小屋を建てて寝泊まりしていた。くらのほうは親の住む農家から通いで来ていたが、ちかいうちにやめることになっていた。

いま、この家に住んでいるのは、きわ、信助、せつの三人だけである。親子三人が雨露をしのぎ、肌を寄せあって寝ることはできる。

「きわどの、信助の稽古だが、どうするおつもりかな」

堀川が話題を変えた。

平八郎の死後、葬儀、転居などもあって、信助は堀川道場を休んでいた。

「稽古はつづけさせたいのですが、このような状況ですから……」

きわは、扶持十俵の軽輩に格下げされたことが気になっていた。

夫の平八郎から、堀川道場は徒組二十石以下の者は門弟にいない、と聞いていたからだ。倉田藩はことのほか格式を重んじ、同じ士分であっても石高や役職による差別意識は強い。士分とも言えないような足軽以下の軽輩の子弟が門弟として通うことに堀川が同意しても、他の門弟たちが許さないだろうと思ったのだ。

「……ここから信助がひとりで通うには、ちと遠いしな」

堀川は困惑の色を浮かべて、言葉を濁《にご》した。

道場は騎馬町のはずれにあり、石原町からでは一里（約四キロ）の余あった。確かに、十歳の子供が毎日通うのは難儀かもしれない。

「どうであろうな。わが家に信助を住まわせて、稽古させたら」

堀川は目を細め微笑《ほほえ》みながら、信助の方に視線を移した。

七

「どういうことでございましょう」

きわが顔を上げて、堀川を見た。

「いや、なに、信助を養子にと思ってな。場合によっては、きわどのや妹御も……。まァ、同じ家に住むというわけにはいかぬが、近くに住んでもらってもよいかと……」

堀川は少し顔を赤くして口ごもった。

堀川には子がない。老妻とふたりで、道場と同じ敷地内の家に住んでいた。堀川の信助を養子に欲しいというのは本心だが、胸の底には残された妻子が自害するのではないかという危惧《きぐ》もあったのだ。

夫と家禄の大半を失い、罪人の家と貶《おとし》められ、幼子ふたりだけ残されたきわにとって、生きていくことは苦難と絶望の日々でしかないはずだった。ふたりの幼子を道連れにして自害したとしても、何の不思議もない。現に、同じ立場に立たされた鳴海家は、一家四人自裁して果てていた。

「せっかくのお話でございますが、信助を手放すつもりはございませぬ」

きわが言った。

「そうか。……いや、わしはな、平八郎とは昔から競い合った仲でもあるし、こんなときこそ、何か力にならねばと思ってな」

どうやら、堀川は残された三人が生きていくための方策として信助を養子にすることを考えて来たようである。

「有り難《がた》いおおせではございますが、幼いながら、信助はわが秋月家の当主でございます。どのようなことがあろうと、信助を手放すつもりはございませぬ」

「……」

「信助を失うことは、家を失うことと同じでございます。武家として、家を失ってまで生きていこうとは思っておりませぬ」

静かな物言いだったが、きわの声には毅然《きぜん》としたひびきがあった。

「これは、一本取られたな。まさに、きわどのの言うとおりじゃ」

そう言って、堀川は苦笑いを浮かべたが、すぐに表情を消し、きわどのの言葉を聞き安堵し申した、と言って、改めてそばに座していた信助の方に目をむけた。

「養子はきっぱりあきらめたが……。さて、信助、おまえの稽古をどうするかだな」

「……」

信助は稽古をつづけたいと思ったが口にできなかった。

「どうであろうな、家には弥八《やはち》という下働きがいるのだが、その縁者ということにして道場や家の雑事を手伝ってくれんか。……なに、そういう名目だけでいいんだよ」

「……」

下男のような仕事をやれというのだろうか。

「仕事の合間に道場で稽古するのはかまわんし、門弟たちも文句は言わんだろう」

このとき、堀川には、真似《まね》ごとでも仕事の手伝いをしてくれれば、ひとり分ぐらいの食い扶持は渡せるとの思いもあった。十俵では、母子《おやこ》三人生きてはいけないのである。

きわも、堀川の胸の内が分かったらしく、

「かたじけのうございます」

と言って、深く低頭した。

きわと信助は、通りまで出て堀川を見送り、その背が遠くなると、

「信助、明日からひとりで道場へ通い、堀川さまの言うとおりにせねばなりませぬぞ」

と、きわが信助の方を振り返って言った。

その顔に、母親のやさしさはなかった。思いつめたような表情をしていたが、その目には何かに挑《いど》むようなひかりがあった。あるいは、母自身が、己の胸にこれからは母子だけで生きていかねばならぬ、と言いきかせたのかもしれない。

信助は無言でうなずいた。信助にも、これからは苦難に自らの力で耐えなければ生きてはいけないとの思いがあったのである。

家にもどりかけると、ちいさな足音がして、せつが駆けてきた。

「あ、兄上、蛙《かえる》がいます。こんな大きなのが」

せつは目を剝《む》き、両手をいっぱいに広げて見せた。せつは色白でふっくらしていたが、背は信助の肩ぐらいしかない。走ってきたせいであろう、そのふっくらとした白い頰《ほお》が桃のように赤く染まり、ちいさな肩が弾《はず》んでいた。

七つになったばかりのせつに、秋月家を襲った悲劇の実情は分からなかったが、父が死に、大きな不幸に襲われたことは感じとっていた。石原町に越してきてからしばらくの間、沈んだ顔で家のなかで折り紙などで遊んでいることが多かったが、ここ数日家から出て野花を摘《つ》んだり、畑仕事をしている孫七の様子を見にいったりするようになっていた。

「そんな大きな蛙がいるものか」

そう言って、信助は相手にしなかったが、こっち、こっち、と言って、袖を引くせつに連れられて、母屋の裏へまわった。

敷地の端に釣瓶《つるべ》井戸があり、その井戸のそばに大きな葉を茂らせている八手《やつで》があった。せつは八手のそばにかがみ込み、葉陰を下から覗《のぞ》くようにして、あそこ、と言って指差した。

見ると、大きなやつがいる。蟇《ひき》である。葉陰のじめじめしたところで、前足をふんばり、ふんぞり返るような格好《かっこう》で、喉の下を震わせている。

信助が覗き込むと、蟇はむくりと反転し、ごそごそと音をさせて折り重なった葉の陰へ逃げ込んだ。

「せつ、つかまえてやろうか」

信助がそう言うと、

「やだ、怖《こわ》い」

と言って、せつは首を横に振りながら後じさった。

その怯《おび》えた表情がおかしかったので、信助が笑うと、

「兄上が笑った。笑った」

と、言って、せつも笑い出した。

せつは信助のそばに寄って来て手を握ると、信助が笑いやんでも、ふふふ、とちいさな肩を震わせながら笑っていた。

信助はせつが体中に溜《た》まっていた鬱積《うっせき》を吐《は》き出しているような気がした。そういえば、父の死後、母も信助も凍《こお》りついたように表情をかたくしたままで、笑うどころか、笑顔すら見せたことはなかった。家のなかは凍りついたように冷たく、暗かったはずである。幼いせつにとっては、辛《つら》い日々だったにちがいない。

「せつ、これからは、母上と三人でこの家で暮らしていくのだぞ」

信助がそう言って、せつのちいさな手を強く握ると、せつは信助の顔を見上げて、こっくりとうなずいた。

# 第二章　喧嘩

一

堀川道場は間口三間半（約六・三メートル）、奥行き五間（約九メートル）の瓦葺《かわらぶ》きの建物である。右手に三畳ほどの座敷がついており、そこが門人たちの着替えの場になっていた。玄関を入ると、すぐ板張りの稽古場になっていて、正面に一段高くなっている畳敷きの間があり、そこに神棚がしつらえてあった。

信助は道場へは入らず、いったん母屋《おもや》の方へまわって堀川と会った。

「そうだな、しばらくは、門弟と同じというわけにもいかぬだろうな。……ともかく、着替えずに道場で待っておれ。門弟たちにも話しておこう」

そう堀川に言われて、信助は道場の玄関先にもどった。

草鞋《わらじ》を脱ぎ、着替えの間に入っていくと、三人ほど門人がいた。そこには、信助が以前通っていたとき使用していた衣類を置く棚があり、そこに持参した稽古着を置こうとしたのである。居合わせた三人は、信助とあまり変わらぬ年齢で、騎馬町に住む藩士の子弟であった。

堀川道場では、道場主の考えで、七歳から元服するまでの門人を子供組とし、それ以上の門弟を大人組と称して別に稽古させていた。

堀川は、体のちいさい子供たちが成人に混じって稽古すると、伸びるはずの芽を摘む恐れがあると考え、東軍流の太刀捌《さば》きの基本、剣に対する恐れを克服する訓練、武士としての心構えなどを主眼におき、成人した門人とは別の時間に稽古の場をもうけていたのである。

子供組の稽古は、五ツ半（午前九時）過ぎから四ツ半（午前十一時）ごろまで。ちなみに、大人組の稽古は、明け六ツ（午前六時）過ぎから、五ツ半ごろまでとされていた。開始や終了の時間があいまいなのは、遠方から通う門弟を考慮してのことで、多少遅れても、早めに切り上げてもよいことになっていた。

そうした事情のため、いま道場に来ているのは子供たちだけであった。

信助は三人と顔見知りだったが、三人とも入ってきた信助を見ると驚いたような顔をし、そっぽをむいてしまった。松次郎《まつじろう》という年嵩《としかさ》の子は、露骨に不快な顔をしてふんと鼻を鳴らした。

以前と違う三人の態度に、信助はドキッとした。三人はあきらかに信助が近付くのを拒《こば》み、蔑視《べっし》していた。思わず、信助は口から出かかった挨拶《あいさつ》の言葉を呑み込んでしまった。

信助は稽古着を棚に置いたまま、その場につっ立っていた。どういう態度をとっていいのか分からなかったのである。三人はちらちらと信助の方に視線を投げていたが、着替え終わると、勢いよく道場へ飛び出していった。

すぐに道場から、何人かの子供たちの嘲笑《ちょうしょう》に混じって、信助が来た、石原町から来た、石《いし》っ原《ぱら》の者だ、などという囃《はや》したてるような声が聞こえた。

信助は道場にいる子供組の者たちが、騎馬町から石原町に引っ越した自分を除《の》け者にし嘲弄《ちょうろう》していることが分かった。

かれらの口にしている石原町という言葉には、特別の意味がある。倉田藩では身分格式が厳格で、同じ家中であっても、職制や格式、禄高などによる身分差別があった。なかでも、石原町には最下級の藩士や士分ではない中間や荒子なども住んでいたので、相応の格式のある家中の者は、石原町の者、石っ原の者、などと呼んで蔑視していたのである。

そのことは信助も知っていたので、かれらの口にしている言葉のひとつひとつが胸に刺さった。

いつまでも着替えの間で立っているわけにもいかず、信助がこわばった顔で道場へ入っていくと、十人前後いた門弟たちが、来た、来た、石っ原の信助が来た、などと叫びながら、駆け回ったり、馬鹿にしたような言葉を投げかけて騒ぎだした。

信助が逆らう態度を見せなかったので、図に乗ったのか、すぐそばまで来て愚弄したり大声で嘲《あざけ》ってみせたりする者もいた。

信助は視線を落としたまま、道場の隅にいって座った。久し振りで入った道場の雰囲気が、まるで変わっていた。いままで、いっしょに稽古をつづけてきた門弟たちが、背をむけ冷たい視線を投げかけ、あからさまに嘲ている。

だが、そこに居合わせた者たち全員が信助を除け者にしているわけでもなかった。向かい側の道場の隅に、四人ほど端座して黙って見ている者もいた。

石原町の者である。四人のなかに、父と同じように慶林寺で切腹した小島六郎の嫡男の宗太郎《そうたろう》もいた。宗太郎は石原町ではなく、以前と変わらず騎馬町に住んでいると聞いていたが、立場は同じなので信助の胸の痛みが分かるのだろう。

そのとき、玄関の方で足音がし、道場主の堀川が師範役の高弟ふたりを連れて姿を見せた。

すると、騒ぎまわっていた門弟たちは口をつぐみ、慌《あわ》てて道場の左右に散って座し、殊勝な顔をして堀川とふたりの高弟を見上げた。

堀川は道場の隅に座っている信助を目にし、ひとつちいさくうなずいてから、少し話しておきたいことがある、と門弟たちに言った。

「すでに、承知していると思うが、ここにいる秋月信助の家には不幸があった。剣術を学ぶのもむずかしくなったのだが、信助はどうしても稽古をつづけたいという。そこで、わしの家の手伝いをさせながら、ときに道場で稽古することも許そうと思っておる。……そこもとたちは、信助の立場をおもんぱかるとともに、信助の意気込みに負けぬよう、さらに出精《しゅっせい》せねばならぬぞ」

堀川が門弟たちに視線をまわしながら言うと、はい、と甲高《かんだか》い返事が、いっせいに道場内にひびき渡った。さきほど見せた嘲笑や愚弄の態度など、おくびにも出さない。

小島宗太郎だけは顔を伏せていた。信助のことにかかわりたくないのかもしれない。おそらく、宗太郎の家は騎馬町にあるので門弟たちの蔑視はないのであろう。

そのうちに、二十数人いる子供組の門弟たちがほぼ集まり、稽古が始まった。信助は隅に座したまま、稽古の様子を見ていた。

稽古は三組に分かれて行なわれた。まだ入門して間もない初心の者は、竹刀《しない》の握り方から始まって、素振り、足捌き、打ち込み稽古などが中心となる。

入門して一年以上経った者は、素振りや打ち込み稽古に加え、笊《ざる》打《う》ちという稽古が行なわれる。これは堀川が発案した稽古で、糠《ぬか》袋を内側につけた笊をかぶらせ、面をたたくのである。そのさい、目をしっかり開いて打ち込んでくる竹刀を見つめさせておく。これは敵の斬撃に対する恐怖心をなくし間合を感じ取るための訓練であった。

幼いころからの訓練で、恐怖心の克服と間合の見切りを身につけることが、剣の上達にとって極めて大事である、というのが堀川の持論でもあった。

そして、入門して三、四年経ち、元服もまぢかになった者は、打ち込み稽古、竹刀打ち稽古にくわえ、東軍流の組太刀の稽古と地稽古《じげいこ》と称する防具を着けて打ち合う試合形式の稽古も行なわれた。

信助は入門して三年経っていたので、もっとも上級の稽古を行なっていたのだが、この日は見ていただけである。

二

稽古が始まって小半刻（三十分）ほどしたとき、堀川の妻の雪江《ゆきえ》が信助を迎えにきた。雪江の髷《まげ》には白いものがあったが、色白でおだやかな顔をしていた。子供がいないせいもあってか、娘のような雰囲気も残っている。

「信助さん、おばさんの手伝いをしてくれますか」

道場の外へ出ると、やさしい声で訊いた。

「はい、そのために来ました」

「では、井戸から台所へ水を汲んでください。ふだんは、弥八に頼むのだけど、これからは信助さんに頼むことにしましょう」

雪江はそう言って、母屋の裏手に信助を連れていった。

釣瓶井戸があり、そこで汲んだ水を桶で台所の水甕《みずがめ》まで運ぶのだという。信助のために用意したらしい小桶も井戸端に置いてあった。

台所の水甕には半分ほど水が入っていて、小半刻も水を運ぶと一杯になった。

「ありがとう、今日のお仕事はこれでおしまい」

そう言うと、雪江は、これは手伝ったお駄賃です、母上にお渡しなさい、と言って小さな風呂敷包みを手渡した。手にした感じでは、二升ほどの米が入っているらしかった。

雪江は、今日はこれで帰ってもいい、と言ったが、信助は道場にもどって竹刀を持ち出し、庭の隅で素振りと打ち込みのひとり稽古をした。すこしでも剣術の稽古をしたかったのだ。そして、子供組の稽古の終わる四ツ半過ぎにひとりで道場を出た。

門前や通りで門弟と顔を合わせたが、以前いっしょに通っていた騎馬町の者たちは信助を無視して声もかけなかったし、石原町から通ってくる者も信助を避けるようにしていた。

道場を出てしばらく歩くと、武家屋敷の通りを抜け、長瀬川の川岸へ出た。川沿いの道を下流へむかって一里弱歩くと石原町になる。

初夏の陽が頭上から照りつけていた。川岸のせせらぎに、太陽が反射《はね》てキラキラと輝いている。浅瀬を流れる水は清く澄んで、いかにも涼しげであった。

ちかごろ雨が降らないせいか、足元から白い砂埃《すなぼこり》がたっていた。汗と埃にまみれた体を清流に浸《ひた》したいような誘惑にかられたが、信助は黙々と帰路を急いだ。手にした風呂敷包みを早く母に渡したかったのである。

後ろからついてくるふたりの門弟がいた。同じ石原町に住む佐助《さすけ》と宗七《そうしち》である。同じ帰り道らしいが、わざと足を遅らせ信助との間をつめようとしなかった。

川岸の道を一町ほど歩くと、中洲《なかす》橋と呼ばれる橋のたもとに出た。この橋を渡った対岸には、弓《ゆみ》町、鍛冶《かじ》町、鞍《くら》町などと呼ばれる武具や馬具などを造る職人たちの町があると聞いていたが、信助はまだ行ったことがなかった。

その橋のたもとを過ぎると、川岸に笹《ささ》や灌木《かんぼく》などの密集した藪《やぶ》があった。信助が藪のそばを通りかかると、ふいに、ガサガサと音をたてて藪が揺れ、数人の子供が飛び出してきた。

さきほどまで道場にいた門弟たちである。竹刀や棒切れを手にした者たちが五人いた。いずれも信助と同年かそれ以上の者たちで、騎馬町に住む子供たちである。なかでも、松次郎や大助《だいすけ》が年嵩で、一団を率《ひき》いているらしかった。どうやら、信助を待ち伏せしていたようだ。

「おい、信助」

前に立ち塞《ふさ》がった松次郎が、信助を睨《にら》みつけながら言った。他の四人が、すばやく信助を取り囲む。

「な、なんだ……」

信助は声が震えたが、松次郎を睨んだままつっ立っていた。

「明日から、道場へ来るな」

「なぜだ」

「おまえのような石っ原の者といっしょに、稽古したくないからだ」

「石原町の者は、ほかにもいるぞ」

そう言って、信助はチラッと後ろを振り返って見た。佐助と宗七が助けに来るかと思ったが、ふたりはずっと離れたところで立ち止まり、こっちを見ているだけだった。

「おまえは父《てて》無《な》し子だ。それに、おまえは罪人の子だ。おまえは、剣術の稽古などしなくていいんだ」

松次郎が声を荒立てると、そうだ、そうだ、と言って、取り巻いた四人が声を上げて、手にした竹刀や棒切れを振りまわした。

——罪人の子ではない！

信助は頭のなかで叫んだ。

信助は父親がなぜ切腹したのか、理由は分からなかったが、罪人とは思っていなかった。信助の胸には慶林寺で聞いた介錯人の、見事なご最期であった、という言葉が鮮明に残っていた。それに母が、父は侍として恥じるようなことはしておりませぬ、と口にしたこともあった。そうしたことから、父は侍として立派に死んだのだ、と信助は信じていた。

だが、そのことは口にせず、

「堀川先生に、手伝いを頼まれているのだ」

そう言い、信助は松次郎のそばをすり抜けて前に出ようとした。

そのとき、後ろにいた大助が、何だ、これは、と言って、信助の抱えていた風呂敷包みを奪って川岸の方へ放り投げた。

信助が、飛び付くような勢いで川岸の方へ走ったが遅かった。結び目が解《ほど》け、白い米粒が傾斜している岸辺の叢《くさむら》のなかに飛び散った。

風呂敷包みのなかには、半分も残っていなかった。信助は急いで掻《か》き集めようとしたが、叢のなかに散った米粒を集めることはできなかった。激しい怒りが喉元に突き上げてきた。火のような怒りにわれを忘れ、ワアッ！　という叫び声を上げて、松次郎に頭から突進していった。

その勢いにたじろいで一瞬棒立ちになった松次郎の胸に信助の頭が当たったが、体の大きな松次郎は、二、三歩後ろに下がっただけだった。

「こいつめ！」

叫びざま、松次郎は信助を突き飛ばすと、手にした竹刀を頭へたたきつけた。

それを機に、まわりにいた者たちが気合や奇声を上げて、次々に棒や竹刀で殴《なぐ》りかかってきた。

避ける間などなかった。次々に振り下ろされる棒や竹刀は、信助の全身を情け容赦なく襲った。信助はその場につっ立ったまま両腕を上げて頭だけ守ろうとしたが、すぐに耐えられなくなりその場にうずくまってしまった。

打擲《ちょうちゃく》はしばらく続いたが、信助の額《ひたい》が切れて、顔が血だらけになったのを見て、さすがにやり過ぎたと思ったらしく、

「今日は、これで勘弁してやる」

と、松次郎が捨て台詞《ぜりふ》を残して駆け出すと、後の者も、ワアッ、と声を上げて走り出した。

三

信助は流れる血を拭《ふ》きもせず、草の葉や地面にこぼれているわずかな米を一粒一粒拾い、残った米といっしょに風呂敷に包み直した。少しでも多く、家へ持ち帰りたかったのである。

信助は血だらけの顔で家へ帰った。途中、擦《す》れ違った武士から驚いたような顔で、童《わっぱ》、

どうした、と声をかけられたのを覚えていたが、どの道をどんなふうにして帰ったのか分からないほど屈辱と痛みで気が昂《たかぶ》っていた。

母屋の戸口のところで、母が孫七となにやら話していた。ふたりは信助の姿を見て走り寄って来た。

「信助、どうしたのです」

母が顔をこわばらせて訊いた。

「い、いただいた米を、半分ほどこぼしてしまいました……」

信助は風呂敷包みを母の方に突き出した。

「それで、その傷はどうしたのです」

母は小さな風呂敷包みを片手で抱えたまま訊いた。

「ど、道場の帰りに、松次郎たちが……」

そう言いかけた途端、喉から何かが衝《つ》き上げてきた。大声を上げて泣き出したい衝動が、信助の胸を揺すった。信助は奥歯をグッと噛《か》んで、喉からほとばしり出ようとする泣き声を押さえた。口をへの字に結び、顎《あご》を突き出すようにして耐えていると、喉が蟇《ひき》のようにヒクヒクと震え、目尻から涙がこぼれ落ちてきた。

それを見た母の目が、急にけわしくなった。

泣いてはなりませぬ、と言いざま、母がピシャリと信助の頬をたたいた。信助を凝視した母の顔が、悲痛と怒りとでゆがんでいる。

「………！」

信助は打たれた頰の痛みも感じぬほど驚愕《きょうがく》し、茫然《ぼうぜん》とその場につっ立っていた。思いがけぬ母の激しい叱責《しっせき》に、突然頭から冷水をかけられたような気がした。母に頰を張られたのは初めてである。鳥肌が立ち、膝ががくがくと震えだした。

「そ、そなたに、父上は何と言いました」

母は声を震わせて言った。

信助は、侍らしく、生きよ、という父の遺言を口にしようとしたが、喉に何かつまったようで言葉が出なかった。

「侍は、このようなことで涙など見せませぬぞ」

「………」

「それほどの傷では、ありませぬ」

そう言うと、母はすこし声をやわらげ、顔を洗ってきなさい、と命じた。母はそれ以上訊かなかったが、何があったのか察したようだった。

肩を落として、とぼとぼと裏の井戸の方へ向かう信助の後を孫七がついてきて、母屋の陰にまわると、

「明日から、おらがお供しますだ」

と、小声で言った。

「い、いい……」

信助は立ち止まって振り返り、首を横に振った。そんなことをすれば、松次郎たちによけい馬鹿にされる。それに、孫七を供に連れて道場へ通うことは母が許さないだろうし、死んだ父の遺言にも背《そむ》くような気がした。襲われるのを怖がって、供を連れて通うようになった、と松次郎たちに思われるのも悔《くや》しかった。

桶の水面に顔を映して見ると、額の出血は止まっていた。頬や顎などに青痣《あおあざ》があり、体中に痛みがあったが、打ち身だけで済んだようである。

信助は水面に映った顔を見ながら、明日のことを思った。道場へ行けば、松次郎たちはまた襲ってくるはずだ。今日より、もっと大勢で打ちかかってくるかもしれない。怖かった。できれば、休みたかった。腹が痛いとでも言えば、母も休めと言うかもしれない。

——だが、休めない。

と、信助は思った。松次郎たちに屈するのは悔しかったし、ここで挫《くじ》けたら父の遺言にも背くと思った。

信助は慶林寺の父の切腹の様子と、母に懐剣の切っ先をつきつけられたときのことを思い出した。そのときの光景が目の前にありありと浮かんだ。信助は寒気を覚え、全身がぶるぶると震えてきた。あのときのことを思えば、松次郎たちに襲われたことなど、些細《ささい》なことのように思えてきた。

信助は桶の水をすくって、ごしごしと顔を洗った。そして、母屋にもどって父の愛用していた木刀を持ってくると、井戸のそばで振りだした。松次郎たちに勝つには剣術が強くなるよりほかにないと思った。

父の木刀は重かった。信助は目をつりあげ、必死に振りつづけた。


翌朝、信助が道場内に姿をあらわすと、騒いでいた門人たちが静まり視線が集まった。顔の痣《あざ》に驚いたようである。松次郎ともうひとり昨日の仲間がいて、顔を赭《あか》くして何か言おうとしたが、嘲るような笑い声を上げただけで無視した。

いっときして、堀川と高弟ふたりが道場内に入ってくると、騒いでいた門弟たちはいっせいに左右に分かれて座した。

「どうした、その顔は」

堀川が信助の顔の痣に気付いて訊いた。

「はい、昨日道場からの帰りに転びました」

信助は嘘《うそ》を言った。

松次郎たちを庇《かば》おうとしたわけではない。なぜか、堀川に松次郎たちに襲われたことを知られたくなかったし、自分の力で松次郎たちを見返してやりたかったのだ。

「その稽古着は」

信助が稽古着に着替えているのも、堀川は目にとめた。

「先生、お手伝いの前に、少し稽古をさせてください」

信助は堀川の顔を睨《にら》むように見上げて頼んだ。

そうか、と言っただけで、堀川はそれ以上訊かなかった。信助の胸の内に、期するものがあるのを察したようだ。堀川の指示で、すぐに三組に分かれ昨日と同じように子供組の稽古が始まった。

信助は組太刀の稽古を終え、地稽古が始まると、まっさきに松次郎を相手に選んだ。地稽古は堀川とふたりの高弟のほかに、自分より年長の者を選んで稽古をしてもよいことになっていたのだ。昨日の五人のうち松次郎と大助はふたつ年上である。

東軍流は木刀による組太刀の稽古が中心だが、堀川道場では面籠手《めんこて》などの防具を着けた試合形式の稽古も取り入れていた。

若いころ堀川は勤番の藩士として江戸にいたことがあり、そのころ（文政《ぶんせい》年間）江戸で繁盛していた一刀《いっとう》流の浅利又七郎《あさりまたしちろう》の道場にたびたび足を運び、防具を着けての試合形式による稽古を見ていた。

実際に打ち合う稽古の良さを目の当《ま》たり《あ》にした堀川は、国許に帰るとすぐにこの防具による稽古法を取り入れたのである。

まっさきに自分の前に立った信助に、松次郎は驚き、逡巡《しゅんじゅん》したようである。だが、信助は一礼すると、かまわずに松次郎に切っ先をむけた。

こうなると、松次郎も相手をしないわけにはいかなくなった。オオッ、と応じて、切っ先を合わせてきた。

エイッ！　と、甲高い声を張り上げて、信助が面に打ち込む。松次郎は後ろに引いて信助の竹刀を受け、体をひらきながら胴を抜いた。

腕は松次郎のほうが上である。松次郎は、信助より二年ちかくも長く稽古に通っていたし、体軀《たいく》もひとまわり大きい。

だが、信助はすぐに反転すると、また切っ先をむけて面へ打ち込んでいく。また、松次郎は面をかわして胴を打とうとしたが、踵《かかと》が道場の板壁に迫っていたため、後ろへ下がれず、信助の面が当たった。慌てて松次郎は反転して、道場の中央へもどる。信助はその後を追って、執拗《しつよう》に打ちかかっていく。腕も体力も松次郎に及ばないが、捨て身の気魄《きはく》が松次郎を圧倒した。

地稽古は試合形式で打ち合うが、どちらかが参ったというまでつづけられる。通常は、先に三本取られたほうが、まいった、と声を上げて竹刀を引くが、信助は何本打たれても、竹刀を引かなかった。

「まいった！」

と、声を上げたのは松次郎のほうだった。

四

その日も稽古の終わった後、中洲橋のちかくで松次郎たち五人が待ち伏せていた。

「信助、今日の稽古は昨日の仕返しのつもりか」

松次郎が、怒りで顔を赭くしてつめ寄ってきた。

「稽古だ」

信助は松次郎を睨みつけたまま言った。昨日の顔とはちがう。目を丸く瞠き、食いつきそうな顔をしていた。

「生意気なやつめ、これでもくらえ！」

言いざま、松次郎が手にした竹刀で信助の肩を打った。

それを合図に信助を取り囲んでいた四人が、竹刀や棒で打ちかかってきた。その打撃をかわしもせず、信助はその場に立っていた。両足を踏ん張り、拳《こぶし》をぎゅっと握りしめたまま凝《じっ》と打擲に耐えていた。昨日のように屈《かが》み込んだり、両手で頭をおおったりしなかった。

——大勢過ぎて喧嘩には勝てない。

と、信助は思っていた。

だが、こんなやつらに屈したくない、という一念で、前にいる松次郎を睨みつけていた。額が切れ、血が流れ出した。呻き声も上げずに、つっ立っている信助の気魄《きはく》に気圧《けお》されたのか、それとも気味悪くなったのか、

「今日は、ここまでにしてやる」

と、松次郎が吐き捨てるように言い、肩を怒らせて歩き出した。大助たち四人が慌てて後を追う。

五人が遠ざかると、信助は長瀬川の浅瀬に入って顔の血を洗い流した。傷口にしみたが、たいした傷ではなかった。竹刀や棒でたたいた手に、昨日より力が入っていなかったようだ。無防備でつっ立っていたために、多少気がとがめたのだろう。

信助が浅瀬で傷口を洗っていると、背後で足音がした。振り返ると、同じ石原町に住む佐助と宗七が立っていた。

「おまえ、強いな……」

短軀で浅黒い肌をした佐助が、上目使いに信助を見ながら言った。

信助は返事せず、岸に上がって草鞋を履《は》くと、痩《や》せてひょろりとした宗七が、

「怖くなかったか」

と、覗くような目をして訊いた。

信助は黙ったまま草鞋の紐《ひも》を結んでいた。

「あいつら、いつも石原町のことを馬鹿にしてるんだ」

佐助が口をとがらせて言った。

「……」

そのことは、信助も知っていた。今までは騎馬町にいたので、かかわりがなかったため気にしていなかったが、今度は自分が当事者になったのである。

信助が歩き出すと、ふたりは慌てて後を追いかけて来ながら、

「あいつら、明日も来るぞ」

と、佐助が言った。

「そのうち、来なくなる」

信助は、どこまでも耐えてやる、と思っていた。

「明日、おれたちもいっしょに帰ろうか」

佐助が信助の顔を覗くように見た。

「いっしょに帰れば、おまえたちもたたかれるぞ」

信助がそう言うと、おまえは、石原町の仲間だ、と宗七が声を上げた。

「おまえといっしょに、あいつらと喧嘩する。ほかの仲間を集めてもいい」

佐助が目をひからせて袖口をたくし上げた。

「だめだ。そんなことをしても、勝ったことにならない」

助太刀に頼って松次郎たちに勝っても、そのときだけである。助勢がいなくなれば、また襲ってくるだろうし、松次郎たちはもっと大勢の助勢を頼むかもしれない。自分の力で、松次郎たちをやっつけなければだめだ、と信助は思った。

そのことを信助が話すと、佐助が、それじゃァ、いつまでも殴られっ放しになってるのか、と不満そうな顔で言った。

「殴られっ放しじゃァない。おれは剣術で見返してやる。……それに、もう松次郎など怖くはない」

信助は剣術が強くなれば、松次郎たちも手を出してこないはずだと思っていた。

信助の毅然とした態度に、佐助と宗七は視線を落として黙ってしまったが、しばらく歩いた後、佐助が、

「おれ、明日、おまえといっしょに帰る」

と、強い口調で言った。つづいて、宗七が、おれも、と言って顔を上げた。

五

翌日、信助は道場に入らなかった。木戸門をくぐると、雪江がいて、また水汲みを頼ん

だのだ。手伝いが終わると、少し早く道場から出てきた堀川が、

「少し手直しをしてやろう。木刀を振ってみろ」

と言って、庭の隅で木刀を振らせた。

丹田《たんでん》に力を込めて腰を据《す》えて構えることや、手の内を絞りながら敵の人中路《じんちゅうろ》（体の中心線）を斬り落とすように、振ることなどを手をとって教えてくれた。

半刻ほどすると、むやみに竹刀や木刀を振り回してはならぬぞ、と言って、道場の方へもどっていった。どうやら、堀川は松次郎たちとのいさかいを知っているようである。

道場の稽古が終わって少し間を置いてから、信助は門を出た。松次郎たちと顔を合わせないほうがいいと思ったのである。

通りに出てしばらく歩くと、佐助と宗七が駆け寄って来た。

「いっしょに帰る」

と、佐助が言い、宗七がうなずいた。

三人は長瀬川の川岸の道を通り、中洲橋のたもとまで来た。

「おい、見ろ、松次郎たちがいるぞ」

佐助が小声で言った。

見ると、半町ほど先の枝葉を茂らせた柳の陰に松次郎たち五人が立っている。

「ど、どうする」

宗七が、細い目をしばたかせながら訊いた。着物の裾から出たひょろっとした足が、震えている。

「おれは行く。ふたりは、ここにいてもいい」

そう言って、信助はずんずんと歩きだした。

「おれは、おまえといっしょにあいつらと喧嘩する」

佐助が目を剝いて言うと、宗七もついて来た。

だが、松次郎たちは、三人に手を出さなかった。柳の木陰に立ったまま、にやにや嗤《わら》いながら三人を見ている。その目の前を三人が通り過ぎたとき、石っ原の水飲み野郎、と松次郎が罵《ののし》った。その声につづいて、嘲笑や揶揄《やゆ》する声が飛んだが、三人はかまわずに歩いた。

「あいつら、何もしなかったぞ」

半町ほど離れたところで、佐助が声を弾ませて言った。やったぞ！　と、宗七が声を上げた。

三人の勢いに気後れしたのか、それとも集団での乱闘を避けようとしたのか、松次郎たちは罵詈《ばり》を浴びせただけで手は出さなかった。

——先生から、注意されたのだ。

信助は堀川が松次郎たちに意見したにちがいないと思った。

だが、これで松次郎たちが、信助に対する攻撃をやめたわけではなかった。翌日、堀川に声をかけられて道場へ入り、稽古を終えて着替えようとすると、袴《はかま》の左右の裾が一尺（約三〇センチ）ほども裂けていた。

信助の顔が引き攣《つ》ったようにこわばった。誰かが故意に破ったのである。松次郎たちにちがいない。陰湿な嫌がらせに腹が立ち、暗い気持になった。こんなことをされるなら、まだ殴られたほうがいいと思った。

袴を穿《は》いて歩くと、太股《ふともも》のあたりまで露出してしまう。通りを歩く恥ずかしさもあったが、母に知られるのが何より嫌だった。

袴なしで帰るわけにもいかず、信助は裾の一部分を縛《しば》り開かないようにして帰った。母に何と言おう、と思案しながら戸口の前まで来ると、なかから母とせつの声が聞こえてきた。せつの切羽詰まったような声に、信助は戸口に立ったまま耳を立てた。

――母上、夕餉《ゆうげ》のお米がたりませぬ。

せつの声がし、いっとき間を置いて、

――これでは、三人分はありませんねえ。

という、母の沈んだ声が聞こえた。米を掬《すく》い落とすような音がする。台所にある米櫃《こめびつ》をふたりで覗いているらしい。

――今朝まで、まだ、たくさんあったのに……。母上、くらです。重そうに風呂敷包みをかかえて家を出るのを見ました。

せつは、長持《ながもち》から着物を出して風呂敷に包むのも見た、と言い足した。

信助はふたりの会話を聞き、何があったかすぐに分かった。女中のくらは今日で奉公をやめることになっていた。おそらく、家を出るとき、着物や米を盗んで持ち去ったにちがいない。

なんと、恩知らずの女だ、と信助は強い憤《いきどお》りを覚えた。今日食べる米まで持ち去ったらしいのだ。

――せつ、そのように悪《あ》し様《ざま》に言ってはなりませぬ。本来なら、くらの奉公に相応の金子《きんす》をつつんで報《むく》いてやらねばならぬのです。それが、十分にできませんでした。……くらもこれから先の暮らしが心配なのですよ。……着物や米は、くらの奉公のお礼にくれてやったと思いましょう。

母は諭《さと》すような口調で言った。

――でも、母上、夕餉は。

――何とかなります。雑炊を作りましょう。大根がありましたね。あれをたっぷり入れれば、明日の朝餉の分も何とか賄《まかな》えます。

母はそう言うと、立ち上がったらしく土間を歩く音が聞こえた。せつも、後について竈《かまど》の方へ行くらしく、ぺたぺたと草履《ぞうり》の音がした。

信助は引き戸を開けずそのまま裏口にまわると、父の木刀を取り出してきて、振りだした。松次郎やくらの仕打ちに怒りを覚えたが、それよりも自分がまだ小さく、何もできないのが悔しく情けなかった。

——剣術が強くなって、はやく立派な侍になりたい。

と、信助は強く思った。

信助は腹の底の悔しさや鬱憤《うつぷん》を吐き出すように、鋭い気合を発しながら木刀を繰《く》り返し繰り返し振った。半刻もすると、掌に肉刺《まめ》ができて潰《つぶ》れたが、振るのをやめなかった。

木刀を振っていると、信助の脳裏に父の凄絶《せいぜつ》な切腹の光景や母に切っ先をつきつけられたときのことが蘇《よみがえ》ってきた。すると、手や体の痛みが、スッと遠ざかっていく。

その日の夕餉は、とくに貧しい物だった。雑炊だけである。しかも、大根ばかりで米粒はわずかだった。

母は米の部分を掬《すく》うと、信助とせつの椀に分け、自分はわずかな大根と汁だけしか入れなかった。それに、ほとんど箸《はし》を動かさず、ふたりの食するのを見ていた。三人分はなかったのである。

信助は喉が詰まったようで、なかなか箸が動かなかった。

「どうしました、いっぱい食べないと大きくなりませんよ」

母が言った。

「……あ、あまり、腹がすいていません」

信助は椀に目を落としたまま、少しずつ米粒を掬って口に運んだ。せつも、泣き出しそうな顔をして、下をむき、箸の先につまむようにして食べている。

三人は下をむいたまま、少しでも他のふたりが余分に食べられるよう、少しずつ食べた。鍋《なべ》の雑炊は、なかなか減らなかった。

六

翌朝、信助が寝衣から着替えようとすると、袴がきちんとたたんであった。しかも、昨日裂けていた裾は、きれいに繕《つくろ》ってある。

昨日、信助は気付かれないよう母屋に入るとすぐに袴を脱ぎ小袖だけで過ごしたのだが、母は気付いたらしい。

驚いて袴を手にしたまま立っていると、土間にいた母が、

「昨夜《ゆうべ》、縫《ぬ》っておきました。武士は見苦しい姿を他人《ひと》に見せてはなりませぬ」

と、静かな声音で言った。

洗い晒《ざら》しの古い袴だが、これしかない。何とか、今朝穿くのに間に合うよう信助の眠った後、繕ったにちがいない。

その日、道場へは入らず母屋の方にまわった信助は、

「先生、今日も道場で稽古をさせてください」と頼んだ。

何かあったかな、と堀川は訊いたが、信助は黙っていた。

「いいだろう。だが、稽古だぞ」

堀川は苦笑いを浮かべながら許してくれた。

「はい」

と答えて、信助は道場へむかった。

打ち込み稽古や組太刀の稽古を終え地稽古になると、信助は真っ先に松次郎に挑んだ。

松次郎は嫌がったが、信助に竹刀をむけられると、しぶしぶ応じた。

初めから飛び付くような凄《すさ》まじい打ち込みだった。昨日の仕返しというより、信助は胸の内に鬱積した怒りや悲しみを、松次郎にぶっつけたのである。

体力や太刀捌きなどに勝《まさ》っている松次郎が、初めのうちは、信助の面や胴を打っていたが、信助の気魄と果敢な打ち込みにしだいに押されてきた。そして、信助の面が二本ほど決まったとき、まいった、と言って、竹刀を引きそうになった。適当にあしらってやめようとしたのである。

そのとき、信助が、まだだ！　と、一声叫んで面へ飛び込んでいった。

その打ち込みを、松次郎が竹刀を上げて受けた。その瞬間、信助は竹刀を相手の左首筋

に当て、左足で相手の右足をひっかけて押し倒した。『足搦み《あしがら》』である。成人の間の稽古では、ときどき行なわれたが、子供組でやる者はいなかった。だが、特に禁じられていたわけではない。

転倒した松次郎は、ワッ、と悲鳴のような声を上げ、這って脇へ逃れようとした。その背へ、竹刀を放り捨てた信助が飛びかかった。獣のようである。稽古というより、喧嘩だった。

「組み打ちだ！」

叫びざま、信助は松次郎の背に馬乗りになり、面のしころ（面の左右に垂れた首を覆う物）の上に腕をまわして、力まかせに締め上げた。松次郎は、横に転倒して必死にもがいたが、信助は相手の体にしがみ付いたまま腕を離さなかった。

「そこまで！　そこまで！」

慌てて高弟のひとりが駆け寄って来て、後ろから信助を引き離した。

面を外された松次郎は苦しそうに喉を鳴らしながら、恐怖にひき攣った目を信助にむけた。他の門弟たちは竹刀や木刀をとめ、信助と松次郎に視線を集めていた。

「松次郎、剣術なら負けないぞ！」

信助が目尻が裂けるほど両眼を瞠いて叫んだ。

その日、松次郎たちは信助に何もしてこなかった。信助の激しい稽古に、恐れを抱いたようだった。だが、それで松次郎たちの攻撃が、終わったわけではなかった。ときどき信助を中傷したり、衣類を破ったり竹刀や木刀を隠したりして陰湿な嫌がらせをつづけた。

信助はそうした嫌がらせや中傷があるたび、その悔しさや怒りをひとり稽古や道場での稽古にぶっつけた。他人には、その稽古ぶりが狂気じみて見えたかもしれない。だが、信助の胸には父の切腹の光景と母に切っ先をつきつけられたときのことが鮮烈に残っていて、どのような激しい稽古もそれほど苦痛とは思わなかった。

また、日が経つとともに、堀川は信助の稽古を道場でやらせるようになっていた。立場は門弟ではなかったが、子供組の門人も自然と受け入れるようになっていたのである。

これが堀川の狙《ねら》いだった。今や、秋月家は士分とも言えないほどの微禄であり、信助は藩を揺るがした罪人の子でもある。その信助を門人として、受け入れれば他の門人の親が反発し、道場をやめさせる恐れが強かった。そのため下働きのような身分で道場に来させ、しだいに門人たちになじませていったのである。

暑い夏が過ぎ、道場内に初秋の涼風が流れ込んでくるようになって、松次郎が子供組から大人組へ移ることになった。元服したのである。

先に年長の小島宗太郎も元服して大人組に移っており、新たに子供組に入門した者もいて、道場の雰囲気も変わってきた。

松次郎がいなくなると、信助への嫌がらせや中傷はぴたりとやんだ。後に残った大助や他の仲間は対立するどころか、信助に媚《こ》びを売るようにさえなった。

信助の剣の上達はめざましく、そのころになると子供組で信助の相手ができる者はいなくなっていた。

# 第三章　山王原《さんのうはら》

一

戸口に立った堀川達右衛門は、肩衣《かたぎぬ》半袴姿で二刀を帯びていた。ふだん外出時は、羽織袴姿だったので、今日の扮装《いでたち》はいつもとちがう。そう言えば、月代《さかやき》や髭もきれいにあたり、すっきりした顔つきをしている。

「これは、これは、堀川さま、お手数をおかけいたします」

慌てて戸口に出た母親のきわが、昂《たかぶ》った声で堀川を迎えた。きわもめずらしく丸髷《まるまげ》に櫛《くし》を入れ、しまい込んであった古い留袖《とめそで》を着て、普段とちがうこざっぱりとした身装《みなり》をしていた。

「少し早いが、気がせいてしまってな。……よろしいかな」

堀川は大刀を鞘ごと抜いて手にすると、家のなかに目をやった。筵《むしろ》を敷いただけの狭い部屋に何人かの人影が見えた。

「どうぞ、どうぞ、もう、集まっていただいておりますので」

きわがそう言っている間に、孫七も土間に姿を見せた。

「では、失礼させていただきます」

きわに案内されて、堀川は部屋の正面に座った。

座敷には、信助が晴れがましい顔で端座していた。隣の家主であり徒組の武田平三郎《たけだへいざぶろう》、妹のせつ、きわの父親である前田吉兵衛《きちべえ》の顔もあった。吉兵衛はすでに老齢で、腰も曲がっていた。

老いた吉兵衛は戸口に立ったとき、家とは呼べぬほどの荒屋に絶句し、涙を浮かべていた。吉兵衛がこの家に来るのは初めてのことだった。母子三人の困窮ぶりを目の当たりにして、胸がつまったようだ。

「きわ、すまぬな」

吉兵衛が母の耳元で言った。

母は、迷惑をかけたのはこっちなのです、こうして来ていただけるだけでも有り難いのです、と老いた父に言って、座敷へ上げた。

武田と吉兵衛は黒羽織に袴姿、せつもしまってあった古い花柄の着物を着ていた。着物の丈《たけ》が短く裾から足が長く出ているのは、せつがそれだけ成長した証《あか》しである。

今日は、信助の元服の日だった。父、平八郎が死んで二年ちかく経っていた。信助は十二歳になっていた。

通常、武家の男子の元服は十五歳前後で行なわれることが多い。信助はまだ若いが、秋月家にとって、少しでも早いほうがよろしかろう、という堀川の言葉に従い、平八郎の一周忌が済んだ翌年の春、今日の吉日を選んで行なわれることになったのだ。

元服は男子の成人式で、武家の男子にとっては誕生祝いにつづく人生の二度目の出発の儀式である。

この日、前髪を剃って大人と同じ髷《まげ》を結い、童名《わらわな》を改め実名が付けられることになる。また、元服のおり烏帽子《えぼし》を被《かぶ》せたことから、介添人を烏帽子親と呼び、実の親に次ぐ父子の関係となる。

生前、平八郎は親交の深かった堀川に信助の烏帽子親になることを依頼してあり、この日になったのである。

「さて、それでは始めましょうかな」

堀川は信助を正面に呼び、集まった人たちの方をむいて着座させた。

それにしても寂しい元服の式である。きわも座り、孫七も土間のちかくにかしこまって座っていたが、何人もいない。当然同席していいはずの秋月家一族からはだれも来ず、きわの出た前田家の筋から、実父で隠居している吉兵衛がひとり姿を見せただけなのである。

だが、こうした冷たい仕打ちは、今日だけではない。平八郎が切腹し、家禄十俵に減らされ石原町に住むようになってから、両家の親族たちは掌《てのひら》を返したように秋月家に寄り付かなくなり、まったくの他人のように振る舞うようになった。昨年行なわれた一周忌にさえ、両家からはだれも姿を見せなかったのだ。

秋月家は時により多少の増減はあったが百石前後を喰《は》む中級家臣で騎馬町に住み、代々大目付や徒頭などをつとめる家柄であった。また、前田家も百石の家柄で騎馬町に住み、現在一族の者は普請《ふしん》奉行、祐筆《ゆうひつ》などの役職についていた。

そうした両家の絶縁の背後には、平八郎が藩の執政者に背き罰せられたことが影を落としていた。家格がちがうようになったこともあったが、何より累《るい》が一族である己の身に及ぶことを避けようとする思いが強かったのである。

今日、吉兵衛が姿を見せたのも、前田家として来たのではなかった。あくまでも、隠居したきわの父親として来ていたのである。

堀川は巧みに信助の前髪を剃っていく。落とした髪は、そばに置かれた搔板《かきいた》の上に載せられ、それが増えるとともに信助の月代《さかやき》が広がっていく。

信助は胸を張り、正面を見すえたまま凝《じっ》としていた。月代が青々として新しい髷もなじんでいなかったが、若侍らしい凜々《りり》しい顔付きになってきた。

「名は、辰之助《たつのすけ》にしよう。……すでに亡くなって久しいが、わしの師の名が辰右衛門《たつえもん》でな。その一字を貰《もら》うことにしたのだ」

前髪を剃り終えたところで、堀川が言った。

信助は、秋月辰之助、と頭のなかで何度か反芻《はんすう》してみた。いい名だと思った。自分が急に大人になったような気がした。

立派な名だ、という吉兵衛の声が聞こえた。きわやせつも、嬉《うれ》しそうな顔で辰之助に目をむけている。

そのとき少し離れた土間のちかくで、クックッと喉の鳴る音が聞こえた。見ると、孫七が筵に両手を付き、首を垂れて肩を揺すっている。泣いているのだ。

「孫七、どうしました」

きわが、膝をまわして声をかけた。

「お、おら、嬉しくて……」

孫七は嗚咽《おえつ》を堪《こら》えてそう言うと、這うようにして土間へ下りた。そして、腰を曲げて深くお辞儀をすると、逃げるように外へ出ていった。泣き顔を見られたくなかったようである。

「忠義な男だ」

堀川が出て行く孫七の背を見ながら言った。

「はい、よく尽くしてくれます」

きわも土間の方へ目をやったが、明るい陽射しのなかに孫七の姿はなかった。

型どおりの式が終わると、きわとせつの手で簡単に酒肴《しゅこう》が用意された。孫七にも座敷へ来るよう声をかけたが、おらはここでいい、と言って固辞し、寝起きしている小屋から出なかった。

その日、めずらしく夕方まで辰之助の家から華やいだ笑いや明るい声が聞こえていた。

二

「母上、孫七がいません」

せつが心配そうな顔でもどってきた。

辰之助の元服の済んだ二日後の朝、孫七の姿が見えないので、母がせつに小屋を見て来るように言ったのだ。

孫七はいつも暗いうちから起き出し、家のまわりにあるわずかな畑を耕したり、近くの雑木林に燃料にする粗朶《そだ》を拾いに行ったりするのだが、今朝は朝餉に起き出したような気配がないのだ。

「辰之助、畑の方を見てきなさい」

きわの言葉に、辰之助は畑へ走った。

家は狭く荒れ果てていたが、裏に釣瓶井戸があり、周囲にはわずかな菜園もあった。孫七がここに来てから、少しでも暮らしの足しになるようにと近くの荒れ地を開墾して、麦や芋《いも》類なども栽培するようになった。石や岩が多く水を引くこともできない荒れ地だったが、孫七はこつこつと耕し畑らしくしたのである。

その畑にも、孫七の姿はなかった。辰之助は嫌な予感がした。孫七にかぎって、くらのように家財を持って逃げるようなことはないが、もっと悪いことが起きたような気がした。

念のため、もう一度小屋の方にまわってみたが、やはり孫七はいなかった。

ここに人が寝起きしていたのか、と疑いたくなるほど何もなかった。まわりを篠竹《しのだけ》でおおい、狭い土間に藁《わら》が敷いてあった。そばに古い柳行李《やなぎごうり》とわずかな衣類が重ねてある。あとは農具の鎌《かま》や鍬《くわ》、それに冬の間に作った草鞋《わらじ》がいくつかぶら下げてあるだけだった。

「母上、やはり孫七はいないようです」

「どこへ行ったのでしょう」

母も心配そうだった。石原町のこの家へ越してきてから、このようなことは一度もなかったのだ。

母子三人で、手分けして心当たりを探すことになった。心当たりと言っても、家の近所しかない。孫七は若いときから平八郎に仕え、すでに両親《ふたおや》は死に兄弟もなく、嫁ももらわなかったので、行き来するような親戚《しんせき》縁者はいなかった。

「町へ行ったのでしょうか」

辰之助が言った。

孫七は農閑期には日銭を稼ぎに町へ出かけ、船荷の運搬や普請の手伝いなどをすることもあった。

「いえ、何も告げずに行くはずはありません」

母は首を振った。

「孫七、どこへ行ったの」

幼いころからなついていたせつも、泣き出しそうな顔をしていた。

「ともかく、探してみましょう」

母に言われ、辰之助たちは家のまわりや雑木林、それにたまに魚捕りに出かける長瀬川の岸辺まで行ってみたが孫七の姿はなかった。

四ッ（午前十時）ごろ、孫七を探しているところへ、慶林寺の納所《なっしょ》（下級の僧）が、こわばった顔で訪ねてきた。

平八郎の墓前で、老爺《ろうや》がひとり死んでいるというのだ。

——孫七だ！

と、辰之助は直感した。

「すぐに、行ってみましょう」

きわは、せつに留守番をするよう言い置いて、辰之助とともに納所の後について慶林寺にむかった。

やはり、孫七だった。孫七は平八郎の墓前にうずくまるように死んでいた。墓前といっても白木の墓標が立っているだけである。少し土を盛ったその墓前に、孫七はつっ伏したまま固まってしまったように見えた。

孫七は小柄だった。背を丸め、弊衣《へいい》のままうずくまっている姿は、うち捨てられた襤褸《ぼろ》の塊《かたまり》のようにも見えた。その孫七の手に古い短刀が握られていた。それで喉を突いて自害したようだ。

流れ出た血はどす黒く乾いていたが、まだ絶命してそれほどの時間は経っていないと見え、横顔には生前のような艶《つや》が残っていた。おそらく、昨夜のうちに石原町の家を出て、払暁《ふつぎょう》とともに自害したのであろう。

「孫七……」

母は孫七のそばにひざまずき、指先を伸ばして継ぎはぎだらけの腰切半纏《こしきりばんてん》の背に手を置いた。そして、祈るように顔を伏せたまま凝《じっ》としていたが、

「孫七は、父上の後を追って、すぐにも死にたかったのです」

と、顔を上げて言った。

「……！」

殉死《じゅんし》であった。腹こそ切ってないが、孫七は平八郎の後を追って死んだのである。

「でも、死ねなかった。……それが、やっと、死ぬことができたのですよ」

母の声はかすれていた。

「……………」

辰之助にも、母の言うことが分かった。孫七は残された母子三人を見捨てて死ねなかったのだ。一昨日、辰之助の元服を見届け、母子三人が何とか暮らしていけそうだと思ったのだろう。それで、やっと父の後を追うことができたのだ。

孫七の横顔は血に汚れていたが、表情はやすらかだった。

「孫七こそ、忠義の士かもしれませぬ……」

そう言うと、きわは唇をきつく結んで、夫の眠っている墓標に目をむけた。その両眼から涙が零《こぼ》れ落ちた。

三

元服した辰之助は、大人組の稽古に通うようになった。ただ立場は、相変わらず堀川家の下働きだった。大きくなったいまは、水汲みのほかに薪割《まきわ》り、家のまわりの掃除、近所への使いなどもやるようになった。そのため他の門人と同じように稽古はできない。一日置きぐらいに道場の隅で稽古にくわわる程度である。

　それでも他の門人たちとの違和感はなかった。門人によっては三日に一度、あるいは月に二、三度しか姿を見せない者もいたからである。

　ここには四十人前後の門人が通っていた。十四、五歳の少年から中年の師範代まで、年齢もばらついている。辰之助より一足早く元服した松次郎も通っており、岡部金十郎《おかべきんじゅうろう》と名を変えていた。

　金十郎は、子供組にいたときより体も大きく大人びた顔になっていた。辰之助に対し、直接悪口を浴びせたり嫌がらせをするようなことはなかったが無視することが多く、辰之助のほうから話しかけてもろくに返事もしなかった。辰之助もできるだけ金十郎にはかかわらないようにした。

　辰之助は大人組の稽古の迫力に圧倒された。子供組でやってきた稽古など児戯《じぎ》と思えるほど、力強く激しい稽古である。辰之助は猛獣の群れのなかにまぎれこんだ子兎《うさぎ》のような自分を感じた。

　だが、弱音は吐《は》かなかった。辰之助は進んで体の大きな門人に挑み、必死に稽古をつづけた。稽古は苦しかったが、ここには子供組にはない良さがあった。門人同士の間にそれほど家格や住居地で差別するような雰囲気はなく、剣の強者が認められ敬《うやま》われているようなのだ。

とくに、目を引いたのは梶綾之介《かじあやのすけ》という二十歳そこその若い門人だった。背の高い、面長の目の細い男だった。ほとんど表情を動かさずに喋り、笑った顔など滅多に見せなかった。出色の腕で、高須一英《たかすかずえ》という中年の師範代もかなわぬほどである。梶は七十石の家柄だそうだが、門人たちから畏敬《いけい》の目で見られていた。

初めて梶と竹刀を合わせたときから、辰之助はその強さと迫力に圧倒された。青眼に構えた梶の切っ先が眼前に迫ってくるような威圧を感じ腰が浮き上がって、構えたまま対峙《たいじ》していられなかった。辰之助は必死の思いで打ち込んでいったが、軽くあしらわれ、かすりもしなかった。

辰之助は子供組にいたころも梶の名を聞いていたし、何度かその姿を見かけたこともあった。だが、当時は雲の上の存在でそれほど意識していなかった。ところが、こうして同じ道場で竹刀を合わせる立場になると、その卓越した剣の腕はむろんのこと、激しい稽古や決して弱音を吐かぬ剛毅さに、辰之助は改めて驚かされたのである。

――あの人のようになれば、石原の者だとて後ろ指はさされぬ。

と、辰之助は思った。

その梶の存在は辰之助の励みになると同時に、目標ともなったのである。

それに、当初は無我夢中で通っていたが、半月も経つと少し年上の仲間もできてきた。

とくに親しくなったのは、新見信太郎《にいみしんたろう》、山内源太《やまうちげんた》、小島鉄之助《てつのすけ》の三人だった。鉄之助は小島宗太郎である。元服して童名の宗太郎を実名に改めたのだ。三人は辰之助の一途《いちず》な稽古に感心し、積極的に話しかけてきたのである。

新見は十五歳、徒組三十俵の家柄で辰之助と同じ石原町に住んでいた。山内は十四歳、騎馬町に住む五十石の家の嫡男だった。そして小島は十五歳、辰之助の父、平八郎とともに処罰された小島六郎の嫡男である。子供組にいたころ小島は他人の目を気にしていたのか、意識して離れていたようだったが、辰之助が大人組になってからは積極的に近付いてきた。

ほかに十四、五歳の若者が四、五人いたが、あまり話はしなかった。

「おい、秋月、おまえ興英塾《こうえい》には行かないのか」

稽古を終え、四人で帰る道すがら新見が訊いた。

倉田藩には、興英塾という藩校があった。主に上、中級藩士の嫡男が通い、下級藩士や庶民は枠外であった。ただ、下級藩士の嫡男にもまれに入学を許され、通っている者もいた。新見がそうだった。下級藩士でも、特に有能の者と認められたり、重臣の推薦などあった者は特別に入学が許可されるのである。新見の場合、上司にあたる徒頭《かちがしら》の推挙があったという。

三人が特に仲が良かったのは、興英塾の同期だったからである。

「おまえも、そろそろいいのではないか」

山内が言った。

辰之助は返答に窮した。行きたい気持はあったが、入学できる状況ではなかった。家にそれだけの余裕がないことも分かっていたし、望んでも入学を許可されるはずはないのだ。堀川道場でさえ、門人とは認められないほどの微禄の家なのである。それに、辰之助は興英塾に入学する年齢は過ぎていた。

興英塾には、通常十歳ぐらいで入学し、習字、孝経の素読から始まって、論語、四書五経の素読などが行なわれる。そして、能力があり試験を通った者は、さらに上級に進むことができ、そこでは、講義、就学者同士の会読、問答などの学習法が採られていた。

「いい、おれは剣だけでじゅうぶんだ」

辰之助は視線を落として言った。

「それもいいかもしれんぞ。……おまえの剣は出色だからな」

新見が慰めるように言った。同じ石原町に住んでいるので、辰之助の置かれている貧しい状況が分かるのだろう。

家に帰ると、母とせつは畑にいた。孫七が生きていたころは、母もせつもあまり畑には出なかったが、死後は女ふたりの仕事になった。

「母上、ただいま帰りました」

帰宅の挨拶をした後、辰之助はすぐに粗末な着物に替えて外へ出た。辰之助も家にいるときは畑仕事を手伝ったり、燃料の粗朶を拾いに行ったりする。

辰之助は茄子《なす》ときゅうりが植えてある畑の雑草を取りながら、母とせつのふたりに聞こえるような声で、堀川道場の稽古の様子や新見たちのことなどを話した。

母は黙って手を動かしながら、辰之助の話を聞いている。見ると、汚れた手ぬぐいをかぶっている横顔は陽に灼《や》けて、農婦のようである。

——とても、興英塾のことなど言い出せない。

と、辰之助は思った。

母子三人が生きていくために、母がどれほどの労苦に耐えているか、辰之助は知っていた。

十俵の扶持米だけでは食べていけない。その上、ちかごろは藩の財政が逼迫《ひっぱく》しているらしく、たびたび藩士の俸禄の借り上げが行なわれ、秋月家ほどの微禄であっても季節ごとの切米《きりまい》がとどこおることがあった。わずかな菜園や畑で野菜や穀類を栽培したり、野山で山菜を摘んだりしているが、それほどの足しにはならない。ときおり、母は昔の櫛《くし》や簪《かんざし》、着物などを質屋や古着屋に持っていって金に替えているようなのだ。

この年、天保五年（一八三四）は、天保の大飢饉《ききん》が始まった翌年にあたる。前年の天保四年は低温多雨などの異常気象や大洪水などが、奥羽《おうう》、出羽《でわ》、越後《えちご》地方などを襲い、凶作にみまわれて、各地で多数の餓死者や疫死者などを出した。その後も天候不順や天災などによる飢饉は慢性的につづき、その影響を全国に広げていく。

倉田藩もこの飢饉にみまわれたが、米以外にも杉、檜《ひのき》、木炭、漆《うるし》などの特産品にめぐまれていたため、他藩ほどの打撃は受けなかった。それでも藩の財政は逼迫し、藩士の俸禄を借り上げたり、領民から新たな税を取りたてたりしなければやっていけなかったのである。

また、米作に頼っていた農村は疲弊《ひへい》し、一揆《いっき》や逃散《ちょうさん》なども頻発した。

辰之助は興英塾のことは口にしなかったが、それから十日ほどして、母のほうから言い出した。

「少し、遅くなりましたが、学問のことも考えねばなりませんね」

母は畑で雑草を取りながら言った。

「……」

「興英塾に入れるといいのですが……」

母は言葉を濁した。興英塾に入学できるような身分でないことは、母も承知しているのだ。

「いえ、わたしは、剣だけでじゅうぶんです」

仮に興英塾に入学できたとしても、わが家の暮らしはなりたたなくなるかもしれない。

それに、これ以上母やせつに苦労をさせたくはなかった。

「何を言うのです」

ふいに、母は立ち上がり強い言葉で言った。

「武芸だけ優れた蛮勇《ばんゆう》の士では、立派な侍とはいえませぬ。学問を身につけ、真偽を見極める目を持たねばなりませぬ」

母は、興英塾は無理でも何とか学問ができるよう堀川さまに相談してみる、と言い添えた。

だが、意外にも辰之助は簡単に興英塾に入学できるようになった。堀川は誰か口にしなかったが、藩の重臣の推挙があったようなのである。

興英塾は上級藩士の屋敷の多い森山町の高台にあった。表門を入ると正面に聖廟《せいびょう》と講堂があり、両脇に教場、書庫、宿舎、奥に学頭舎などがあった。

翌年の春から、辰之助は新見たちと興英塾に通うようになった。興英塾に入学する者は、通常七、八歳から私塾に通い、基礎的な読み書きや読書ができるようになっている者が多い。辰之助も平八郎の生前、二年ほど私塾に通い簡単な読み書きはできたので、入学当初で後れをとるようなことはなかった。

興英塾には、同じ石原町に住む新見と連れ立って行くことが多かった。帰りも待ち合わせて、いっしょに帰って来る。

ときどき、新見は秋月家に立ち寄って、母やせつとも話すようになった。

興英塾の学習は毎月三日から隔日で、月末まで行なわれる。朝の六ツ半（午前七時）から九ツ（正午）までで、堀川道場の稽古時間と重なるため、堀川道場へも隔日行くことになった。興英塾に通う者の多くがそうしていたので、辰之助の稽古がおろそかになるようなことはなかった。

それに、辰之助には人一倍強い剣に対する思い入れがあった。

――剣が強くなくては、立派な侍にはなれぬ。

との、信念があったのである。

父、平八郎も剣の達者だった。切腹に際し、父の見せた落ち着きと豪胆さは、剣の修行で培《つちか》われたにちがいないと信じていた。

そのため、興英塾に通うようになって、辰之助の剣の修行がおろそかになるようなことはまったくなかった。むしろ、以前にも増して己に過酷な稽古を課したといってもいい。

毎夜ひとりで激しい素振りや打ち込み稽古などをつづけ、ときには深夜、人里離れた森まで出かけ胆《きも》を鍛《きた》えるとともに、巨木を相手に明け方まで木刀を振るようなこともあった。

# 四

四年の歳月が流れ、辰之助は十七歳になっていた。鍛え抜かれた体は六尺（約一八一センチ）ちかい偉丈夫《いじょうふ》に成長し、眉根の濃い、精悍《せいかん》な面貌《おもて》は父、平八郎に似てきた。

一昨年、子供組にいた佐助が大人組に入ってきた。佐助は元服して平井周介《ひらいしゅうすけ》を名乗っていた。平井に宗七のことを訊くと、堀川道場をやめ柳原《やなはら》町に奉公に出た、と言っただけで多くは語らなかった。

辰之助もそれ以上は訊かなかった。宗七は微禄の藩士の次男だった。相応の婿《むこ》の口でもなければ、武士として生きていけないことは、辰之助にも想像できた。

大人組に入った平井は、辰之助と距離を置いていた。興英塾に入学していないこともあり、辰之助の仲間に入りづらかったのかもしれない。ただ、稽古には打ち込み、同年輩のなかではしだいに頭角をあらわしてきた。

一方、辰之助は堀川道場でも三番手ほどの遣い手になり、年齢のちかい新見や小島、それに腕を上げてきた平井でさえまったく歯がたたなかった。

それに、他の同世代の若者に比べて、辰之助の身辺には異様な雰囲気が漂《ただよ》っていた。継ぎはぎだらけの弊衣《へいい》に身をつつみ、猛禽《もうきん》のように目をひからせて歩く姿は修行僧のようでもあった。

ちかごろは、剣の目標としていた梶綾之介もそう遠い存在ではなくなった。三本に一本は打ち返せるようになったのである。実力が伯仲してくるとともに、目標から好敵手という立場に変わってきた。加えて、梶の利己的で傲慢《ごうまん》な実像も見えてきた。

昨年の夏、こんなことがあった。稽古のおり、辰之助の打ち込んだ面が梶の頭上を見事にとらえたのである。

すると、梶は態度を一変させ、激しい攻撃で辰之助を攻めたて板壁まで追いつめると、竹刀の先端を辰之助の喉に押し当てたまま、

「罪人の子の分際で」

と、嘲弄の言葉をつぶやいたのである。そのとき面金《めんがね》越しに見えた梶の顔は、辰之助の心に冷水を浴びせるものだった。細い目がうすくひかり、口元に蔑《さげす》むような嗤《わら》いが浮いていた。

辰之助は梶の真実の顔を見たような気がした。そのときから、梶に対して抱いてきた畏敬の念が消えたのである。

そんな辰之助の変化を感じとったのか、金十郎が梶に媚《こび》を売り、家来のようにつきまとうようになった。また、金十郎は平井にも差別的な態度をとることが多かった。金十郎には子供組にいたころの確執が根強く残っているらしい。

辰之助も平井も、そんな金十郎には一線を画し、あまりかかわりを持たないようにしていた。

その日、稽古を終えて道場を出ると、門のところで新見、山内、小島の三人が待っていた。三人とも二十歳前後となり、大人らしい落ち着きが見られるようになっていたが、この日はいつもと違う昂《たかぶ》った顔付きをしていた。

「秋月、付き合え」

と新見が辰之助に顔を寄せて言った。

「なんだ」

「三松《みまつ》河原へ行く」

そこは、長瀬川にかかる中洲橋から三町ほど上流にいった河原で、松の老樹が三本あることからその名がついていた。そこは空地になっていて、処刑の行なわれることでも知られていた。

半月ほど前、郷谷《ごうや》村と関山《せきやま》村というところで百姓一揆が起きた。昨年の冷害による不作に加え、今年の夏の長雨で長瀬川の支流が決壊し、両村の田畑が水没した。両村では年貢が納められない状況に陥《おちい》り、欠落《かけおち》や逃散が出たため、農民が藩に年貢の減免を願い出たが聞き入れられなかった。

そのため郷谷村と関山村の農民、三百人ほどが押し出し、城下の材木問屋、米屋、廻船《かいせん》問屋などを襲ったのである。

　倉田藩の領地は山地が多く、杉、檜などの林業が特に盛んであった。藩の財政の中心は米であったが、林業からの収入も四分の一ほどあった。そのため、城下の富裕な商人は、材木を扱う問屋や、米や木材などを大坂や江戸へ運ぶ廻船問屋などが多かった。

　農民たちは、その富裕な商家を襲ったのだが、すぐに叛徒《はんと》は鎮圧され、首謀者として百姓三人、それに一揆を率いた下級藩士ふたりが捕らえられた。そして、この日五人が三松河原で処刑されることになったのである。

　三松河原の竹矢来《たけやらい》のそばに大勢の農民や町人が集まっていた。群衆のなかには女子供も混じっており、藩士らしい武士の姿も散見できた。

　すでに、五人の罪人は罪木の横木に手足を縛られ大の字になって立てられていた。竹矢来のちかくを、野袴に襷がけの警備の藩士が大勢取り囲んでおり、罪木から少し離れた場所には、黒塗りの陣笠《じんがさ》をかぶり二刀を帯びた武士と黒羽織姿の武士が、床几《しょうぎ》に腰を落としていた。検使の徒目付、それに農政を総括している郡代、郷谷村と関山村を直接支配している郡奉行たちであろう。

　四人は町人らしい男たちをかき分けるようにして、矢来のそばまで来た。

「見ろ、なかのふたりが家中の田村《たむら》と篠原《しのはら》だ」

新見が小声で言った。

辰之助もふたりの名は聞いていた。ふたりとも微禄ながら家臣で、郷谷村と関山村を治める郡奉行の下で、年貢の徴収や書き役などの諸事務を担当していたという。ところが、両村の疲弊と困窮振りをみかねて農民側につき、ひそかに一揆を指導したらしい。

ふたりは三十代半ば、右手の田村はひどく痩せていて、露出された脇腹がえぐり取ったようにへこんでいた。左手の篠原は中背で、小太りの感じがした。ふたりとも、ざんばら髪を風になびかせ、無念の形相《ぎょうそう》で虚空を睨んでいた。

「……あのふたり、農民を救うことが藩のためだと思い、せめて今年だけでも減免するよう、ずいぶん郡奉行や郡代に訴えたというぞ。それを無視し、農民たちの種籾《たねもみ》や雑穀まで絞り取ったから、こんなことになったのだ」

新見が辰之助たちだけに聞こえる声で言った。その顔が紅潮し、両眼が燃えるようにひかっていた。新見は強い不満と怒りを持っているようである。農民たちの一揆の裏には、藩の苛政《かせい》があるとでも思っているのであろうか。山内と小島の顔を見ると、新見に同調するような表情があった。

辰之助も興英塾に通う者たちの噂から、新見が口にしたような事情は知っていた。だが、それほど身近な出来事とは思えず、新見たちのような怒りの感情もわかなかった。

ただ、処刑者を目の当たりにしていると、七年前の慶林寺での切腹の光景が鮮明に蘇ってきた。異様に胸が高鳴り、全身に鳥肌がたった。

陣笠をかぶった武士の指示で、罪人たちの名を糾《ただ》した後、槍を手にした男がふたり田村の両脇に立った。荒子であろうか、両袖を襷で絞っていたが、着物は尻《しり》っ端《ぱし》折《よ》りである。

ふたりが罪人の目の前で槍先を交え、「見せ槍」をすると、一瞬刑場を時のとまったような静寂がつつんだ。

晩秋の陽射しが五人の罪人の頭上に降りそそぎ、槍穂が皓《しろ》くひかった。

ヤアッ！という掛け声が静寂を破り、田村の左脇腹から右の肩先へ一尺ほども槍穂が突き入れられた。

グワッ、という呻き声が漏れ、ほぼ同時に見物人たちの間から喉を裂くような女の絶叫がおこった。田村の家族か、縁者であろう。

つづいて、右手にいた男が二番槍を突き入れ、その後は交互に突き、槍を抜くたびに真っ赤な血が飛び散った。

田村につづいて篠原が槍で突かれ、さらに三人の罪人の処刑が行なわれた。罪木に晒《さら》された五体の死骸から、鮮血が淋漓《りんり》と流れ落ち、腹から食べ物や臓腑《ぞうふ》までが溢《あふ》れ出ていた。目をおおいたくなるような無残な光景である。

——これは、ちがう！

と、辰之助は胸の内で叫んだ。

父、平八郎の切腹の光景とはまるでちがっていた。あのとき、辰之助は犯しがたい厳粛な儀式を目の当たりにしているような思いがあった。突如視界を疾《はし》った赤い血飛沫《しぶき》や頭上から降りかかってきた桜に、胸を裂かれるような衝撃と悲痛を覚えたが、憎悪はまったく感じなかった。清冽《せいれつ》で凜乎《りんこ》とした美さえあったような気がするのだ。

――侍として、死を恐れぬ勇気と潔《いさぎよ》さがあったからだ。

と、辰之助は思った。

だが、いま目の当たりにしている死は侍の死ではなかった。罪人の汚れた死だった。むろん、このような死を田村たちが求めたわけではない。あるいは、田村たちは潔い切腹を望んだのかもしれない。この醜悪な死は、見せしめにする、という執政者の意図によるものなのだ。

――残された者に、怨念を生むだけだ。

辰之助は、眼前の光景に激しい憎悪と怒りを覚えた。

辰之助たち四人は、それぞれの思いを抱いて刑場を離れた。しばらく虚空を睨むようにして歩いていたが、長瀬川沿いの道に出て、四人だけになると、

「このままにしておけば、倉田藩はたちゆかなくなるぞ」

新見が吐き捨てるように言った。

山内と小島が、そうだ、そうだ、と言うふうに歩きながらうなずく。

しばらく行ったところで、

「酒井さまのせいだ」

と、新見が少し声を落として言った。

酒井兵庫のことは、辰之助もよく知っていた。森山町騒動のことは、子供のころからそれとなく辰之助の耳にも入ってきた。

当然のことながら、辰之助は父のかかわった事件に強い関心を持ち、自分でも道場主の堀川や年配の藩士などから当時の話を聞いたりした。

そうした調べや噂話などから、辰之助にも事件の輪郭が見えてきていた。

平八郎たちは、当時中老だった酒井の専横を糾《ただ》そうとし、高柳家に集まって密談していたところを奇襲され、逆に二の丸御殿再建にかかわる横領や世継ぎの際の陰謀などの理由で処罰されたらしいのだ。

二の丸御殿は、森山町騒動の起こる二年前に再建され、その普請《ふしん》に際し多額の使途不明金が発覚し、工事にかかわった重臣の何者かが横領したと噂されていた。確かな証拠は何もなかったが、当時家老職だった小島庄左衛門にその罪をかぶせたらしい。

世継ぎの際の陰謀というのは、現藩主である直勝が藩を継ぐとき、重臣の間で確執があったと聞いていたが、確かなことは分からなかった。

その騒動後は、酒井が藩主の直勝の寵愛を後ろ盾《だて》にして筆頭家老にまでのし上がり、現在の藩の実権は酒井派が牛耳《ぎゅうじ》っているという。そういった藩の事情は、辰之助にもおぼろげながら見えてきていた。

興英塾でも事件のことは口の端にのぼったが、辰之助は聞き役にまわることが多く、あまり自分の意見は述べなかった。父が事件に深くかかわり、いまでも家族が辛酸を嘗《な》めていることが辰之助の口を重くしていた。それに興英塾のなかにも酒井派はおり、迂闊《うかつ》に喋れなかったのである。

「それにしても、酒井さまがそこまで実権を握っているのは、なぜだ。それほどの家柄ではないはずだが」

辰之助が日頃不審に思っていたことを訊いた。

もともと酒井家は、騎馬町に屋敷のある八十石の中級家臣だったという。それが、小《こ》姓《しょう》となり、側用人、小姓頭、中老と階段を駆け上がるように出世し、いまでは城代家老として藩政を思いのままに牛耳っているのだ。その禄高も、加増につぐ加増を重ね、いまでは高千石の高禄者である。

この酒井の目覚ましい出世には、藩主直勝の信頼を得た寵臣ということの他に何か特別の理由があるのではないか、と辰之助は思ったのである。

「理由はお世継ぎさ。……もともと小姓時代に先の藩主の憲勝《のりかつ》さまにかわいがられたらしいのだが、いまの殿が倉田藩を継がれたとき、酒井さまに特別の功績があったとのことだ」

新見の話によると、憲勝が隠居するにあたり、だれを世継ぎにするかで重臣の間に確執があったという。

直勝は憲勝の嫡男だったが、病弱だったため、藩主の弟の能登守重定《のとのかみしげさだ》を継嗣《けいし》にするという強い意見があった。ところが、小姓だった酒井が、嫡男である直勝を継嗣にするよう憲勝に直訴して心を動かし、直勝が倉田藩を継ぐことに決まったという。このことによって直勝は酒井を寵愛するようになった。そして、直勝は何かことあるたびに、酒井にはかれ、と言うだけで藩政の舵《かじ》を任せっきりにしたため、しだいに専横が目立つようになったという。

——そうか。森山町騒動のとき、酒井はそのことを持ち出したのか。

辰之助は、父たちの罪状に、世継ぎ問題に関する陰謀があったと聞いていた。おそらく、酒井は、世継ぎに際し重定を担《かつ》ぎ上げたのも小島庄左衛門たちだと直勝に訴え、処罰の許しを得たのであろう。

「酒井だけは許せぬ。そうだろう、秋月」

小島が、足をとめて辰之助を振り返った。両眼が挑むように燃えている。

騒動後、藩の名門である小島一族は不遇であった。そのため小島には、酒井のせいだという思いが強い。小島にすれば、辰之助に対して自分と同じような境遇の仲間との思いがあるのだろう。

「そうだな……」

辰之助は曖昧《あいまい》にうなずいたが、急に胸が高鳴り、体が震え出した。

酒井は巨大だった。ひとりの剣などでは歯のたたない大きな相手である。その酒井を敵と意識したとき、辰之助の体が震え出したのである。怯《おび》えとも武者震いとも、辰之助には分からなかった。

そのとき、辰之助の脳裏に母と妹の姿が浮かび、もし、自分が父と同じように切腹というようなことになれば、家はつぶれ、ふたりも生きていけなくなる、と思った。自分だけの死ではすまされない。秋月家を背負って戦わねばならないのだ。

──容易に酒井には、切っ先はむけられぬ。

辰之助の震えは、なかなかとまらなかった。

五

中洲橋の手前で、小島と山内は別の道へむかった。辰之助は騎馬町方面へ帰るふたりと別れ、新見と肩を並べて石原町へ帰った。

「秋月、水を一杯もらえるか」

辰之助の家の近くで、新見が言った。

「入ってくれ」

このところ、新見はよく辰之助の家へ顔を見せたが、理由はせつにあるらしかった。

せつは、十四歳になっていた。色の白いほっそりした娘だった。まだ手足などは棒のようで、女らしい色香は感じられなかったが、澄んだ眸《め》や形のいいちいさな唇などには清楚《せいそ》な花の蕾《つぼみ》を思わせるものがあった。

せつは、人見知りする性格なのか、他人とはあまり話したがらなかったが、兄の連れてくる新見や山内たちとは、屈託なく楽しそうに話した。

「やあ、また、お邪魔してます」

井戸端で、水を飲んだ後、兄の帰宅に気付いて顔を見せたせつに新見が声をかけた。

せつは、慌てて頭を下げ、ほんのりと頬を染めた。

「秋月は強いですぞ。おれのほうが年上なのに、まるで歯がたたぬ」

新見は堀川道場の稽古の様子を話し出した。稽古の後、三松河原に立ち寄って、磔《はりつけ》を見たことは口にしなかった。若い娘には、ふさわしい話題ではないと思ったらしい。

せつはときどきうなずいたり、微笑んだりして新見の話を聞いている。せつのほうから話しかけることはほとんどなかったが、新見の話を聞いているだけで楽しそうだった。

「少し、長居したようです」

小半刻もしたとき、新見は慌てて言った。

辰之助が通りまで送って出ると、

「今夜、柳原町で仲間が集まることになっている。おぬしも来ぬか」

と耳打ちした。

「柳原町……」

辰之助は怪訝《けげん》な顔をした。

辰之助には縁のない町だった。城下の目抜き通りから近いが、料理屋や飲み屋などがごてごてと軒《のき》を連ねている町である。

「田島屋《たじま》だ。……塚原畝三郎《つかはらうねさぶろう》という男を知っているだろう。あいつが、興英塾をやめることになってな。その送別の会をやることになったのだ」

「……」

辰之助は返答に窮した。塚原は新見たちの同期で、辰之助も何度か話したことがある。塚原の送別会なら参加してもいいと思ったが、問題はその場所だった。田島屋は城下でも名の知れた老舗《しにせ》の料理屋だったのだ。辰之助には、参加するための金が都合できなかったのである。

「田島屋と聞いて、金を心配してるんだろう。安心しろ、おれの家も三十俵、金がないことにかけてはおまえの家に引けはとらぬ。……それがな、ただなのだよ。ただだ」

声を落としてそう言うと、新見はにやりと笑った。

「どういうことだ」

「田島屋の主人の義兄が、湊《みなと》で材木問屋をしていることは知っているな」

辰之助はうなずいた。

田島屋の義兄の黒木屋利兵衛《くろきやりへえ》は、領内でも知られた富商で、長瀬川の河口の津島湊《つしまみなと》で材木問屋を営んでいた。田島屋は利兵衛の妹の嫁ぎ先だったのである。

「その利兵衛が、塚原畝三郎さまの送別の会なら、田島屋を使っていただきましょう、と言い出したらしいんだ」

「それはまた、どうして」

「分からぬか。塚原の親父どのは、山方の郡奉行だ」

「そうか」

辰之助にも黒木屋の思惑が読めた。倉田藩は山地が多い。郡奉行のなかでも、山地を管轄におく者を山方と呼んでいた。当然、山方の郡奉行は藩の専売である杉や檜の売買にもたずさわることになる。黒木屋にすれば、ちかい将来郡奉行を継ぐであろう塚原に恩を売っておいても損はないとの読みがあるのだ。

「だが、そのようなことで田島屋を使っていいのか」

辰之助は、そのことによって塚原が黒木屋に負い目を感じるのではないかと危惧《きぐ》したのである。

「かまうものか。……それに、ちかごろは酒井と結びついた大石《おおいし》屋が藩の材木を一手に商《あきな》っているという噂だ。黒木屋にも、材木をまわしたほうが藩のためさ」

新見には藩の財政が苦しいのは酒井を頂点とする一派の専横によるものだと信じ込んでいる節がある。小島に影響されたこともあるのだろうが、興英塾でも反酒井派といっしょにいることが多い。それに自分は石原町の者だという引け目もあるのか、高禄を喰《は》み権力の座に居座っている酒井派を毛嫌いしているようなのだ。

「………」

大石屋というのは、領内では一番の富商だった。元は廻船問屋だったが、ちかごろは米や材木にも手を出し手広くやっているらしい。その大石屋が家老の酒井と結びついて急速に商いを伸ばしているという噂は、辰之助もいろんなところで耳にしていた。

「それに、送別会といっても、来るのは五、六人なのだ。黒木屋にしてもたいした出費ではない」

「そうか……」

事情は分かったが、辰之助は渋っていた。夜出かけるとなれば、母にも話さねばならなかった。新見が話したような事情を、母に話すのは気が引けたのである。

「おれは、おさらい会があると言って家を出るつもりだ」

新見が言った。

「おさらい会」

「そうだ。事実、会には興英塾の永田《ながた》先生が見えられることになっている。実際に講義が聞けるかもしれんし、嘘をついたことにはならんよ」

永田彦松《ひこまつ》はまだ二十代半ばと若いが興英塾では秀才として知られ、若い聴講生の間で抜群の人気のある助教だった。辰之助も何度か聴講したことがあり、孟子《もうし》の明快な注釈などに感銘を受けたことがあった。

「分かった。おれも行く」

辰之助は永田の話が聞けるなら勉強にもなると思ったのである。

その日、暮れ六ツ(午後六時)を過ぎて、辰之助は迎えに来た新見とともに柳原町にむかった。田島屋の暖簾《のれん》をくぐり、出迎えた女中に塚原の名を出すと、すぐに二階へ案内してくれた。

二階の隅の座敷で、障子にいくつかの人影が映っていた。

「おお、秋月も来たか」

小島が声を上げた。すでに、塚原と山内も来ていた。ほかに、細井重吉《ほそいじゆうきち》と千坂英助《ちさかえいすけ》の姿があった。ふたりは小島たちの同期で、興英塾ではいっしょにいることが多い反酒井派の塾生である。辰之助も、顔見知りだった。

新見と辰之助が座って、いっとき経つと、廊下に足音がし、女中に案内された永田が姿を見せた。

「待たせてしまったようだな」

永田は微笑を浮かべながら、一同に視線をまわした。

色白で細い切れ長の目、高い鼻梁《びりょう》、いかにも秀才らしい面貌《おもて》である。永田を見つめる一同の顔が紅潮し、目がかがやいていた。塾生たちに注目され信望を集めている永田と同席している喜びと興奮があるのであろう。

永田は、隅に座している辰之助に目をとめると、

「秋月も来ているのか、それはいい」

と静かな声音《こわね》で言って、相好《そうごう》をくずした。

思わず、辰之助は顔を赤く染めて頭を下げた。永田の講義を聴いたことは何度かあるが、話しかけられたことはなかった。辰之助は永田が自分の名を知っていたことに感激し、胸が高鳴ったのだ。

永田が座につくと、すぐに酒肴が運ばれ、まず、塚原から興英塾をやめる理由や今後の身の振り方などについて話があった。それによると、郡奉行をしている父親の下で、しばらく見習いをしたのち、家を継ぐことになっているとのことだった。塚原の父親は老齢だと聞いていたので、隠居するつもりなのであろう。

塚原の話が終わると、永田の話が始まった。酒肴に手をつけながらの話だったので座はくだけ、ときどき同調する声や質問なども飛んだ。

辰之助は酒は飲まなかったので、肴《さかな》に箸を伸ばしながら、黙って聞いていた。永田は塚原の送別の言葉から始め、興英塾での講義のこと、そして、藩の財政のことへも言い及んだ。

「……残念ながら、わが藩の財政は逼迫し、家臣からの借り上げ、軒役《のきやく》の徴収などをしても窮乏から抜け出せなくなっている。……領内には杉や檜などの資源があり、他藩に比べても裕福であってしかるべきなのだが、家臣や領民は貧に窮し、過日は農民の蜂起《ほうき》まであった。これは何故《なにゆえ》か」

そう訴えるような口調で言い、いっとき間を置いてからまたつづけた。軒役というのは、入木《いれき》銭、足し前銭などと称し、本年貢である米のほかに、一軒ごとに銭で課した税である。農民が主だが、倉田藩では町人にも課していた。

「藩窮乏の原因は、執政者の無策、いや、悪政にあるといってもいい。……米や木材の販売を一部の富商が独占しているため、本来藩の財政を潤《うるお》すべき利益の大半が、富商に流れていってしまっている。……このままでは、藩の存続すらあやうい」

永田は名は出さなかったが、家老の酒井や大石屋を非難していることはまちがいなかった。それは、新見や小島が日頃酒井や大石屋を非難している論調と似ていた。おそらく新見たちは、永田の考えに影響されているのであろうと、辰之助は推測した。

永田の話に、新見たちはうなずいたり、同調の声を上げたりして聞いていたが、永田から具体的な方策や改革案などの話はなかった。

永田が座り、一同に酒がまわってくると、ふいに新見が立ち上がり、

「みんな聞いてくれ、ここにいる秋月は、藩のために一命をなげうった秋月平八郎さまの嫡男だ。それに剣のほうは、堀川道場でも、あの梶綾之介と競うほどの腕だ。今後、われらの集まりにも来てもらうつもりだが、異存はないな」

と、声を大きくして言った。

おお、それはいい、秋月、よろしくな、などという声が飛び、座は一段と盛り上がった。

六

道場内には、凜冽《りんれつ》の気が張りつめていた。屋外の雪上を吹き抜けてきた風が流れ込み、締め付けるような寒気がおおっていた。まだ、明け六ツ（午前六時）を過ぎたばかりで、道場内の隅には薄闇が残っている。

だが、道場内には甲声がひびき、木刀を弾《はじ》き合う音や床を踏む音などが耳を聾《ろう》するほど

に聞こえていた。

　二月上旬、堀川道場ではいつものように朝の稽古が行なわれていた。木刀による組太刀の稽古、打ち込み稽古、地稽古とつづき、稽古も終わりかけたとき、座敷の間にいた堀川が立ち上がって、

「山王原《さんのうはら》での合戦試合もちかい。今日は腕のほどを検分したいゆえ、何人かに立ち合ってもらう」

　道場の両側に座した門弟に視線をまわしながら言った。

「いよいよ山王原の試合か」

　ひとりが声を上げ、面をはずした門人たちの顔に緊張の表情が浮いた。

　領内に山王原と呼ばれる平地があった。長瀬川の岸辺で、砂地が多く短い雑草が生えているだけの広い空地である。

　元禄《げんろく》（一六八八～一七〇四年）のころまでは狩り場だったが、鷹《たか》狩りをやらなくなり、その後は長く武芸上覧の場になっていた。馬術や弓術など藩士の腕自慢が、主君にその技のほどを披露したのである。ところがその武芸上覧も行なわれなくなり、長く放置されたままになっていた。

　現藩主の先々代のころ、城下の一刀流の道場がここで野稽古というのをやった。大勢の門弟を紅白二組に分け、防具を着けさせていっせいに打ち合わせたのである。道場主の狙

いは、集団での実戦を少しでも経験させることにあったらしい。

この野稽古が、合戦のようであったことから、山王原の合戦試合と呼ばれた。その後、合戦試合は行なわれなくなり、一刀流の道場もつぶれたが、この話を聞いた先代の藩主が、

「……おもしろい、藩士にやらせたらどうか」

と、言い出した。

武家としての矜持《きょうじ》を保ち、尚武《しょうぶ》精神を高揚するためにもよい、というのだ。こうした藩主の意を受けて山王原の合戦試合は復活したが、年とともに出場者は城下の剣術道場の門弟が多くなり、道場間の対抗試合のようになってきた。まさに、道場間の合戦の様相を呈し、試合後に遺恨も残した。そのため、各道場から二名だけと限定したが、今度は出場者が激減して、盛り上がりに欠けるようになった。

そこで、各対戦ごとに検分役をつけて勝敗をはっきりさせ、勝者をその場に残して、残った者同士でさらに対戦させるという方法をとった。つまり、広い場所でいっせいに行なう勝ち抜き戦である。そして、最後に残った勝者が、その年の大将と呼ばれ、大変な名誉となった。

試合形式は変わっても、試合後に遺恨を残し、道場間の対立を生んではならないという考えがあり、各道場から選出された二名は個人の名で出場することになっていたが、それ

でも道場間の対抗意識は少なくなかった。

藩内には四つの剣術道場があった。東軍流の道場が二つ、ほかに一刀流と直心影流がそれぞれ一道場ずつである。

一刀流と直心影流は槍、薙刀《なぎなた》、馬術なども教える総合武術の道場で、剣のみに重点を置いていなかったこともあり、それほどの遣い手はいなかった。そのため、例年、東軍流の二道場の対決のようになった。

昨年まで、堀川道場では師範代の高須一英と梶綾之介が出場し、どちらかが最後まで勝ち残って堀川道場の剣名を高めていた。

「まず、秋月と早野《はやの》。……三本勝負でやってみるがいい」

堀川に指名され、辰之助と早野が立った。検分役は高須である。

早野弥三郎《やさぶろう》は辰之助よりふたつ年長で、堀川道場では遣い手として名の知れた男だった。六尺余の長身で、遠間《とおま》から面に飛び込んでくる迫力はかなりなもので、高須でさえ後れをとることがあった。

だが、辰之助は早野を退けた。一本目は面に飛び込んでくる一瞬の出頭《でがしら》を押さえて籠手《こて》を切って落とし、二本目は面にくるところを体をひらいてかわし、あざやかに胴を抜いたのである。

道場内に感嘆の声があがった。若い辰之助が、実力者の早野を見事に破ったことへの驚きと賞賛の声であった。

「次は、梶と山田《やまだ》だ」

山田仙左衛門《せんざえもん》は、三十代半ばの高弟で、堀川とともに子供組の指導にあたっている重鎮だった。

梶はその山田を圧倒した。わずかな攻防があっただけで、得意の面を二本、あざやかに決めたのである。

「秋月、梶とやってみよ」

堀川が命じた。

道場内は水を打ったように静まり返り、門弟たちの目が辰之助と梶に集まった。その注視のなかで、辰之助は立ち上がり、正面の畳の間に座している堀川に一礼すると、ほぼ五間の間をとって梶と対峙《たいじ》した。

このころ辰之助は、梶との組稽古をほとんどしていなかった。梶のほうで意識してさけていたのである。やれば、真剣勝負さながらの激しい勝負になり、しかも何本打っても辰之助のほうから、まいった、と言わなかったからだ。

始め！

と、高須の声がひびいた。

すばやく、辰之助は青眼に構えた。対する梶も青眼。ふたりは相青眼のまま足裏を擦《す》るようにして間合をつめ合った。

梶はピタリと剣尖《けんせん》を辰之助の喉元へつけていた。隙《すき》のない大きな構えである。

――凄《すさ》まじい威圧だ！

辰之助の全身を冷気がかすめたような感触が疾《はし》った。

梶も長身だったが身長では辰之助のほうが勝っていた。だが、梶の構えには眼前に巨大な巌《いわお》が迫ってくるような威圧があった。

梶の剣尖は生きているごとく微妙に動き、ジリジリと間を狭めてきた。辰之助は耐えられずに、後じさる。まさに、剣尖だけで辰之助を攻め、追いつめようとしているのだ。

気合も吐息も聞こえなかった。東軍流では、掛け声や気合を嫌う。気合の掛け方によって、斬り込むことを敵に知らせることになるからである。もっとも、堀川道場では素振りや打ち込み稽古のときは気合を出させたし、試合のときも自然に出る気合までは禁じてはいなかった。

門弟たちも固唾《かたず》を飲んで見つめ、道場内を時のとまったような静寂がつつんでいた。

辰之助は梶に押されていた。ジリジリと後退し、踵《かかと》が道場の隅に座している門弟たちの膝先に迫ったとき、辰之助の剣尖がわずかに浮いた。

刹那《せつな》、梶の全身から稲妻のような剣気が疾った。

――来る！

と、辰之助が感知した瞬間に梶の体が躍動し、頭上に衝撃を受けた。

「面、一本！」

高須が声を上げた。

東軍流には、疾風の如《ごと》く打ち込め、との教えがある。迅《はや》きこと風の如く、激しきこと風の如く、である。まさに、梶の打ち込みは疾風のようであった。

二本目は、辰之助から果敢に攻めた。青眼に構え、間をつめるとすぐ梶の切っ先を弾き、面へ打ち込んだ。

だが、梶は体をひらいて辰之助の打ち込みをかわすと、喉元に剣尖をつけたまま間をつめ、辰之助がその切っ先を弾こうとした一瞬の隙をとらえて面を打ってきた。それがまた見事に決まった。

「それまで！」

高須の声がひびいた。

——まだ、梶どのには及ばぬ。

辰之助は完敗を認めた。

辰之助が防具を片付けていると、堀川が歩み寄って来て、母屋へ来るように、と小声で伝えた。何か辰之助だけに話があるようである。

庭の見える座敷に、堀川は端座していた。庭といっても縁先の狭い地に梅と松の老樹、それに一抱えほどの石がふたつ置いてあるだけである。樹木に雪はなかったが、根まわりや石の陰などには残雪があり、早春の陽を反射《はね》てまぶしかった。

「そこに座るがいい」

堀川は目を細めたまま言った。

辰之助は堀川の背後に端座し、庭の方に目をむけた。雀が一羽いた。雪の溶けた地面でしきりに何かを啄《ついば》んでいる。

「どうしたな」

雀に目をやりながら、堀川が訊いた。

「………」

辰之助は何を問われているか分からなかった。

「ちかごろ、剣がおろそかになっておる。胆《きも》が据《す》わっておらぬ」

堀川は膝先をまわして、辰之助に顔をむけた。おだやかな顔だが、目は刺すように辰之助を見つめている。

辰之助は、黙ったまま頭《こうべ》を垂《た》れた。思い当たることがあった。このところ、勉強会と称する新見たちの会に参加していて、ひとりでつづけていた夜の素振りや打ち込み稽古がおろそかになっていたのだ。

ひとり稽古を怠《おこた》っていることはともかく、堀川は今日の梶との試合を見て、辰之助の剣に対する気構えのゆるみを看破したにちがいない。

辰之助は烏帽子親でもある堀川に隠し立てするようなことはなかったが、勉強会のことは話していなかった。純粋な学問とは違う会なので、堀川には知られたくない気持があったのかもしれない。

「聞くところによると、新見や小島たちといっしょにいることが多いそうだな」

堀川が訊いた。

「はい……」

どうやら、堀川は新見たちが開いている勉強会のことを知っているらしい。

五日に一度ほど、小島や山内たちの屋敷へ集まり、興英塾で学んだことのおさらいやたまに顔を出す永田の話を聞いたりする。そして、決まって藩政の批判となり、改革の論議となるが、具体策はなく空論や実現できそうもない理想論に終始することが多かった。

それでも、意気は上がった。辰之助もひとりの大人として、藩政にかかわっているような高揚と満足とを感じていた。

「おまえは、まだ未熟だ。……それに、藩の政治にくちばしを挟むような身でもなかろう」

めずらしく、堀川の言葉には叱咤《しった》するようなひびきがあった。

「藩のお役に立つのは、もう少し剣を極めてからでよい」

「……」

「秋月平八郎どのは、おまえに何と遺言したな」

「侍らしく、生きよ、と……」

切腹のときの様子を堀川に話したことがあり、父の遺言も口にしていた。

「平八郎どのは、侍として大義のため一命をなげうった。辰之助、平八郎どのは、おのれの心身を練磨し、大義を見定めたときに動いたはずだ。……未熟のまま、火中に飛び込むのは犬死にであろう。そうは、思わぬか」

「はい……」

辰之助は頭から冷水をかけられたような気がした。

「おまえは、まだ十八、剣も学問も未熟だ。いま、やるべきことは剣に邁進《まいしん》し、東軍流の神髄にすこしでも近付くことだ」

「……」

「そのためには、まず、梶綾之介を越えねばならぬな」

「梶どのを……」

辰之助にとって、梶は大きな存在だった。眼前に立ちふさがっている厚い壁といってもいい。

「わしは、今年の合戦試合に、おまえを出すつもりでおる」

「わたしを！」

辰之助は驚いた。今年も、梶と高須が出るものとばかり思っていたのだ。

それに、辰之助は堀川道場の門弟ではない。そのため、辰之助は端《はな》から合戦試合に出ることは諦《あきら》めていたのだ。

「道場からは高須と梶を出すつもりでおる。……だが、合戦試合は家中の者なら誰が出てもよいはず。微禄ではあるが、おまえも藩士のひとり。出場できるはずだ。……ただ、いまのおまえは、試合に出るにはふさわしくない。剣を極めようとする気魄が感じられぬからな」

「……………」

「辰之助、合戦試合で梶と戦ってみよ」

「は、はい」

辰之助は平伏したまま頭が上げられなかった。

合戦試合で梶と戦うためには、最後まで勝ち抜かねばならない。堀川の言うように、いまの自分にはその気魄が足りなかった。

「おまえが、今年の大将となれば、道場の師範代にしようかと思っている。そうなれば、いまのような曖昧《あいまい》な立場ではなく、れっきとした門弟として存分に稽古もできる」

堀川は辰之助を強い視線で見すえて言った。

七

「秋月、このごろおかしいぞ」

興英塾を出たところで、新見が言った。

「何が」

「勉強会にも来なくなったし……」

このところ、辰之助は勉強会へ参加せず、新見たちから間を置いていた。

「しばらく、剣に没頭してみたい」

「合戦試合のためか」

辰之助は新見たちにだけ、合戦試合に出ることを話していた。

「それもあるが、もう少し剣を磨いてみたいのだ」

辰之助の本心だった。合戦試合が目前に迫ったこともあるが、何より自分なりに剣を極めてみたいという思いがあった。それに、梶を越えたいという強い願望もある。

「それもいいだろう。おまえには、剣の素質があるからな」

新見はちょっと残念そうな顔をしたが、

「だが、思いは同じだぞ。おまえは剣で藩のお役に立て。おれは、おれのやり方でやる」

そう言って、辰之助の肩をたたいた。

その日も新見は辰之助の家に立ち寄った。目的は妹のせつに会うためである。会っても特別なことを話すわけではなかった。辰之助と三人で、興英塾や堀川道場の出来事を話題にして、いっとき過ごすだけである。

ちかごろは、せつも新見が来るのを楽しみにしているようで、辰之助の帰宅時間には家で待っていることが多かった。


辰之助は以前にも増して稽古に没頭した。堀川道場ではむろんのこと、家に帰ると夜更《よふ》けまでひとり稽古をつづけた。木刀の素振りから始まり、足腰の鍛練のための急坂の疾走、立ち木を相手にしての打ち込み稽古、そして、梶を仮想の敵として脳裏に描き、その剣を破るための工夫などである。

辰之助の稽古は凄まじかった。稽古というより修行といったほうがいい。立ち木の樹肌がえぐれるほど木刀を打ち込んだり、急坂を獣のように駆け上がったりした。激しい動きで体の節々が痛み、掌の皮が破れてもやめなかった。

根雪が溶け、陽射しのなかに春のやわらかさが感じられるころになると、辰之助の彫りの深い端整な顔に、廻国修行の兵法者のような厳しさが感じられるようになってきた。同時に、その剣にも鋭さと凄味《すごみ》がくわわってきた。

堀川道場の多くの門弟は、辰之助が合戦試合に出ることを知らなかった。そのため、辰之助の道場での凄まじい稽古や日に日に鋭さをくわえてくる剣に、目を奪われていただけである。

三月七日、山王原の合戦試合の日がきた。

山王原は人影もない閑静な地だが、この日ばかりは大勢の見物人がつめかけ、大変な賑《にぎ》わいを見せる。日頃、娯楽の少ない領民にとっても格好の見せ物で、道場の門人や家中のほかに、大勢の町人や百姓までが蝟集《いしゅう》するのだ。

その日の早朝、辰之助の家に立ち寄った新見が、

「岩崎《いわさき》道場は、増子《ますこ》と龍上《たつがみ》が出るそうだぞ」と、言った。

岩崎道場というのは同じ東軍流の道場で、城下の西の須崎《すざき》町にある。須崎町は石原町と同じように下級藩士の屋敷の多いところで、家臣のほかに暮らしに余裕のある足軽や中間などの子弟も学んでいた。

増子は昨年も出場した手練《てだれ》で、籠手《こて》の得意な三十半ばの男だった。もうひとりの龍上は今年初めての出場で、名は聞いていたが、どのような剣を遣うのかは知らなかった。いずれにしろ、どこかで辰之助と仕合うことになるはずの相手だった。

「油断するなよ」

新見が目をひからせて言った。

「分かってる」

相手はだれであれ、己の剣で真っ向から勝負するだけである。

辰之助と新見は、防具と竹刀を取りに堀川道場に立ち寄った。すでに堀川や他の門弟たちは道場を出ていたが、小島と山内が待っていて、四人そろって山王原にむかった。

大変な人出だった。女子供までいる。まだ、試合開始まで間があったが、広場に入りきれなくなった町人や百姓などが、試合場の見える木の上や近くの岩に上ったりしている。

広場には広く方形に縄が張られていた。そのなかが試合場である。十組ぐらいがいっせいに試合できる広さである。

広場の正面に、二十ほどの床几が並べられていた。そこが、藩の重臣たちと道場主たちの席である。そして、試合場の張り縄の外の三方にびっしりと筵《むしろ》が敷かれ、三々五々門弟たちが座していた。ここが各道場の門弟たちの見学の場であった。

辰之助たちは堀川道場の門弟たちから離れた場所へ行き、腰を落とした。あくまでも、一藩士として試合に出るのである。

堀川道場の門弟たちの席に目をやると、まだ、高須と梶の姿はなかった。

小半刻（三十分）ほどすると、梶と高須があらわれ、門弟たちに目礼してなかほどの空いたところに腰を下ろした。その姿を見ると、見物席にいた金十郎がすぐに立ち上がって梶の脇に行き、何やら話した後、そのまま背後に割り込んで座った。

ほどなく、見学の場の間から藩の重臣と四人の道場主があらわれ、正面の床几に腰を落とした。

「おい、酒井さまがいるぞ」

かたわらに座していた新見が辰之助に耳打ちした。

見ると、中央の床几に座した男が、家老の酒井兵庫だった。でっぷり太った赤ら顔の男で、すでに五十半ばのはずだが、遠目にも肌に艶《つや》があり活力がみなぎっている。その恰幅《かっぷく》のいい姿には、藩の実権を掌握する家老らしい威勢と傲慢さが感じられた。

酒井は機嫌良さそうに、左手の小姓頭《こしょうがしら》の野沢常吉に笑いながら話しかけていた。野沢は、辰之助の父、平八郎の切腹の折、検使として慶林寺にきていた元郡代である。酒井の腹心の部下として知られ、いまは出世して小姓頭の地位にいた。

「めずらしいな、酒井さまが来るとは……」

小島が正面に目をやりながら小声で言った。

小島の言うとおり、辰之助が試合場に来るようになって、家老の姿を見るのは初めてのことだった。今までは、重臣といっても大目付や番頭などが姿を見せただけである。

正面の席に酒井たちが座すと、すぐに組太刀が披露された。

一刀流、直心影流、東軍流の岩崎道場、堀川道場の順に、道場主と師範代格の者がそれぞれ出て、各流派の刀法を演武して見せたのである。

演武が終わると、矢野《やの》という一刀流の道場主が試合場に出て来て、

「これより、合戦試合を行なう。腕に覚えの者は竹刀を持って、試合の場に出るがよい」

そう場内に告げた。

すぐに、各道場の門弟たちが座した場所から、八人が立ち上がった。四道場の二名ずつの代表者である。堀川道場からは、高須と梶が立った。

つづいて、一般の見物席からも七人の男が立ち上がり、歓声と失笑が起こった。七人のなかにたんぽ槍を持った男がひとりいた。この男、槍の兵六《ひょうろく》と呼ばれる合戦試合の名物男だった。兵六は腰の曲がっているほどの老齢なのだが、毎年姿を見せる。そして、最初の試合できまって負けるのだが、槍を構えた格好が剽《ひょう》げていて笑いを誘うのだ。

七人に遅れて、辰之助が立った。

場内の笑いが静まり、かすかなどよめきに変わった。辰之助は一般席から立った男たちとはちがう異様な雰囲気をただよわせていた。面をかぶっているので顔は見えなかったが、稽古着や袴はよれよれで継ぎ当ても目につく。防具もかなり古く、籠手などは擦り切れて手首のあたりまで露出していた。だが、装束こそみすぼらしかったが、六尺ちかい偉《い》丈夫《じょうふ》で他を威圧するような凄味があった。

辰之助が竹刀を持って、試合場に出ると、堀川道場の門弟の間から、秋月だ、秋月辰之助だ、という声が聞こえた。

「そこもとの名は」

矢野が辰之助のそばに来て訊いた。

「秋月辰之助、家中のひとりとして出場いたします」

と、辰之助は言った。

矢野は一瞬驚いたような顔をしたが、秋月平八郎どのの倅か、と言ってうなずいた。どうやら、辰之助のことを知っているようだった。

試合場に集まったのは、十六人。十五本の竹刀と一本の槍とが集められて検分役の手で混ぜられ、試合場に二本ずつ向かい合うように並べられていく。それが終わると、十六人が自分の竹刀の前に行って立つ。そのとき、相対した者が初戦の相手ということになり、八組の試合がいっせいに行なわれるのだ。まさに、合戦のような試合が始まるのである。

辰之助の初戦の相手は、直心影流の長淵《ながぶち》という男だった。

八

各道場主や藩士のなかから選ばれた検分役が八人、それぞれ相対した出場者のところへ走った。

試合場に激しい気合や竹刀を打ち合う音がひびき、濛々《もうもう》と砂塵《さじん》が上がって、戦場さながらの騒然とした雰囲気につつまれた。

辰之助のところへ来た検分役は、さきほどの矢野だった。矢野の、始め！　という合図で辰之助は青眼に構えた。

対峙した長淵は、八相である。直心影流独特の、切っ先で天空を突き上げるような高い八相だった。長淵が長身なだけに、上からのしかかってくるように見えた。だが、それほどの威圧はない。

ふたりの間合は、三間の余。

辰之助は青眼に構え剣尖を相手の喉元につけて、スルスルと間合をつめていく。周囲から上がる激しい打突の音や砂塵のなかで、辰之助の動きは獲物に迫る獣のように見えた。

イヤアッ！

突如、長淵が喉の裂けるような気合を発した。気合で威嚇《いかく》し、辰之助の寄り身をとめようとしたのである。

だが、気合を発した途端に、長淵の腰が揺れた。大きな構えだが、どっしりとした安定感がない。両手を高く上げているため、胴にも隙がある。

辰之助は一足一刀の間境《まざかい》へ踏み込むと、全身に気勢を込め、喉を突く、という色《いろ》（気配）を見せ、ピクッ、と切っ先を突き出した。

この仕掛けに、長淵が慌てて動いた。突きを恐れ、八相から青眼に構えていた辰之助の切っ先を弾こうとして、竹刀を振り下ろした。

瞬間、辰之助の体が躍動した。

長淵の竹刀をかわしざま、辰之助は前に踏み込んだ。辰之助の竹刀が弧を描き、長淵の面を見事にとらえる。

面を打つ乾いた音がひびき、長淵がよろめくように後じさった。

「面！　一本」

すかさず、矢野が声を上げた。

二本目も、あっけなかった。辰之助は、開始早々八相から無造作《むぞうさ》に面に打ち込んできた長淵の竹刀の下をくぐって胴を抜いた。

鮮やかに二本連取すると、見物人の間にどよめきと拍手がおこった。若い辰之助の手練の早業《はやわざ》に、驚き、感嘆したようである。

試合場では、まだ試合がつづいていたが、やがて八組すべてに決着がついたようである。初戦を勝った八人のなかには、辰之助、梶、高須、増子、龍上などがいた。道場の代表者が多く、兵六は姿を消していた。

ふたたび、勝ち残った八人の竹刀が集められ、二本ずつ相対して並べられた。辰之助の次の相手は、同じ東軍流の龍上だった。

この日まで辰之助は龍上のことは知らなかったが、さきほど自分の試合が終えた後、龍上の試合を少し見たのでどんな相手なのかは分かった。龍上はずんぐりした小柄な男で、得意技は胴。相手の竹刀の下をくぐるように飛び込んで胴を抜く。その寄り身が迅かった。

――身を寄せられる前に勝負を決することだ。

と、辰之助は思った。

何としても、龍上には負けられなかった。ここで負ければ、梶との対戦がなくなってしまうのだ。

今度の検分役は初老の和田《わだ》という藩士だった。

ふたりは正面に立礼した後、対峙して切っ先をむけあった。試合場に、始め！　という合図の声が聞こえ、ふたたび気合と竹刀を打ち合う音につつまれた。今度は半分の四試合なのでいくぶん静かだが、気合や出場者の動きは前より激しいようである。

龍上はやや腰を沈め、切っ先を落として下段に構えた。そのまま下腹を突いてくるような威圧がある。

辰之助は青眼から、やや切っ先を落として構え、剣尖を相手の胸のあたりにつけた。龍上が相手の竹刀を下からすり上げざま飛び込み、胴を打ちにくることが分かっていたからである。

辰之助は打ち込みの間の手前で全身に気勢を込め、間をつめれば打ち込む、という気配を見せた。

　その気配で、龍上の寄り身が止まった。辰之助の気魄に押され、間がつめられなくなったのだ。龍上は盛んに切っ先を動かし、ゆさぶりをかけてきた。だが、辰之助は動じない。ピタリと剣尖を相手の胸につけたまま微動だにしなかった。

　辰之助の静、龍上の動。

　切っ先をむけあったまま、ふたりの攻防がいっときつづいたが、耐えられなくなったように、龍上が下段から辰之助の竹刀を弾きにきた。

　その一瞬の出頭を、辰之助がとらえた。

　ビシッ、という音がし、龍上の踏み込みが止まり、切っ先が落ちた。

「籠手、一本！」

　検分役の和田の声がひびいた。

　龍上の技の起こりをとらえた辰之助の籠手が決まったのだ。

　二本目は、龍上が胴へ打ち込んでくるところを体を引いてかわし、龍上が流れた竹刀をふたたび下段にとろうとした瞬間をついて、面を決めた。

　つづく三回戦で辰之助は同じ東軍流の増子を破り、梶は同門の高須を退け、最後の対戦は辰之助と梶ということになった。

　——何としても、梶どのを破る。

辰之助は激しい胸の昂《たかぶ》りを感じた。

最後の対戦の前に、いっとき休憩があったので見物席にもどると、

「秋月、同門だからとて遠慮することはないぞ」

と、新見が興奮した口調で言い、小島や山内もそばに来て、激励してくれた。

ふたりの対戦の検分役をやることになった直心影流の道場主西谷《にしや》が、辰之助と梶に支度《したく》を命じた。いよいよ、梶との対戦である。

場内は静まり、見物人の視線がふたりに集まった。正面に居並ぶ酒井や道場主たちの目もふたりに注がれている。

立礼の後、辰之助は青眼に構え、切っ先を梶の喉元につけた。

が、意外にも、梶は青眼から右足を引いて上段に構えた。上段は火の構えともいい強い攻撃の心を秘めた構えである。

梶は上段にとったまま、スルスルと間合を狭めてきた。どっしりとした大きな構えである。全身に気勢がみなぎり、巌《いわお》で押して来るような威圧がある。

辰之助は竹刀をやや前に出すようにし、切っ先を梶の左籠手につけた。上段からの打ち込みを封じる構えである。

ふたりは、一足一刀の間境の手前で寄り足を止めた。お互いに相手の構えをくずそうと、全身に気魄をこめて攻める。気の攻め合いである。

当初、ふたりの切っ先は小刻みに動いていたが、すぐにピタリと止まり、体も塑像《そぞう》のように動かなくなった。

場内は水を打ったように静まっている。頭上の陽がふたりの足元に短い影をつくっていた。

どのくらいふたりは対峙していたのであろうか、辰之助の足元に落ちていた短い影が、揺れた、と見えた瞬間、ふたりの間から稲妻のような剣気が疾《はし》った。

刹那、ふたりの影が飛鳥のように前に飛んだ。

同時に二本の竹刀が虚空を切り、辰之助の切っ先が梶の左籠手へ。梶のそれが、辰之助の面へ。

足元の砂塵が上がり、防具をたたく鈍い音がひびいた。次の瞬間、ふたりは擦れ違い反転して、ふたたび切っ先をむけあっていた。

「め、面、一本！」

一瞬逡巡するように間を置いてから、西谷が叫んだ。

辰之助も籠手をとらえていたが、浅かった。それに比べて、梶の面は見事に辰之助の面をとらえていたのだ。

「二本目、始め！」

西谷の声がひびき、ふたりはまた対峙した。

辰之助は青眼、梶は上段である。

だが、一本目とちがい、辰之助は果敢に動いた。気で攻めるのではなく、動きで梶の上段の構えをくずそうとしたのである。

だが、梶の構えは盤根《ばんこん》を張った大樹のようで、揺るぎもしない。

辰之助は切っ先を小刻みに上下させながら、素早い動きで打ち込みの間に踏み込んだ。

と、梶が上段から辰之助の面へ打ち込んできた。

背後に跳びながら、辰之助がこの打ち込みを受ける。

梶は面からふたたび竹刀を振り上げ、籠手へ。その籠手打ちを辰之助が弾くと、竹刀を返して胴へ。梶の電光石火の迅速な連続技である。

辰之助も巧みに受けるが、梶の鋭い攻撃に、一歩二歩と後退させられた。張られた縄の近くまで追いつめられ、辰之助の腰がわずかに浮いた。その瞬間をとらえて、梶が面へ打ち込んできた。辰之助も体勢をくずしながら、梶の胴を打つ。

「面！　勝負あった」

西谷が大声で告げた。

辰之助も胴をとらえていたが、梶の面が一瞬迅《はや》かったのだ。

静まりかえっていた場内にどよめきが起こり、一瞬間を置いて拍手と歓声につつまれた。梶への称賛の声が多かったが、辰之助の敢闘を称《たた》える声も聞こえた。敗れたとはいえ、若い辰之助の腕の冴えに感心した者も少なくなかったのである。

九

――負けた。

と、辰之助は思った。

堀川道場の門人たちの間からも辰之助に対する称賛の声があがったが、辰之助の耳にはとどかなかった。

――このままでは、梶どのには勝てぬ。

との思いが、辰之助の心を重くしていた。

太刀捌きや体力が劣っているとは思えなかった。技の迅さや鋭さにも優劣はない。だが、梶に比べて何かが欠けていた。

――心だ。

梶には、己の剣に対する揺るぎのないどっしりとした自信があった。それが、気魄とあいまって激しい威圧を生む。

――あの確固たる自信は何からきたものなのか。

辰之助は、過去にも同じような自信と気魄に満ちた男の姿を見たことがあった。慶林寺の境内で切腹に臨んだときの父である。

あのときの父にも、揺るぎのない自信があった。今日の梶以上である。切腹を目前にして少しの動揺もなく、その身辺には静謐《せいひつ》ささえ漂《ただよ》っていた。あのとき、父の心にあったのは、侍の勇気と死を恐れぬ潔さではないかという気がした。

ふと、梶には敵の攻撃に対する恐れがなかったのではあるまいか、と辰之助は思い当った。

山王原を新見たちといっしょに出て、長瀬川の川岸の道まで来たとき、

「どうだ、慰労会をせぬか。おれたちが、馳走するぞ」

と、小島が言い出したが、辰之助は断わった。

辰之助にとって梶に敗れたことは、合戦に敗北したことと同じだった。途中どれほど勝とうと大将首が取られては意味がなかった。堀川の期待を裏切ったことにもなる。とても、料理屋などで騒ぐ気になれなかったのである。

家の戸口の前まで来ると、近くの畑の隅で鍬《くわ》を使っている母の姿が見えた。手ぬぐいを頭にかぶり、粗末な着物で背を丸めて畑を耕している。その姿に武家の女の面影はなかった。

「母上、ただいまもどりました」

辰之助は歩み寄って声をかけた。

母は腰を伸ばし、手ぬぐいを取って顔をむけた。やつれていた。陽に灼《や》け、頬の落ちくぼんだ顔は、老婆のように見えた。

母は試合のことは訊かず、そろそろ、春蒔《はるま》きの用意をしておかないとね、と言って、顔の汗を手ぬぐいで拭った。

孫七が死んでから、畑仕事の中心は母の手に移っていた。母は少しでも暮らしの足しになるようにと、畑や近くの土手地などを利用して、野菜や大豆、里芋などを栽培していた。

武家に生まれ武家の妻となった母は、農作物の栽培などにはまったく縁がなかった。石原町に来てから孫七の農作業を見ていたことぐらいで、鎌や鍬を握ったこともない。その母が、近くの百姓や半士半農のような生活を送っている下級藩士などから教えを請《こ》い、いまは季節ごとの野菜や穀物の一部を食膳《しょくぜん》に出せるようにまでなっていたのだ。

しかも、母は、学問や武芸にさしさわりがあってはなりませぬ、と言って、辰之助が手伝うことを喜ばなかったし、堀川道場や興英塾へ行く時間はどんなことがあっても確保しようとした。

「……梶どのには及びませんでした」

辰之助は暗い思いで母に告げた。

すでに昨日、山王原での試合のことは母に話してあり、今朝の朝餉《あさげ》には、精が付くように、と言って、滅多に膳に上るようなことはない火を入れた干魚まで出してくれたのだ。

無念そうな辰之助の顔を見ながら話を聞いていた母は、辰之助が頭を垂れるのを見て、まだ、梶どのに敗れたわけではありませぬ、と言った。

「そなたの父も、東軍流を学んでいました。……あのひとは、立ち合いを死合《しあい》と言っていましたぞ。まだ、そなたも梶どのも生きているではありませんか」

「……………！」

辰之助は強い衝撃を受けた。

真の立ち合いは、生死を賭《か》けた勝負にあり、合戦試合など試合稽古のひとつにすぎない、と言っているのだ。確かにそうだ。事実、山王原での試合は来年も再来年も催されるだろう。梶と対戦することなど、これから先幾度もあるのだ。

それだけ言うと、母は手ぬぐいをかぶり、鍬を揮《ふる》いだした。辰之助はその母に、深く頭を下げ井戸端へまわった。そこで水垢離《ごり》を取り、気持をあらためてひとり稽古をするつもりだった。

その夜から、辰之助は慶林寺に籠《こも》った。住職に許しを得て、心胆の鍛練のため父の墓前で趺坐《ふざ》し、瞑想《めいそう》にふけった。

月光のなかに浮かび上がった白木の墓標を目の前にしていると、父の切腹の光景が蘇ってきた。侍らしく、生きよ、と遺言した静かな父の面貌《おもて》、介錯人の一刀で首が前に落ちた一瞬、突然視界を疾った鮮血、そして、氷雨のように辰之助の全身に降り注いだ桜《はな》……。

辰之助はそうした光景を思い浮かべながら、笑って己の命を断つことのできる父の侍としての勇気や潔さを、自分のものにしようとした。

それからしばらく、辰之助の参籠《さんろう》はつづいた。夜更けから払暁まで墓前で趺坐し、家に帰ってから道場や興英塾に通う。そして、帰宅後、二刻《ふたとき》（四時間）ほど仮眠してから水垢離を取り、また慶林寺へ出かけるという毎日だった。

二月《ふたつき》ほどつづけたある日の払暁、辰之助は己の心魂が清浄の気につつまれているような気がした。霊験《れいげん》を得たとか、豁然《かつぜん》として大悟したというような気持とはちがう。靄《もや》のように淡い月光につつまれていると、己の存在がひとつの木石にすぎないように感じ、梶との試合も、己の生命も、取るに足りないもののように思えてきたのだ。すると、今まで胸につまっていた鬱積が晴れて、体が急に軽くなったような気がした。

辰之助は立ち上がり、脳裏に梶を描いて対峙してみた。肚《はら》がどっしりと据わり、梶の上段の構えが小さく見えた。

——勝てるかもしれぬ。

と、辰之助は思った。

# 第四章　柳原《やなはら》騒動

## 一

桜吹雪が舞っていた。今年は例年より暖かいのか、父の命日より五日も早く桜が満開になり、堀川道場の帰り道にある路傍の桜も花びらを降るように散らせていた。長瀬川の水もぬるみ、土手には蓬《よもぎ》の新芽や土筆《つくし》などが顔をのぞかせている。川面を渡ってきた風のなかにも春の暖かさがある。

山王原で、梶と立ち合ってから一年が過ぎていた。辰之助は新見と肩を並べて、川沿いの道を歩いていた。この年、辰之助は十九歳、新見は二十二歳になっていた。

「やはり、秋月の敵はいなかったな」

新見がそう言って、足元の石を拾って川面に投げた。ピシャリ、と音をたてて瀞場《とろば》で水が撥《は》ねた。その水音に驚いたのか、近くの岩場にいたカワセミが飛び立った。その青い鳥影が河原を横切り、対岸の杉の緑陰へ吸い込まれるように消えていく。

「梶どのがいなかったから……」

いた。

　そう言うと、辰之助は立ち止まって足元の小石を拾った。

　昨年の秋、梶綾之介は堀川道場をやめて家禄を継ぎ、藩主に近侍する小姓に抜擢《ばってき》されていた。

　そのため今年の山王原の合戦試合には出場せず、堀川道場からは高須と早野弥三郎が出、昨年と同じように辰之助は藩士のひとりとして出場した。早野は岩崎道場の増子に敗れたが、辰之助が決勝で増子を破って大将となった。

　堀川は約束どおり辰之助を師範代格として道場に迎えたが、門人やその家族からも苦情はなかった。合戦試合の大将となったことで、だれもが辰之助の実力を認めたのである。

　道場では高須が師範代で、辰之助は師範代格という立場だった。堀川からわずかだが決まった手当てがもらえるようになり、それが辰之助には嬉しかった。

「その梶どのだがな、役柄は小姓だが、殿ではなく、酒井さまのお側にいることが多いそうだぞ。……酒井さまが梶どのの腕を見込んで己の用心のために、出仕させたというもっぱらの噂だ」

　新見は声を落として言った。

　そうかもしれぬ、と辰之助も思った。昨年の合戦試合のとき、酒井は見物に来ていて梶の腕を見ている。それに、ちかごろ藩の重臣の間に、酒井に対立する動きがあるとの噂も聞こえてきていた。酒井の専横と藩の行く末を憂慮した心ある重臣たちが、ひそかに結束していたらしいという。酒井にすれば、用心のため腕のたつ梶を身辺に置きたかったのであろう。

「梶どのもそうだが、おまえのような男も敵にしたくないな」

新見が言った。

「こうしてそばにいても怖いようだよ。他人《ひと》を圧倒するような凄味がある。……剣でも学問でもそうだが、他人を越えることは大変なことだな。おまえを見ていると、つくづくそう思うよ」

「…………」

「秋月、おまえは剣で身を立てるといい。おれなどは、剣も学問も中途半端でものになりそうもないが……」

新見は濃い眉を寄せて、声を落とした。

「でも、新見さんは、徒組として家を継ぐことも決まったし、おれよりましだ」

そう言うと、辰之助は手にした小石を川面へ投げた。

小石は瀞場の水面を三度ほど切り、ちいさな水音をたてて水中に消えた。

今年に入って、新見は家を継ぐことが決まり、興英塾をやめた。近々父親が隠居し、徒組への出仕も認められるとのことだった。

興英塾は新見だけでなく小島もやめており、いま仲間内で残っているのは辰之助と山内だけだった。

興英塾の学習課程は、初等、中等、上等に分かれており、通常入学後十三歳で初等、十七歳で中等まで修了する。そして、成績優秀でさらに高度の学習を希望する者は、上等まで進むことができた。

小島や辰之助は、上等に在籍していたので、成績優秀者ということになるが、入学者の半数ほどは上等まで進むので、特別に選ばれた者という意識はない。それに、上等まで進んでも出仕や昇進のときに多少の肩書きにはなるが、特に恩恵があるわけでもなかった。現に、小島はいまだに無役のままだし、新見も親の家禄を継いで徒組に出仕が決まっただけである。

ただ、上等在籍者のなかで才能を認められた者は永田彦松のように助教として残り、やがては教授方となって教える立場に立つ道もあるが、そうした英才はごくまれで、ほとんどは中等、上等で去って行く。

「ところで、秋月、塚原のことを聞いたか」

新見は話題を変えた。

「ああ……。郡奉行をやめたことは」

塚原は一年半前に興英塾をやめ、翌年家禄を継ぎ郡奉行の座にもついていた。ところが、一月《ひとつき》ほど前に御役御免となり、無役になっていた。噂では藩の専売である材木の売買をめぐって不手際があり、責任をとらされたという。

「その陰で、酒井が糸を引いていたらしいぞ」

「本当か」

辰之助も、そこまでは知らなかった。

「塚原は材木の一部を黒木屋へまわそうとしたのさ。それを、酒井に咎《とが》められ、ありもしないことをでっち上げられて、致仕《ちし》させられたのだ」

新見は怒りに顔を染めた。

「それにしても、酒井の意のままだな」

「いまでも殿は、病気がちであられる。そのため、酒井の思うがままに政事《まつりごと》が動いているのさ」

新見が苦々しそうに言った。

「……………」

辰之助は父、平八郎のことを思った。その酒井の専横を糾《ただ》そうとして父たちも動き、あらぬ罪を着せられて切腹することになったのであれば、父は酒井を恨んでもいいはずである。だが、父は切腹に際し、藩政のことも酒井のことも口にしなかった。ただ、侍らしく、生きよ、と遺言しただけである。

辰之助が黙ったまま川面に目をやっていると、新見が、そうだ、と声を上げて、近寄ってきた。

「秋月、これから津島湊《みなと》まで行ってみんか」

「津島湊へ」

「そうだ、おまえに見せたいものがある。陽気がよくなったし、潮風が気持いいぞ」

「行くか」

辰之助もその気になった。

「にぎり飯を持っていこう。秋月、せつどのも連れてこい。三人でいっしょに行こう」

新見は顔を紅潮させて目をかがやかせた。

どうやら、新見の目的はせつにあるらしい。

「それはいい」

せつも新見のことを好いているようだった。新見がいっしょだと聞けば、せつも喜ぶだろう。陽気もいいし、三人で海を見るのも楽しいだろう、と辰之助も思った。

二

新見さんもいっしょだ、と伝えると、せつはぽっと顔を赤らめて、はにかんだようにうつむいた。

「嫌なのか。新見さんは、ぜひせつを連れて来いと言うのだが」

辰之助は意地悪く、わざと訊き直すと、せつは顔を上げて慌てて横に振った。少し怒ったように尖《とが》らせた唇がかわいい。目もかがやいている。

このごろ、せつはめっきり女らしくなった、と辰之助は感じていた。白磁のような肌やほっそりした首筋、花弁のような唇などには女の色香があり、兄の目から見ても、まぶしいほどである。

——新見さんのせいだろう。

と、辰之助は思っていた。

まだ、新見から何の話もなかったが、新見もその気でいるらしい。辰之助もせつが新見といっしょになることに不満はなかった。家柄もそれほどの差はなかったし、新見は辰之助の目から見ても男らしい好漢である。

母に話すと、いっておいで、と快く許してくれた。昼餉《ひるげ》前だったので、四人分のにぎり飯を作り、母親の分は台所に置いて家を出た。

「いや、陽気がよくなったので、外で飯を食うのもうまいかと思って」

顔を合わせた新見は、せつに向かって照れたように言った。

せつは、頬を染めてうつむいているだけで、何も言わない。そばに、辰之助がいることもあって遠慮があるのだろう。

津島湊は、長瀬川の河口にある。辰之助の住む石原町から、一里ほど川沿いの道を行けば津島湊に着く。三人で行く初めての行楽だった。さわやかな川風を受け、軽やかな瀬音を聞きながらの道程は、なんとも爽快《そうかい》で楽しかった。

やがて、川幅が急に広くなり、流れが緩《ゆる》やかになってきた。河口に近付いたのである。河口の前方に海原《うなばら》が広がっていた。春の陽射しのなかで、無数の波頭が白い糸を引いている。湊には帆を下ろした弁才船《べんざいせん》や高瀬船《たかせぶね》らしい船影が見えた。

「腹がへった。昼餉にしよう」

そう言って、新見は岸辺の土手に腰を落とした。そこは前方が開けていて眺めもいいし、腰を落とすのにちょうどいい平たい石がいくつか転がっていた。

三人並んで海の方に顔を向けて、にぎり飯を頬張りはじめた。新見も持ってきたので、にぎり飯は四人分あったが、辰之助と新見とで余分に食った。

「少し、川岸を歩いて来る」

食べ終わると、そう言って辰之助が立ち上がった。しばらく、ふたりだけにしてやろうと気を利《き》かせたのである。

津島湊近くまで足を伸ばし、半刻（一時間）ほどしてもどると、ふたりは元の場所に腰を下ろしていた。

海の方を向いて、凝《じっ》としている。その上空を、数羽の鷗《かもめ》が海へ向かって飛んでいた。陽を反射《はね》た翼が、白く輝いている。

「どこへ行っていた。やけに長かったな」

すぐに、新見が立ち上がった。少し照れたような表情があった。

ふたりだけで、少しは胸の内を話せたのであろうか……。せつは上気したように頬を染めてうつむいている。

それから、三人は津島湊へ行った。岸壁近くには漁師が住んでいるらしい茅屋《ぼうおく》が軒を連ねていた。汀《みぎわ》に小さな漁舟が水押《みお》しをくっつけ合うようにして舫《もや》ってある。その先の深場には、高瀬船と弁才船が数隻停泊していた。

「あれは、大石屋の持ち船だよ」

新見が五百石はあろうかと思われる二隻の弁才船を指差した。一枚帆だが、廻船らしい大型の船である。

「あれで、藩から買い入れた米、それに板、材木、炭などを運ぶ」

新見の話だと、御直《おじき》山で杣《そま》と呼ばれる林業従事者たちの手で伐採された木材は筏士《いかだし》たちの手で長瀬川を下り、河口ちかくで陸揚げされて、板や柱などに製材される。それを主に大坂へ運んで、大石屋が売りさばいているという。

「御直山で伐《き》り出し、大坂で売りさばくまで、大石屋が独占している。……黒木屋や他の材木問屋が扱うのは、百姓抱山《かかえやま》と杉、檜を除いた雑木だけだ」

百姓抱山というのは百姓所有の林で、田畑に付属した林と一部の山地だという。それに、杉、檜を除いた材木は、薪や炭の材料になるが建築用資材としては安価で、しかも近隣でしかさばけないという。

「なぜ、大石屋が独占しているのだ」

材木だけでなく、藩の買米も大石屋が一手に引き受けているというのだ。

「酒井と結びついたこともあるが、それだけではないようだ。二の丸御殿の普請の際に、大石屋が多額の金を藩に調達したそうだ。現在、大石屋から藩に多額の運上金があるが、そのほとんどは借金の返済に当てられているという。つまり、大石屋からの運上金はまた大石屋にもどり藩の財源にはなっていないのだ」

「そうか……」

藩の財政の内情までは、よく分からなかった。辰之助は父たちの罪状のひとつに、二の丸御殿の普請にかかわる横領というのがあったのを思い出した。父たちが実際に横領したとは思えなかったが、不審な金の流れはあったのかもしれない、という気はした。

「ただ、その返済に当てられた金の一部が酒井に流れているという噂もある」

新見は声を落として言った。

「結局、専売の木材も大石屋と酒井を潤《うるお》してるだけか」

「そういうことだ」

「それにしても、よく知ってるな」

辰之助は新見の博識ぶりに驚いた。

「なに、みんな塚原から聞いたことさ」

新見は苦笑いを浮かべたが、急に真面目な顔をして、おまえに見せたいものがある、と言って、先に立って歩き出した。

新見がふたりを連れていったのは、漁師たちの住居の連なる路地を抜けた表通りだった。そこは、城下から越後方面へつづく街道になっていて、倉越《くらえつ》街道と呼ばれていた。街道のなかでもこの辺りは、湊が近いこともあり、城下で一番の賑《にぎ》やかな通りだった。街道筋には旅籠《はたご》屋や大店《おおだな》が連なっている。

「あれが、大石屋だ」

通りに面して広い庭があり、その先に土蔵造りの大店があった。二階建ての豪壮な店舗である。両脇には、なまこ壁のどっしりとした土蔵が三棟もある。いずれも米蔵らしい。その他、材木を貯蔵しておく倉庫、雇い人たちが住んでいるらしい長屋などが幾棟もあった。

「あれだけの大店は、大坂や江戸でもそう多くはあるまい」

新見の言うとおり大石屋は豪商と言うにふさわしい立派な店構えで、他店を圧倒していた。

「ここだけではないぞ。油浜《あぶらはま》と森山町には別邸もある」

油浜というのは、津島湊から海岸線を半里ほど行ったところにある景色のいいことで知られた崖地《がけち》だった。

「それから、あそこに欅《けやき》があるだろう。その向こうにあるのが黒木屋だ」

新見は一町ほど離れたところにある表店を指差した。

店のまわりの空地に、丸太や材木が積んであるので、材木問屋と知れるが、他の表店と同様の店構えで、土蔵や長屋などはない。

「酒井と結びつく前までは、大石屋も黒木屋と変わらぬ身代だった。ところが、大石屋はあれよあれよという間に財をなし、いまではこのとおり差ができてしまったというわけさ」

「………」

「森山町にある酒井さまのお屋敷は知っているだろう」

新見が辰之助の方に顔をむけた。

「ああ……」

酒井の屋敷も豪邸で知られていた。庭に奇岩を運びいれて山水を造り、大名屋敷のような庭園を築いていた。さらに、離れの茶室は造作に金銀を用いた華美な造りになっているという。

「藩士や領民の多くは、借り上げや軒役の徴収などで苦しんでいるというのに、このような奢《おご》りが許されていいものか」

「……………」

どうやら、新見はこのことを辰之助に言うために、ここへ連れて来たらしい。

いっとき、三人は通りの端に立ったまま大石屋の店舗を見ていたが、新見が、こんな話、せつどのにはつまらぬな、と言って苦笑いを浮かべ、

「そうだ、浜の方へ行ってみよう。少し早いが、浅蜊《あさり》か蛤《はまぐり》が採《と》れるかもしれんぞ」

と、急に屈託のない声で言った。

津島湊の先へ、数町歩くと遠浅の砂浜があった。ちょうど引き潮らしく、所々に潮溜まりのできた砂浜が広がっていた。三人は踝《くるぶし》の近くまで水に入り、何も持って来なかったので、手で砂地を掻《か》いた。

「あった！」

新見が声を上げた。小粒だが、蛤だった。まだ、潮干狩りには少し早いが、おもしろいように浅蜊や蛤が採れた。

三人は夢中になって砂浜に手を入れた。

新見家から、せつを信太郎の嫁に欲しい、と正式に話があったのは、三人で津島湊へ出かけた三日後だった。どうやら、あのときふたりはお互いの気持を確かめあったらしい。

母は、新見の人柄を気にいっていたし、せつも新見を好いていることを知っていたので、喜んで承知した。

祝言《しゅうげん》は今年の秋ということになった。せつもはや、十六歳である。早すぎるという歳ではなかった。

三

堀川道場を出た辰之助は、ひとり長瀬川の岸辺を歩いていた。

土手の茅《かや》や芒《すすき》などが、夏の陽射しを浴びて川風になびいている。通いなれたいつもの道だったが、新見や小島の姿はなかった。今年の春、新見と小島が興英塾につづいて堀川道場をやめ、さらに山内も道場をやめていた。山内も家督を継ぎ、出仕も決まって、剣術の稽古どころではなくなったのである。

堀川道場の門弟の顔ぶれも、ここ数年でずいぶん変わっていた。金十郎も道場を去り、馬役となって梶とともに酒井屋敷に出入りしていた。その出仕の裏には酒井の推挙があったと噂されていた。金十郎は梶を通して酒井に取り入ったようだ。いま幼馴染《おさなな　じ》みで道場に残っているのは、同じ石原町に住む平井ぐらいだった。平井は熱心に稽古をつづけ、だいぶ腕を上げてきたが、まだ辰之助には及ばなかった。

このところ、辰之助にはいっしょに帰るような親しい門人はいなかった。乾いた地面に、短い影がひとつ落ちている。

辰之助は立ち止まって、拳《こぶし》ほどの石を拾って、瀞場にむかって投げた。ドブン、という重い音がし、夏の陽射しのなかに白い飛沫《しぶき》が上がったが、すぐに川面の波紋は消え、浅瀬を流れる水音が耳に返ってきた。

――このままでいいのだろうか。

辰之助には迷いがあった。

すでに、堀川道場に敵はいなかった。師範代の高須も高弟の山田も辰之助にはかなわなかった。そのため、道場に行っても若い門弟に稽古をつけるばかりで、自分の稽古にはならなかった。それに、興英塾のほうもそろそろ、上等を卒業せねばならなかった。成績は優秀だったが、助教として残るほどでもない。いまのままでは、剣も学問も中途半端だった。生活も苦しい。このまま道場に残っても母を養っていけないかもしれない。暮らしが立たなければ、侍らしい矜持《きょうじ》を保つこともできなくなろう。

辰之助は家へ帰ると、いつものように井戸端で木刀の素振りはせず、そのまま畑へ出た。剣術の稽古より、母の手伝いをしようと思ったのである。

母は夏の陽射しのなかで、黙々と草を取っていた。このところ一段と老《ふ》け、やつれたように見えた。襤褸《ぼろ》を身にまとい、汚れた手ぬぐいをかぶっている姿は、どこから見ても百姓の女である。手などは陽に灼《や》けて棒のように痩せている。

「どうしました」

母は腰を伸ばし、訝《いぶか》しそうな顔をむけた。静かな声音だが、咎《とが》めるようなひびきがあった。

「いえ、少し、手伝いましょう」

辰之助は茄子《なす》畑のなかに屈み、雑草を取り始めた。

「辰之助、立ちなさい」

強い口調で、母が言った。陽に灼け皺《しわ》だらけの顔だったが、辰之助を凝視した目には武家の母親らしい鋭さがあった。

「そなたが、畑仕事を手伝ってくれるのは有り難いと思います。ですが、剣術の稽古をなおざりにして、手伝って欲しくはありませぬ。武士としてのそなたの本分は、畑仕事ではなく、剣術の稽古や学問にあるはず。まず、そちらをすませてからにしなさい」

辰之助が道場からもどった後、かならず母屋の裏で素振りや剣の工夫をするのを、母は知っていた。その稽古をせずに手伝いに来た辰之助を、母は咎めたのである。

「分かりました」

辰之助は母の背に一礼して、井戸端へ行き木刀を振り始めた。だが、気が乗らず、体も重かった。

それから十日ほどして、辰之助の身に転機がおとずれた。

その日、辰之助が興英塾からもどると、堀川が来ていた。めずらしく堀川は座敷に上がり、母とせつがかしこまってそばに座っていた。

「辰之助、もどったか、吉報だぞ」

土間に姿を見せた辰之助に堀川が声をかけた。声がはずんでいる。母とせつも、嬉しそうな顔をしていた。

「何事ですか」

辰之助は母の脇に座り、堀川の方へ顔を向けた。

「今朝な、所用で森山町の太田孫七郎《おおたまごしちろう》どののところへ立ち寄ったのだ。そこで、耳にしたのだが、近々、辰之助に出仕の話がきそうだ」

「……………!」

「徒組で、二十石のようだ」

「二十石」

大変な加増である。一俵をおよそ四斗《と》とすれば、いままでは四十斗であったが、二十石は二百斗、五倍である。それに倉田藩の場合、内容が匹敵《ひってき》していても俵取りよりも石取りのほうが格が上なのである。

きたか、という思いとともに、辰之助の胸が高鳴った。やっと一人前の武士として認められたような気がした。それに、まだまだ軽格だが、直《じか》に殿にお仕えできる喜びもあった。二十石への加増も嬉しかった。これで、士分らしい暮らしもできるようになる。

「小頭は、青木俊助《あおきしゅんすけ》どのらしい」

堀川の話は具体的だった。すでに、配属先も決まっているようだった。

倉田藩の徒組は、城の警備、主君外出時の身辺の警護、市中の取り締まりなどにあたっている。徒衆《かちしゅう》の上に小頭がおり、さらに小頭を統括する徒頭がいる。太田は三百石の徒頭で、森山町に住んでいた。

このところ、堀川は太田の子弟を教えたことがある縁を頼って、ときおり森山町へ出かけて辰之助の出仕のことを話しているようだった。おそらく、そうした堀川の後押しもあって、出仕が決まったのであろう。

「ありがとうございます。このご恩、終生忘れませぬ」

辰之助は、深々と頭を下げた。母とせつもいっしょに頭を下げた。烏帽子親とはいえ、堀川は実の子のように辰之助のことを思ってくれるのだ。

「いや、わしではない。わしは、太田どのから話を聞いただけだ」

堀川は苦笑した後、声をあらためて、

「わしにもよく分からんが、おまえを推挙してくれた方がいたのだろう」

そう言って、言葉を濁した。

「……………」

どうやら、堀川は、だれが推挙してくれたか、見当はついているようだが、その名を口にしたくないようだった。

堀川が、道場のほうだがな、と言って、話題を変えた。

「これからも稽古はつづけてもらうぞ。徒組として出仕せぬときでよいが、道場には顔を出せ。……東軍流の奥は深い。まだまだ極めてはおらぬだろう」

「承知しました」

剣の修行は、これからもつづけるつもりだった。それに、堀川の言うとおり、東軍流の極意を会得したとも思っていなかった。

それから半刻（一時間）ほど、世間話をして堀川は帰っていった。

母は堀川を送り出した後、辰之助には、よかったのう、と小声で言っただけで、座敷の隅の仏壇に向かい、身を丸くして合掌したまま、いつまでも動かなかった。亡夫、平八郎に報告しているのであろう。

正式に太田から使者が来たのは、二日後だった。内容は堀川が伝えたとおりだった。

「七月三日、小頭、青木俊助どのの許へ出仕するよう」

使者はそう言い置いて去った。

使者を見送った後、母は辰之助に奥の座敷へ来るように言った。

辰之助が奥へ行くと、母は座敷の隅に置いてあった長持を開け、奥から衣類を取り出した。黒羽織と紺地に小紋《こもん》の小袖、それに半袴だった。

「父上の召《め》した物です。この日のために、しまっておきました」

母は小袖を広げると、辰之助を立たせて背後にまわり、肩幅を合わせるように肩に当てた。

辰之助は母が長持の衣類を、何かことあるたびに金に替えて急場を凌《しの》いでいたのを知っていた。そうした困窮の暮らしのなかでも、辰之助の晴れの日のためにひと揃《そろ》いだけは手をつけなかったようである。

「着てみなさい」

母に言われて、すぐに辰之助は小袖に袖を通し袴を穿いた。

「ちょうど、いいようです……」

ふいに、母の語尾がつまった。座ったまま辰之助の姿を見上げていた母は、急に両手で顔を覆って伏せた。肩が小刻みに震えている。泣いているのだ。母は嗚咽《おえつ》を漏らさず、泣き顔も見せなかった。ただ、かすかな呻き声のような音が聞こえただけである。

母は、いっとき身を固くして肩を震わせていたが、そっと指先で目のあたりを押さえると、顔を上げて、

「せつには、わたしが着た花嫁衣装をとってあるのですよ」

と言って、嬉しそうに目を細めた。

和《なご》んだ顔には、子供のころの母のやさしい表情があった。ちかごろ、こんな嬉しそうな母の顔を見たことはなかった。

四

辰之助が西御門《にしごもん》の警備から家へもどり、着替えていると、戸口で訪《とぶら》いを請う声が聞こえた。台所にいた母が、慌ててかぶっていた手ぬぐいを取り、戸口へまわる。加増は決まったが、まだ石原町の元の家に住んでいた。騎馬町への転居の話もあったが適当な空屋敷がないとのことで、まだそのままになっていた。それに扶持は増えたが徒組であり、石原町に住む他の徒組の者ともそれほどの差異はなかったのだ。

辰之助も出て見ると、ふたりの武士が立っていた。ひとりは、小頭の青木である。もうひとりは、羽織袴姿の壮年の武士だったが、見覚えはなかった。壮年の武士は、辰之助の住む茅屋を見上げて驚いたような顔をしていた。

「こちらの御仁は、ご家老酒井さまの用人、吉川《よしかわ》どのでござる」

青木が紹介した。

酒井という言葉を耳にして母の顔がこわばったが、

「粗末な家でございますが、どうぞ、お入りくださいませ」

と、表情を消して言った。

「いや、そうもしておれぬ」と青木が言った。

「秋月どのに用があって参ったのだが」

と、そばにいた吉川が辰之助を見ながら言った。

「ご家老さまが、直に秋月どのとお会いしたいと仰《おお》せられてな。……どうであろう、明日、巳《み》ノ刻《こく》（午前十時）ごろ、当家へお越しいただくわけにはまいらぬか」

「………！」

辰之助は即答できなかった。酒井から呼び出されるような覚えはまったくない。胸が騒いだ。得体の知れない黒雲が、身辺に迫ってきたような予感がした。

「明日、巳ノ刻には西御門の警備につかねばなりませぬが」

即答できずに、辰之助はそう言った。

「いや、明日の警備は別の者に命ずるゆえ、その心配はいらぬ」

すぐに、青木が口をはさんだ。どうやら、このために吉川は先に青木に話を通し、ここに同道したらしい。

「承知いたしました。明日、お伺《うかが》いいたします」

辰之助は答えた。どのような用件であれ、家老の呼び出しを拒否することはできなかった。

翌朝、辰之助は沐浴《もくよく》をした後、黒羽織と半袴に着替え二刀を帯びて家を出た。緊張していた。まさか、屋敷内で命を狙われるようなことはあるまいが、理不尽な要求があるかもしれない。辰之助はいかなる場に遭遇しても、侍として恥ずべき言動はとるまいと己の心に言い聞かせていた。

酒井屋敷の長屋門の前に立つと、家士が飛んで来た。すでに辰之助の来訪のことは知らされているとみえ、姓名を名乗ると、すぐに玄関先へ案内した。

広い式台を備えた破風《はふ》造りの豪壮な玄関だった。金地に竹林と虎《とら》の絵が描かれた屛風《びょうぶ》が正面に立っている。虎の丸い目が、隙をうかがうように辰之助を見つめていた。

通されたのは、庭に面した書院だった。廊下の先に、松や紅葉などの庭木のなかに奇岩を配し、清流や池を築いた見事な庭園が見えた。浅瀬を流れる水音のなかから、野鳥のさえずりが聞こえてくる。まさに、話に聞いていたとおりの豪奢《ごうしゃ》な屋敷だった。

いっとき待つと、廊下にせわしそうな足音がし、酒井が三人の武士を従えて姿を見せた。

辰之助は驚いた。でっぷり太った赤ら顔の酒井の背後に、昨日使者に来た吉川、それに梶の顔があったのである。梶は辰之助を一瞥《いちべつ》したが、無言だった。冷ややかな顔である。

道場にいたころにくらべ、鋭利で冷徹な感じが増したような気がした。

もうひとりは、父を介錯した斎藤精一郎だった。ほぼ十年ぶりに見る斎藤は、鬢《びん》に白いものもあったが、厚い肩やどっしりとした腰まわりには剣の手練《てだれ》らしい落ち着きと威風があった。斎藤も、辰之助に目をむけたが、まったく表情を動かさなかった。

「待たせたかのう」

酒井は目を細め、口元に笑みを浮かべて対座した。その背後に、梶や斎藤たちが無言で座った。

「秋月辰之助にございます」

辰之助は、かしこまって深く頭を下げた。

「よい、気を楽にいたせ。今日は、そこもとに話があってな、来てもらったのだが、どうじゃ。徒組の仕事には慣れたか」

酒井はたるんだ顎のあたりを指先で撫《な》ぜながら訊いた。ぎょろりとした目が、値踏みするように辰之助の身辺にそそがれている。

「は、はい……」

青木の下で、城の警備について半月ほど経つ。ときどき御門周辺を巡回するだけの退屈な任務であった。

「わしがな、太田に、そろそろ秋月を出仕させろ、と命じておいたのじゃ」

酒井の口元にうす嗤《わら》いが浮いた。

「……………!」

辰之助は、まさか、と思った。酒井が、辰之助の出仕に口添えをしたというのだ。

「そこもとの父親だがな。確かに、わしと意見の合わぬところはあった。だが、藩の財政を立て直すには、富商から運上金を取り、領民から軒役を徴収することでは同意しておったのじゃ。あの夜、小島たちの謀議にくわわっていたため、やむなく処断されたが、わしは秋月に、それほどの罪はなかったと思っておる。……それゆえ、秋月家のことは気にしておってな。そろそろ、そこもとも藩のお役に立てる年頃だと思い、わしが太田に口をきいたのじゃ」

「ご家老が!」

辰之助は、思わず平伏した。予想もしなかった酒井の言葉である。平伏したまま、酒井の言葉は真実なのか、必死に思いをめぐらせた。

「よい、よい、楽にいたせ。……だが、元来、秋月家は百石。それに、そこもとの父、平八郎は大目付まで務めたほどの家柄だ。石原町に住むような身分ではない。……どうじゃな、近々目付にでもと考えているのだが……。目付となれば、百石は無理としても、五十石、すぐにも騎馬町に移れるし、やがては森山町に住むこともできようぞ」

「……………」

辰之助は顔が上げられなかった。酒井の言葉どおりなら、夢のような栄進である。

頭上から、酒井の声がつづいた。自信に満ちた余裕の声である。

「ただ、それもそこもとの考えひとつだな。……ここにいる斎藤は大目付だ。斎藤の下で動いてもらうことになるが」

父の死後、斎藤は酒井の抜擢で大目付に栄進していたのだ。

「心得てございます」

辰之助は顔を上げたが、視線は膝先に落としたままだった。

目付であれば、上司である大目付の指図で動くのは当然のことである。斎藤は父の介錯人だったが、そのことでの恨みはない。斎藤は見事に首を刎《は》ねたのである。屠腹者にとっても残された肉親にとっても、介錯人がその役を果たすことに感謝こそすれ、恨みを抱くようなことはないのだ。

「ちかごろ、藩内に不穏な動きがある」

ふいに、斎藤が口をはさんだ。

「まず、そこもとの腕を生かしてもらいたい。……ここにいる梶と同様、しばらくご家老の身辺警護をしてもらうことになるが」

斎藤は低い抑揚《よくよう》のない声で言った。

――そういうことか！

辰之助は酒井の意図が読めた。辰之助の腕のほどを知って、自分の警護をさせようという肚《はら》なのだ。昨年、山王原での梶との対戦を見、今年大将となったことで梶に匹敵する腕と見込んだのであろう。辰之助を徒組に出仕させたのも、目付に取り立てるという話も己の配下に引き込むための餌《えさ》である。

——恐ろしい男だ！

辰之助は身震いした。敵対する父を切腹にまで追い込んでおきながら、その倅《せがれ》を餌で釣って配下に引き入れようとしているのだ。

それにしてもただごとではない。いま酒井の身辺を守っている梶と斎藤は、藩内でも屈指の遣い手である。そのふたりに加えて、辰之助もそばに置こうというのだ。ただ、いまの反対派の行動を恐れてのことではないようだ。今後、藩内にさらなる騒擾《そうじよう》が起こることを予見しての処置ではないだろうか。

——断わらねば！

と思ったが、辰之助の口からその言葉が出なかった。

目付への栄進はともかく、いまここで致仕させられたら、母はどれほど悲しむだろう、今秋に控えているせつの祝儀も破談となるかもしれない。それに、二度と出仕の機会はないだろうと思うと、体が硬直して声が出なかったのだ。

——これが、酒井の掌握術だ。

と、辰之助は思った。

一度美食を味わってしまうと、なかなか粗食にもどれない。それと同じだった。酒井は二十石取り徒組という美食を味わわせておいて、配下になれば、さらなる美食も思いのまま、逆らえばもとの粗食にもどすと言っているのだ。

「どうじゃな」

酒井がうながすように声をかけた。

「お、恐れながら、しばしのご猶予《ゆうよ》を……」

辰之助は両手を畳につき、頭《こうべ》を垂れたまま絞り出すような声で言った。

「猶予とは」

酒井が驚いたような顔をした。

「は、はい、身にあまるお話でございますが、わたしは徒組の任について、まだ半月でございます。ここで、わたしが目付に栄進いたさば、家中の方々はいかに思うでありましょう。何の功なき者が、出仕してわずか半月ほどで徒衆から目付に就き、ご家老さまの身辺におりますれば、何か思惑があってのことかと、ご家老さまに疑念の目が向きましょう。……それに、徒組のなかにはお世話になった方もございます。もうしばらく徒組のお役目をつづけた上で、お取り立ていただきとうございます」

「もっともな言い分だが、いつまで待てばよいかのう」

酒井の顔に、苛立《いらだ》ったような表情が浮いた。

「せめて半年……。この半年の間に、徒組の任を懸命に務めます。さすれば多少なりとも、お世話になった方へのご恩も返せましょう」

半年あれば、せつの祝儀も済むし、酒井が何をたくらんでいるのかもつかめるだろう。その上で、判断すればいい、と辰之助は思った。

「半年か……」

酒井は不服そうだったが、

「よかろう。されば、来春から目付として、存分に働くがよい」

そう言うと、酒井は立ち上がった。

辰之助は平伏したまま、去って行く衣擦《きぬず》れの音を聞いていたが、斎藤がひとりだけ、歩をとめ、辰之助の前に立った。

「秋月、そこもとの剣を生かしたくないか」

斎藤は、抑揚のない静かな声音で言った。辰之助を見下ろした双眸は、刺すように鋭かった。

「………」

ふと、辰之助の脳裏に、慶林寺での父の遺言を伝えにきたときの斎藤の姿がよぎった。いまもまた、巌のようにどっしりとして威圧するように立ちふさがっている。

「己を認めてくれ、生かしてくれる方の下で尽くす。それがわれらのような侍の生き方ではないかな」

斎藤は自問するように言い、秋月、わしの許へ来い、待っておるぞ、と言い置いてきびすを返した。

五

「秋月、いるか」

戸口で、新見の声がした。甲高《かんだか》い声だった。かなり慌てているようだ。

「新見さん、どうした」

辰之助はかたわらの刀をつかんで、戸口へ飛び出した。新見の声を聞きつけて、裏で洗濯をしていたせつも駆け寄ってきた。

「塚原が斬られたぞ」

「塚原さんが」

「そうだ。昨夜、柳原町で何者かに襲われたらしい」

新見は、顔をこわばらせ不安そうに見つめているせつに気付くと、心配ない、というふうに、目を合わせてうなずいて見せた。

「襲ったのは、だれだ」

「分からん。徒組の者から聞いた話では、辻《つじ》斬りではないかということだが……」

「辻斬りか……」

何度か、柳原町の料理屋に出入りする武士や商人を狙って、辻斬りや物盗りが出るという話を耳にしたことがあった。暮らしに困った藩士が、料理屋からの帰りの客を狙って襲い、金品を奪うという。

ちかごろ、下級藩士や足軽、中間などの間では金銭のみが大事とされ、人を斬って金を奪ったり、金のために子女を人買いに売ったりする話などがたえず聞こえてきた。借り上げや諸色高などによる生活苦が、特に微禄の者のところへ皺《しわ》寄せされ、人の心から信義や廉恥《れんち》心を奪い、士道を廃《すた》れさせてしまったのかもしれない。

だから、柳原町で辻斬りに襲われたと聞いても、暗い気持になっただけでなんの疑念も浮かばなかった。

「ともかく、柳原町に行ってみよう。秋月、今日のおつとめは」

新見が訊いた。

「今日は非番だ」

辰之助は、せつに家にいるよう言い置いて、新見とともに柳原町にむかった。

柳原町のはずれに小川があり太鼓《たいこ》橋がかかっていた。その橋のたもとに松の疎林があり、そのそばに人だかりがしていた。武士が多かったが、野次馬らしい町人や女子供の姿もあった。

「新見、秋月、こっちだ」

人垣のなかから長身の小島が出てきた。小島も噂を聞きつけて駆けつけてきたようだ。

「まちがいなく塚原か」

新見が訊いた。

「まちがいない。いま目付が検死している」

小島は顔をしかめて、小声で伝えた。

三人は野次馬らしい人垣を分けて、前に出た。小袖に袴姿の男がうつぶせに倒れていた。その体の下にどす黒い血溜まりができていた。袴の股立を取り、下駄履きだった。片足の下駄が脱げ、指が泥で汚れている。目付らしい武士がふたり、死体のそばに屈み込んで見ていた。

死体は顔を地面につけていたが、横顔は見えた。顎の大きい髭面《ひげづら》である。塚原にまちがいなかった。

辰之助は少し前に出て、傷口を覗いて見た。一太刀である。右肩から袈裟《けさ》に斬り落としたものである。

——剛剣だ！

と、辰之助は思った。

右肩から左脇腹のあたりまで斬り下げられ、背から肋骨《ろっこつ》が覗いていた。よほどの手練で剛剣の主でなければ、これだけの傷は生じない。

「こっちへ来い」

小島が後ろから辰之助の袖を引いた。この場では口にできないような話があるようだ。

三人は人垣から離れて、松林のなかに入った。樹林のなかを渡ってくる風には秋の冷気があった。塚原の死骸を見てきたからなのか、木陰に入るとゾクッとするような寒気を感じた。

「ただの辻斬りではないかもしれぬぞ」

小島が言い出した。

「近所の者が口にしてるのを耳にしたのだがな。柳原町の賑やかな通りから、塚原を尾《つ》けていた者がいたらしいんだ。それに、辻斬りが金目当てに塚原を襲うかな。どう見ても、金持ちには見えない」

「そうだな」

新見も不審そうな顔をしていた。

確かに、下駄履き姿の若い塚原を金持ちとは見ないだろう。それに、辻斬りが賑やかな通りを尾行していたというのも解《げ》せない。

「それで、塚原さんはどこへ行ったのだ」

辰之助が訊いた。

「田島屋さ」

小島の話によると、このところ何度か反酒井派の者たちが、助教の永田を中心に田島屋で会合を持っていたという。なかでも、塚原は酒井の手で郡奉行を罷免《ひめん》されたこともあり、若手のなかでは酒井批判の急先鋒だったという。

「おれは、昨夜は城内の警備で行けなかったが、田島屋の帰りを狙われたか」

新見が怒りの色をあらわにした。もし、そうなら、塚原を斬殺した下手人は酒井の手の者ということになる。

――まさか、あのふたりでは！

辰之助の脳裏を、梶と斎藤の顔がよぎった。ふたりのうち、どちらかならあの刀傷もうなずける。

「酒井は、藩の財政を牛耳《ぎゅうじ》っているだけではないぞ。永田先生の話だと、こたびの世継ぎ問題にも動き出したらしいのだ。そのこともあって、酒井に反対する者たちを押さえ込もうと、実力行使に出たとみえる」

新見が声をひそめて言った。

ちかごろ、藩主直勝の継嗣問題があれこれ取り沙汰されていた。まだ直勝は四十代後半であったが、病弱のため、隠居して藩を嫡子忠丸《ただまる》に継がせたい、との意向を漏らすことが多くなったらしい。

だが、忠丸は直勝が壮年になって生まれた子で、まだ九つだった。嫡男とはいえ、元服も済んでいない子に継がせるのはどうかという異論もあり、重臣の間でも意見が分かれているという話を辰之助も聞いていた。

「酒井は殿の世継ぎの折、先代に直訴して殿の信頼を一身に集めるようになったのだが、今度も忠丸君を強く推しているというぞ。殿の嫡男であられる忠丸君が倉田藩を継ぐことにわれらも異論はないが、殿はまだお若いし、病気がちではあられるが、藩主としての政務に差し障《さわ》りのあるようなお体ではないのだ。忠丸君が元服を終えられてからでも遅くはない。……いまここで幼君をいただくようなことになれば、酒井の権勢は絶大なものになるぞ」

新見が辰之助と小島を交互に見ながら言った。

辰之助は新見の話を聞きながら、酒井邸へ呼び出されたときのことを思い出していた。

——このことのために、おれも配下に引き入れようとしたのではないか。

そう思い当たったとき、辰之助は身震いした。

あのとき酒井の話を承知していれば、塚原を斬っていたのは自分ではないかと気付いたのだ。

「ともかく、用心したほうがいい。酒井の配下には、梶どののような手練もいる」

辰之助は新見と小島に強い口調で言った。

塚原が酒井の手にかかったのなら、新見や小島も狙われる可能性があるのだ。

六

その日非番だったので、辰之助は道場に来て平井と稽古した。平井はだいぶ腕を上げていた。まだ辰之助を負かすほどではなかったが、以前に増して構えに覇気があり打ち込みも鋭かった。

「平井、おまえ、強くなったな」

面を取り、首筋を流れる汗を拭きながら辰之助が声をかけた。

子供組のときは平井が一年先輩だったが、大人組へ入ったのは辰之助のほうが二年早かった。年齢は同じである。新見たちが去ったこともあって、このところ平井とよく話すようになっていた。石原町に住む平井の家は、三十俵で父親は徒組である。

「まだまだ、秋月にはかなわぬ」

平井は精悍《せいかん》な顔をほころばせた。

「そのうち、追い越されそうだよ」

平井は、竹刀を交えるたびに腕を上げていた。稽古量の差かもしれない。辰之助は徒組の非番のときだけ道場に来たが、まだ家督を継いでいない平井は連日通っていたのだ。

稽古を終えた辰之助が平井と言葉を交わしていると、師範代の高須がそばに来て、お師匠がお呼びだと、伝えた。

すでに、堀川は道場から母屋へもどっていた。そこへ来るようにということらしい。辰之助は、急いで着替えると母屋へまわった。

庭の見える座敷に、堀川と老齢の武士が端座していた。還暦《かんれき》ちかい歳であろうか。鬢《びん》は白く、顔は皺《しわ》だらけだった。ひどく痩せていて、頬骨が突き出ている。ただ、身分のある武士らしく、背筋を伸ばして座っている姿には落ち着きと威厳があった。

老武士は入ってきた辰之助を見ると、目を細めてちいさくうなずいた。

「このお方を存じあげておるかな」

対座した辰之助に、堀川が訊いた。

「いえ、初めてお目にかかります」

辰之助は老武士に見覚えはなかった。

老武士は、凝《じっ》と辰之助の顔を見つめていたが、口元に笑みを浮かべ、

「小島槙右衛門でござる」と自ら、名乗った。

「小島さま！」

その名に覚えがあった。父、平八郎とともに処罰された人物である。謀反の首謀者とされた家老の小島庄左衛門の弟で、当時は用人の要職にあった。処罰後、槙右衛門は隠居し、屋敷内に籠ったまま表舞台にはまったく姿を見せなくなっていたのだ。

「そこもとが、秋月どのの倅か。よう似ておる」

槙右衛門は目を細め、なつかしそうな表情を浮かべ、

「わしはな、むかし堀川とともに東軍流を学んだことがあるのじゃ。……いわば、そこもとの兄弟子にあたるわけだな」

そう言って、槙右衛門は相好をくずしたが、すぐに表情をあらため、

「実は、そこもとが、酒井の屋敷に立ち寄ったという話を耳にいたしてな。ちと、気になったもので、こうして出かけて来たのじゃ」

そう言って、辰之助を見つめた。

「………！」

辰之助は驚いた。酒井と会ったことは、堀川はむろんのこと、朋友の新見や小島にも話していなかった。その場で、酒井の誘いを断わらなかったことに後ろめたさがあり、堀川や新見たちに話せなかったのである。だが、そのことを隠居して屋敷に籠ったままの槙右衛門が知っているのだ。

「そこで、何が話されたかは訊かぬ。……だが、九年前、何があったのか、そこもとには

話しておかねばならぬと思ってな」

そう前置きして、槙右衛門は話しだした。

当時城代家老だった小島庄左衛門は、軽格の身でありながら殿の寵愛をいいことに藩政にくちばしを挟んでくる酒井に不快の念を持っていた。ときとともに酒井は階段を駆け上がるように昇進し、殿を後ろ盾にして実権を握り、大石屋と手を結んで財政を動かすようになった。そのころから、専横が目立つようになり、藩士の昇進や登用などにも権力をふるいだした。

「そうなると、重臣のなかにも酒井になびく者も出てきてな。酒井派といってもいい強力な勢力になってきた。……だが、そうした酒井の横暴を苦々しく思う者もけっして少なくなかった」

その旗頭が、小島庄左衛門だったという。

小島家は代々家老職を務める名門の家柄で、血縁のなかには重臣も多く、一族だけでも大変な勢力があった。その小島家の中心人物だった庄左衛門のもとに酒井の専横ぶりを見かねた重臣たちが集まり、酒井派と対立する小島派ができたという。

「そこもとの父親、平八郎もそのひとりじゃ。……大目付の地位にいた平八郎は酒井の不正に気付いていた。大石屋から多額の賄賂《まいない》が渡っていたらしいのだ」

槙右衛門の話によると、大石屋は多額の運上金を藩に払っていたが、その運上金の大半は借金の利子分として大石屋にもどり、さらにその金の一部が賄賂として酒井に渡っていたらしいという。

「財源であるべき専売の利益が藩には入らず、大石屋と酒井に流れていたわけだ。いまでもその構図はつづいておる。……だが、当時、われらは酒井を排除しようとまでは思っておらなんだ。賄賂をもらっているという確証もなかった。そのときは、藩の専売である御直山の木材を大石屋だけでなく、他の材木問屋にも商わせることや領民を苦しめる軒役を撤回させることなどを酒井に認めさせるため、密談をもったのじゃ」

ところが、こうした小島派の動きを察知した酒井は、一気に大鉈《おおなた》をふるってきた。

「殿に、弟君である重定さまをわれらが担《かつ》いで、藩を乗っ取ろうと画策していると訴えたのだ。先の継嗣問題のことが強く頭に残っておられた殿は、酒井の言をそのまま信じ、即座に兄たちを捕らえることを下知されたのじゃ。……それから後のことは、そこもとも承知しておろう」

「森山町騒動で罰せられた理由のなかに、二の丸御殿の普請のおりに不正があったとも聞いていますが」

「それも酒井だ。御殿の普請に使われた材木は大石屋が調達した。その値段が通常よりかなり高かった。その金の一部が、大石屋から酒井に流れたと噂されていたのだが、その不正も捕らえられた者たちにかぶせたのじゃ」

槙右衛門は堀川の妻女が運んできた茶碗を手にしたまま無念そうに顔をしかめた。

「…………」

辰之助は、酒井ではなく、槙右衛門の話が真実だろうと思った。

「あの一件で、小島家の権威は一気に落ちた。だがな、いまでも家中には小島家とかかわりのある者が大勢いるし、酒井のやり方に不満をもっている重臣も多い。……そこもとのこともな、そうした家臣のひとりが知らせてくれたのじゃ」

槙右衛門は手にした茶碗を口に運び、喉をうるおした。

「かたじけのうございます。……長年、胸につかえていたことが晴れました」

槙右衛門の語った大筋は、興英塾での噂や新見たちとの話などから推測することができたので、それほどの驚きはなかった。ただ、辰之助は槙右衛門の口から直接父が切腹するにいたった事件の細部まで聞き、やっと真実がつかめたような気がしたのである。

「そうか、それは良かった。……それに、もうひとつ、そこもとに伝えることがあって、出向いて来たのじゃ」

槙右衛門は手にした茶を、もう一口飲んでから話し出した。

それによると、酒井はまた世継ぎのことで動き出したという。

こたびは、看過できぬ陰謀じゃぞ、そう言うと、辰之助を直視した槙右衛門の顔はこわばった。

「あやつ、お家乗っ取りをたくらんでおる」

「お家乗っ取りを」

思わず辰之助も声が大きくなった。

「そうじゃ。殿は隠居を望んでおられ、嫡子忠丸君にお家を継がせたいお気持が強い。そのことに何の問題もないが、酒井が画策しておるのは、忠丸君に己の娘を嫁がせた上で、倉田藩を継がせるつもりなのじゃ」

「そのようなことを……」

忠丸君が藩を継ぐ話は新見から聞いていたが、酒井の娘を嫁がせることは初耳だった。

「酒井の娘はおらくといい、十五歳だ。おらくが若君の正室となり、忠丸君が藩を継いだらどうなると思うな。わずか九歳の主君のそばに、舅《しゅうと》である酒井と六つ年上の娘がぴりとついておるのだぞ。藩主とは名ばかり、酒井の傀儡《かいらい》にすぎなくなることは目に見えておろうが。……若君が成人され、おらくが男子をもうければ、酒井の血筋が代々わが藩の主君ともなる。……これが、酒井の狙いじゃ。お家乗っ取りと言わずして何と言おうや」

槙右衛門の細い顎が小刻みに震えていた。おだやかだった目に、強い怒気の色が浮いている。

――これか！

辰之助には思い当たることがあった。

酒井と対面したとき、藩内にさらなる騒擾《そうじょう》が起こるのではないかと漠然とした思いをいだいたが、このことのようだ。酒井の陰謀を知れば、反酒井派は何とか阻止しようとするだろう。こたびの継嗣問題は、藩内の対立に油を注ぐことになるはずだ。

「それにな、酒井は謀略に長《た》けている男だ。反対する者たちの動きを座視してはおらぬぞ。森山町のときと同様、先手を打ってくる。……すでに、配下の目付を使い、反対派の動きを把握し、芽を摘もうとしているようじゃ」

やはり塚原は酒井の手の者にかかったようだ、と辰之助は確信した。

「よいか、秋月、迂闊《うかつ》に動けば、酒井の思う壺《つぼ》じゃぞ」

槙右衛門が念を押すように言った。

「……………」

辰之助は答えられなかった。酒井屋敷のことが頭に浮かんだ。あのとき辰之助は、酒井の、配下になれ、という誘いを、はっきりと断わっていなかったのだ。

このとき、辰之助は酒井との話の内容を槙右衛門に伝えようと思った。だが、口にしなかった。まず、己自身で酒井の誘いをきっぱりと断わってからだと思ったのである。

「何としても、森山町騒動の二の舞いを踏んではならぬ」

そう言うと、槙右衛門は苦笑いを浮かべ、老体の身でお喋りが過ぎたようじゃ、と言って腰を浮かせた。

堀川とともに、槙右衛門を見送った後、

「槙右衛門さまは、おまえの身を案じて見えられたのだよ。父親のように、酒井の手にはかけたくないとな」

堀川はそう言って、辰之助の顔を見た。

「それにな、おまえが興英塾に入れたのも、陰で槙右衛門さまが動いてくれたからなのだ。……まだある。あの騒動後に、槙右衛門さまはわしの許にひそかに使いをよこされてな、秋月家をつぶすわけにはいかぬ、何とか力になってくれ、とわしに頼んだのだよ」

「小島さまが……」

堀川は親類以上に親身になって秋月家のことを考えてくれたが、槙右衛門の影響も大きかったようだ。

七

反対派にむけられた酒井の手は、予想以上に迅速で果敢だった。辰之助は槙右衛門と会ったあと、新見と小島に田島屋での会合は危険だと伝えるつもりだった。

翌日、道場を出た辰之助は、石原町にある新見の家を訪ねたが城の警備に出かけていて不在だった。

——明日にでも、会って話そう。

そう思ったのが、辰之助の油断だった。

その夜、武装した一隊が田島屋を襲った。酒井は反対派の急先鋒たちを一気に殲滅《せんめつ》せんと、配下の者に命じて奇襲したのである。九年前、森山町の高柳屋敷を襲撃したのと、同じやり方だった。

その夜、田島屋の二階の座敷に、永田をはじめ新見、小島、山内、それに興英塾出身で永田に心酔する若手の藩士が、四人集まっていた。表向きは永田を囲んでのおさらい会だったが、酒井の批判に始まり、藩改革のための具体的な活動などが話し合われていた。

四ツ（午後十時）過ぎ、女将《おかみ》が蒼《あお》ざめた顔で座敷に姿を見せ、下に、お目付さまが来ております、と告げた。

「なに、目付だと！」

小島が顔をこわばらせて声を上げた。

一同の顔に緊張が疾《はし》った。素早くかたわらの刀を引き寄せ、お互いの顔を見合う。

「恐れることは、ありませぬ。われらは、孟子《もうし》の素読をしていたまでのこと。咎められるようなことは、いっさいしておりませぬ」

永田が毅然とした声で言った。

永田の言葉に、一同がうなずき合っているところへ、階段を駆け上がる跫音がし、三人の武士が姿を見せた。襷で両袖を絞り袴の股立を取っていたが、わずか三人だったので、一同は安堵した。味方は八人。召し捕るにしろ襲撃するにしろ、人数が少なすぎる。

「拙者、徒目付、菊池又三郎《きくちまたさぶろう》でござる。われらとご同行願いたいが」

恰幅《かっぷく》のいい壮年の武士が、そう言った。

「なにゆえで、ござろうか」

永田が訊いた。

「そこもとらが、御若君を亡き者にせんと、密謀を重ねているとの訴えがござった。その真偽のほどを、吟味《ぎんみ》するためでござる」

「ば、馬鹿な。われらがそのような話をするものか」

小島が苛立ったような声を上げた。

「申し開きは、吟味の座でしたらよろしかろう」

「同道を断わったら」

新見が訊いた。

「この店と客に迷惑をかけることになるが……」

そう言って、菊池が刀に手を添えた。

その動きにつられたように、新見たちも刀に手をかけた。一瞬、その場に殺気が疾り、対峙したまま睨み合った。

「ま、待て、ここで斬り合ってはならぬ。話せば分かるはずだ」

永田が一同を制するように手を広げて、廊下へ出た。

このとき、永田は菊池たちが酒井の命で動いているとは思わなかった。たった三人だったからである。

菊池たちが永田の前後について階段へ向かうと、新見たちも後に従った。

田島屋の暖簾《のれん》をくぐって外へ出ると、手にした提灯の明かりのなかに人影が見えた。十人前後はいる。手に槍を持った者もいた。柿色の鉢巻きをしめ、裁着袴《たつつけばかま》に武者草鞋《わらじ》という戦闘装束である。

「こ、これは！」

新見が声を上げた。永田をはじめ、一同の顔が凍りついたようにこわばった。

「おとなしく、同道されよ」

菊池がそう言うと、一隊は永田たちを取り囲むように歩を寄せてきた。この一隊のなかに梶がいた。梶は身をひそめるように集団の背後の闇のなかにいたため、新見たちも気付かなかった。

「ここで、手出ししてはならぬ。われらは、いかなる罪も犯してはおらぬゆえ、恐れることはない」

激しい口調で永田が言った。このときになって、永田は一隊が酒井の命で動いていることを察知した。

だが、抵抗すれば、かれらに処罰の口実を与える。永田は咄嗟《とっさ》に、ここはおとなしく従い、吟味を受けたほうがよい、と判断したのだ。

永田は胸を張って歩きだした。それを見て、新見たちも後に従った。

柳原町の賑やかな通りを避け、一行は裏通りを抜けて町外れにある太鼓橋へ出た。ここは塚原が斬殺された場所である。

夜陰は濃かった。提灯がなければ、人の輪郭も見定められぬほどの闇が辺りをおおっていた。ひっそりとして人影もない。

太鼓橋を渡り、松林のある橋のたもとまで来たとき、一隊の最後尾にいたひとりが、急に走り出して先頭に立った。

梶である。梶は白刃をひっ提げていた。

と、前方の永田の周囲にいた武士たちが、サッと左右に離れた。

「逃げるぞ！　斬れ！」

という、絶叫のような声が闇夜をつんざいた。

次の瞬間、鋭い気合が聞こえ、骨肉を断つ鈍い音がした。呻き声がし、人の倒れる音がした。斬られたのは永田である。永田が地面に倒れると同時に、新見たちのそばにいた集団が、いっせいに動いた。間を取り、抜刀したのである。

斬れ！　斬れ！　と、菊池が叫んだ。一隊がばらけ、新見たちを取り囲むように動いた。提灯が近寄り、新見たちを照らし出す。

──罠《わな》だ！

と、新見は察知した。

こいつらは初めから人目のない寂しい地へ連れ出して、皆殺しにする気だったのだ。逃走者を阻止するような声を上げて永田を斬ったのは、目撃者がいた場合を考え斬殺の口実をつくったのである。

新見の背後にいたひとりが、ギャッ！　と叫んで、のけ反った。新見の首筋に、生温かいものがかかった。血である。そのとき、梶だ！　という小島の叫び声が聞こえた。集団のなかに梶がいるらしい。

「逃げろ！」

叫びざま、新見は前方にいた武士に斬りつけた。

切っ先が頬をとらえ、めくれたように肉が削《そ》げて血が噴いた。武士は絶叫を上げて、背後によろめく。

その間隙を走り抜けようと前に飛び出した瞬間、脇から別の武士が甲声《かんごえ》をあげて斬りつけてきた。かわす間がなかった。その斬撃は、新見の左耳を落とし、肩口の肉を裂いた。

半身血まみれになりながら、新見は狂ったように刀を振りまわした。

怒号、叫喚《きようかん》、剣戟《けんげき》、骨肉を断つ音などが夜陰にひびいた。凄まじい殺戮《さつりく》である。肉片が飛び、血が噴出し、腕が落ち、首が飛んだ。

新見は絶叫を上げながら、斬りかかっていった。その気魄に怯《ひる》み、切っ先をむけていたふたりの武士が後じさった間隙をついて、新見は囲いを一気に駆け抜けた。

新見は松林のなかへ走り込んだ。漆黒《しつこく》の闇だった。提灯の明かりと男たちの怒号が、背後に遠ざかる。追ってくる者はいなかった。新見は走った。松の幹に突き当たり、棘《いばら》が足を引き裂いたが、新見はほとんど痛みを感じなかった。

心ノ臓は喉から突き上げてくるほど喘《あえ》ぎ、足は新見の意思にかかわりなく動いた。新見は深い闇のなかを浮遊するように、ふらふらと歩いた。ふと、新見の脳裏に、せつの顔が浮かんだ。両手を差し出して、微笑みかけている。

――せつに逢《あ》いたい。

と、新見は強く思った。

# 第五章　せつ

## 一

残照が粗壁にほのかに映り、軒下や家陰には夕闇が忍んできていた。雀色時《すずめいろどき》と呼ばれるころである。この時間になると、家のなかから夕餉の飯を炊《た》く煙が立ちのぼり、粗朶《そだ》のはぜる音などが聞こえたりするのだが、ひっそりとして物音ひとつしない。

辰之助は不安を感じながら、家の引き戸をあけた。土間のうす闇のなかにせつが立っていた。胸のところで両手を握りしめ、紙のように蒼ざめた顔を辰之助にむけて小走りに近寄ってきた。母は仏壇の前にいたらしいが、戸の開く音を聞いて土間へ下りてきた。母の顔もこわばっている。

「あ、兄上、新見さまは……」

せつが、声を震わせて訊いた。

「死者のなかには、いないようだ」

「で、では、助かったのですね」

せつの暗い顔に、安堵の色が浮いた。

「だが、行方が知れぬ。……それに、徒目付たちが探している」

「……」

すぐに、せつの顔は不安でおおわれ、胸のところで握りしめた手が小刻みに震えだした。追っ手がかかっているということは、生きていても捕らえられて処罰される可能性が強いのだ。


辰之助が、永田や新見たちが田島屋から連れ出され、太鼓橋のちかくで斬殺されたという話を聞いたのは、殺害された翌日いっしょに西御門の警備にあたっていた徒衆のひとりからだった。

「いくつも死骸《むくろ》が転がっていたぞ。興英塾の永田とその同調者らしい。大変な人だかりで、大目付まで出張《でば》っていたよ」

西野《にしの》という若い徒衆は、昂《たかぶ》った声で喋った。西野の家は柳原町ちかくにあり、西御門へ出仕する前に、そばを通って来たという。

——田島屋からの帰りに、酒井の手の者に襲われたのだ！

と、辰之助は察知した。

この日辰之助は早番で、西野と交替することになっていた。通常、早番は、卯《う》ノ上刻

（午前五時）過ぎから午ノ刻《うま》（正午）までだったが、西野に頼んですぐに柳原町へむかった。

　太鼓橋ちかくに来たときは、四ッ半（午前十一時）ごろだった。すでに、死骸はなく、検死の姿もなかった。何人かの野次馬らしい者たちが、黒い血溜まりを覗いたり、眉根を寄せて立ち話をしているだけだった。

　辰之助は粗末な着物を尻っ端折りした初老の男に声をかけた。男は天秤棒《てんびん》とふたつの笊《ざる》を手にしていた。笊には、売れ残ったらしい萎《しな》びた大根が何本か残っていた。どうやら、柳原町に大根を売りにきた近くの百姓らしい。

　男は、転がっている死骸を見ただけで、くわしいことは知らねえ、と言ったが、興奮しているのか声高にべらべらとよく喋った。

　男が五ッ（午前八時）ごろ、通りかかったときには、死骸は七体あり検死の武士が十人ちかく集まっていたという。

　それから、家族の者たちやその従者などが駆けつけてきて、まわりから悲鳴や泣き叫ぶ声などが聞こえてきた。

　その様子を、男は路傍に立ってしばらく見ていたが、まだ大根の大半が売れ残っていたので、柳原町へ出かけ小半刻《こはんとき》ほど前にここに引き返して来ると、すでに死骸は運び去られ、検死らしい武士や家族の姿もなかった。

「殺された者の名は、分からぬか」

まず、辰之助が知りたかったのはそのことである。

「そこまでは、分からねえだ」

男は首を横に振った。

辰之助は、男に礼を言い、その足で家に帰った。あるいは、せつや母の耳に入っているかと思ったのだ。

せつと母は、近所で噂を耳にしたらしく、柳原町で大勢の斬り合いがあり、そのなかに新見がいたらしいことを聞いていた。

「それで、新見家では死体を引き取ったのか」

新見家には隠居した父親と母親、それに十五になる弟がいた。すでに、死骸は現場から引き取られているので、新見がいれば、その死骸は家に運ばれているはずである。

「いや、そのような様子はありませぬ」

せつは蒼ざめた顔で言った。

「もう一度、様子を見て来る」

辰之助は、田島屋で訊けば、もう少しくわしい事情が知れるのではないかと思ったのである。

「わたしも行きます」

と、ひき攣《つ》ったような顔で言い出したせつに、

「おまえは家で待て。新見さんが帰ってくれば、まず、せつに会いにくるはずだ」

そう言い置いて、辰之助は家を飛び出した。

田島屋には入れなかった。一見して、徒目付と思われる黒羽織の男たちが数人、玄関先に立って、女中や下男から話を聞いているところだった。

辰之助は裏口にまわった。こちらに徒目付の姿はなく、ひっそりとしていた。いっとき待つと、年増《としま》の女中が水の入った小盥《こだらい》を手にして出てきた。すすぎにでも使った水らしい。

「ちと、ものを尋ねるが」

辰之助は、屈み込んで溝に汚水を捨てている女中の背に声をかけた。

女中は立ち上がり怪訝《けげん》な顔をむけたが、武家姿の辰之助が真剣な顔で立っているのを見て、

「何です」

と、おだやかな声で応じた。

「拙者、昨夜殺害された者の縁者だが、噂を聞いて駆け付けて見ると、それらしい跡があるだけでだれもいない。いっしょに殺されたのはだれか、それすら知れぬ。名だけでも、教えてはいただけぬか」

女中は、何人かしか分からないと言って、四人の名を上げた。そのなかに、永田、小島の名があった。どうやら小島は殺されたようだ。

「新見という男は、どうしたろう」

辰之助が訊いた。

「そのお方は逃げたようですよ」

「逃げた」

やはりそうか、と思い、辰之助はいくぶんほっとした。

「昨夜、うちの二階に八人集まっていましてね。四ツ（午後十時）過ぎ、菊池さまというお目付さまがいらっしゃって、八人を外へ連れ出したんです」

女中は昨夜の様子を話し、太鼓橋までいったとき、どなたか逃げ出そうとして斬り合いになったようでございますよ、と眉根を寄せて言い添えた。

「それで、逃げたのはひとりか」

「いえ、ほかにふたり、山内さまと霧島《きりしま》さまだそうです」

「そうか」

山内も逃げているらしい。霧島という男は、興英塾に通っていることは知っていたが面識はなかった。

女中の話によると、田島屋に集まっていた八人のうち五人が殺され、同行した目付のふたりも斬られて死んだという。

辰之助は女中に礼を言うと、急いでその場を離れた。

——新見さんはどこへ行ったのであろう。

帰る場所は家しかない、と思い、その足で新見の家へまわってみた。

隣家の板塀の陰に裁着袴に襷がけの武士がふたり立って、新見の家の木戸に目をやっていた。徒目付だろう。裏手にまわると、家の裏口の見える物陰にもふたりいた。どうやら、帰宅する新見を捕らえようと見張っているようだ。

辰之助は急いで家に帰った。


辰之助はせつの前に立ち、励ますように言った。

「せつ、新見さんは生きているんだ。何とかなる。気をしっかり持て」

「は、はい……」

せつは唇を嚙みしめ、闇に目をむけた。小刻《こきざ》みに肩が震えている。母がそっと近付き、抱きかかえるようにせつの肩に手をまわした。

土間に立った母子三人を押し包むように、闇が深くなってきていた。

二

翌日から、辰之助は徒組の勤めの合間をみて、堀川道場の門弟や興英塾の仲間をまわって情報を集め、新見の行方を探した。そうして話を聞くなかで、事件の概要が分かってきた。やはり、酒井が仕組んだようである。

斬殺の理由は、忠丸君の暗殺をたくらんでいる、との訴えがあり、事情を訊くため同行したが、突然、逃げ出したため、とのことだが、酒井たちの仕組んだ罠にちがいない。永田を中心とする興英塾出身の反酒井派の急先鋒たちを、一気に殲滅《せんめつ》するために先手を打ったのだ。狡猾《こうかつ》で残忍な酒井らしいやり方である。

それに、永田たちを襲った一団のなかに、梶がいたことも分かった。殺された五人のうち、何人かは梶の手にかかったはずである。

——新見さんは、どこにひそんでいるのか。

辰之助にも分からなかった。

せつは不安と焦燥《しょうそう》とで夜も眠れず、痛々しいほど憔悴《しょうすい》していた。そんなせつを目の当たりにして、辰之助はひとつの決意をした。

——新見さんの所在が知れたら、剣にかけても助けねばならない。

それは、酒井の配下の目付衆や梶と戦うことであった。酒井に刃をむける以上、目付への昇進も断わらねばならぬし、徒組からの致仕も覚悟せねばならなかった。

父や小島、永田たちが、酒井の手にかかり、さらに新見や山内が、酒井の爪牙《そうが》に身を引き裂かれそうになっている。母やせつを悲しませるであろうが、これ以上、酒井の暴虐を座視しているわけにはいかなかった。

――だが、このまま酒井に刃をむけたのでは士道にもとる。

辰之助は敵に尾を振っておいて、寝返るような真似はしたくなかった。それに槙右衛門から話を聞いたときから酒井の誘いを断わる決心はついていたのだ。

その日、陽が西に傾くと、辰之助は騎馬町へ足をむけた。下城した大目付の斎藤と会うつもりだった。

斎藤邸の表門の見える通りでしばらく待つと、馬に乗り三人ほど供を連れた斎藤の姿が見えた。辰之助は道の中央に出て、一行が近付くのを待った。

「そこにおる者、道をあけい！」

馬前にいた若党らしい武士が声を上げた。

なおも、立ったまま動かない辰之助を見て、若党は気色《けしき》ばみ腰の刀に手をかけた。

待て、と、斎藤が声をかけて、ひらりと下馬した。

「こやつ、わしに用があってここで待っていたのじゃ。おまえたちは、先に屋敷へもどっておれ」

斎藤がそう言うと、若党たち三人は、辰之助に不審そうな目をむけながら馬を引いて屋敷へむかった。

「さて、何用かな」

斎藤はおだやかな声で訊いた。

自然体でゆったりと立っていたが、どっしりと腰が据わり一分の隙《すき》もなかった。

「お伝えしたいことがあり、参上いたしました。本来、酒井さまに直に申し上げねばならぬところでございますが、お目通りもかなわぬと思い、無礼を承知でお待ちしておりました」

辰之助は丁重に言った。

「大事のようだが、何かな」

「はい、目付へのお引き立ての件、お断わりいたしとうございます。酒井さまに、そのようにお伝えくだされるようお願い申し上げます」

「ほう、目付を棒に振るというのか」

斎藤は驚いたようにすこし目を剝《む》いた。

「はい」

「おぬし、目付を棒に振るだけでは済まぬぞ。ご家老に逆らえば、倉田藩では武士として生きてはいけぬぞ」

斎藤は辰之助を凝視したまま言った。声音は静かだったが、双眸には射るようなひかりがあった。

「覚悟の上です。……これ以上、酒井さまのお世話になったのでは、わたしが侍として生きられなくなります」

辰之助も斎藤を見据えて言った。

「秋月、せっかくの剣を、平八郎どのと同様、己の腹をかっさばくために遣うつもりなのか。それでは、あまりに無念であろう」

斎藤は辰之助から視線をはずし、虚空を見つめながら言った。

「あのとき、父には、無念の思いはありませんでした。侍として、己の信ずる道で剣を揮《ふる》った結果の死です。恥じることなく死んでいけたと思っております」

そのとき、辰之助の脳裏に慶林寺での父の切腹の光景が蘇った。侍として大義のために死んでいく満足と散っていく桜《はな》のような潔さがあった。悲しいほどの美しさがあった。あれが父の侍としての生き様だったにちがいない。

「だが、腹が減っては、思うように剣も揮えぬぞ」

斎藤は口元にうすい嗤《わら》いを浮かべた。

「貧のために、心を売りたくはありません」

「そうか。残念だが、やむをえんな」

斎藤は、ご家老に伝えておこう、と言って屋敷の方へ歩き出そうとした。

「お待ちください。もうひとつ、梶どのにもお伝えください。東軍流でいうところの死合はまだ終わっていないと」

「うむ……。いずれにしろ、父子ふたりの首は刎ねたくないものだな」

斎藤はつぶやくような声で言って、歩き出した。

それから二日後、行方をくらましていた霧島が家に立ち寄ろうとして徒目付に見つかり、追いつめられて自害したという噂が辰之助の耳にとどいた。だが、新見と山内の所在は杳《よう》として知れなかった。

三

釣瓶《つるべ》から水を小桶に流しているとき、せつは葉叢《はむら》を分けるような音を聞いた。井戸端から、十間ほど離れた椿《つばき》の植え込みの辺りである。

犬かしら、と思ったが、何となくだれかに見られているような気がして、せつは椿の方を振り向いた。すると、足音がした。走り去るような音である。

そのとき、せつの脳裏に、

──新見さまでは。

との思いがよぎった。

せつは、釣瓶を足元に置くと、急いで椿の方へ走った。こんもりと深緑を茂らせている椿のそばまで行ったとき、隣家との間にある竹林のなかを駆け去って行く人の姿がちらりと見えた。

──新見さま！

その後ろ姿は新見だった。

せつは、夢中で後を追った。新見の後ろ姿が竹林のなかに見えた。新見さま！　と、せつは声を上げた。

だが、新見は振り返りもせず、竹林を抜けると藪《やぶ》の向こうへ姿を消してしまった。

せつは竹林を抜け藪の向こうへまわったが、新見の姿はどこにもなかった。小さな武家屋敷や百姓家の点在する見慣れた晩秋の光景がひろがっているだけである。

なおも、せつは周辺を歩きまわって新見を探したが、二度とその姿を見ることはなかった。

──人違いだったかもしれない。

と、せつは思いはじめていた。見たのは竹林のなかを走る後ろ姿だけである。それに、新見ならせつの姿を見て逃げるはずはないのだ。

せつは、あきらめて家へもどった。何気なく椿の陰へ目を落とすと、何か白い物が落ちていた。折り畳んだ紙だった。広げて見ると、簪《かんざし》が挟んであった。小さな珊瑚《さんご》の赤い玉のついた簪である。

――新見さまだ！

せつはその簪を握りしめ、胸をえぐられたような衝撃を覚えた。新見が簪を持って、せつに逢いに来たのだ。それも、最後の別れのために……！

せつの脳裏に海辺で新見とふたりだけで過ごしたときのことが、鮮明に蘇ってきた。

あのとき、土手に腰を落としたふたりの眼前に、春の海が茫洋《ぼうよう》と広がり、数羽の白い鷗が岸辺ちかくを飛び交っていた。だが、そうした光景は、せつの目にまったく見えていなかった。胸の苦しくなるような沈黙がつづいていた。

「……あいつ、気を利かせたつもりなのだ」

新見が笑いながら言ったが、かすれたような声だった。

兄の足音が聞こえなくなって、いっとき経っていた。いまは、汀《みぎわ》に寄せる波音と胸の鼓動だけが聞こえる。

せつは何を言っていいか分からず、新見も後がつづかず、またふたりは黙ってしまった。

唐突に、せつ、と言って、新見が顔をむけた。

「………」

せつも顔を上げて、新見を見た。

「お、おれは、おまえを嫁に欲しい」

と、新見が目を剝いて言った。

せつは、新見の目を見つめてうなずくと、顔を両手でおおってうつむいてしまった。その首筋が真っ赤に染まっている。

いっとき、新見は海を睨むように見つめていたが、急に思いついたように喋りだした。

「せつ、何が欲しい。嫁に来る前に、せつの欲しい物を買ってやる。櫛《くし》でも簪でもいいぞ」

せつは黙って、首を横に振った。欲しい物など何もなかった。新見といっしょに暮らせるだけで、十分である。こうして、横にいっしょに居るだけで胸が苦しくなるほどの喜びがある。

「そうだ、簪がいい。柳原町の小間物屋に赤い玉のついた簪があった。あれを、せつに買ってやる。嫁に来るとき、その簪を挿《さ》してこい」

新見は海を見ながら、ひとりで声高に喋った。

あのとき約束した簪である。せつは、胸に抱くように握りしめたまま井戸端に立ちつくしていた。

追われている新見は、約束した簪を渡しに来たのである。逢わずに去ったのは、せつを巻き込みたくなかったのか、それとも未練を残したくなかったからなのか。いずれにしろ、二度と新見は逢いに来ない、という気がした。

――新見さまといっしょなら、この身はどうなってもよかった。

と、せつは思った。

そして、せめて顔を見せ、抱いて欲しかったと思ったとき、悲痛が胸を裂くように込み上げてきた。せつは簪を握りしめたまま嗚咽を漏らした。

四

鬱蒼とした杉や檜の森の向こうに、倉田城の天守閣や廓内《かくない》の御殿、櫓《やぐら》、水をたたえた濠《ほり》などが見えていた。城の先には、長瀬川の蛇行が秋の陽射しに白くひかり、刈り入れを終えた田や紅葉に染まった雑木林などが広がっている。

その城郭と人里に、立ち止まっていっとき目をやり、また森のなかの小径《こみち》へ足早に走り込んだふたつの人影があった。

新見と山内である。新見の左耳はなく、顎にかけて皮膚を削《そ》がれたような傷跡があった。着物の肩口にも黒い血の染みがある。梶たちの一隊に襲われたときのものだが、命にかかわるような傷ではなかったようだ。

ふたりは森山町の外れの杉や檜の茂る森のなかにいた。森山町は城の東側の高台にある。高級藩士の屋敷が点在しているが、山裾にはまだ森林が残っていて山伝いに城の西側の田畑の多い百姓地や町人地、それに海岸へも出ることができた。

ふたりは太鼓橋ちかくで酒井の手の者たちに襲われた後、偶然、森山町にむかう道筋で出会い、夜陰にまぎれて山地に逃げ込んだのである。山内は右腕と太腿《ふともも》に傷を負っていたが、命にかかわるようなものではなかった。その後、ふたりは森山町にちかい森林のなかに身を隠していた。

季節は晩秋であった。奥州の山中には、栗《くり》、茸《きのこ》、あけびなどの秋の恵みが多い。ふたりは、そうした木の実や茸などを食料にして、山中に籠っていたのである。もっとも、襲われたとき、ふたりとも少ないが金も持っていた。ときおり、追っ手の目を盗んで町人地へ入り、食料や情報も得ていた。

ふたりが、森山町ちかくの森を潜伏地に選んだのは、身を隠すのにいい場所だったこともあるが、もうひとつ別の理由もあった。それは森山町に酒井の屋敷があったからである。

ふたりとも、いつまでも逃亡はつづけられないと知っていた。山中にひそむのにも限度がある。捕らえられれば、斬罪であろう。それに、多くの仲間が斬殺され、自分たちだけ助かろうとも思わなかった。

――酒井と刺しちがえる。

それが、ふたりの最後の望みだった。

一昨日、新見は決死の覚悟で石原町へ行き、先に有り金をはたいて買い求めておいた簪をせつに渡してきた。せつとの約束を果たすというより、せつを残して自分だけ死ぬことを詫《わ》びる気持が強かった。

あのとき、せつの前から逃げたのは、踏みとどまって間近で顔を見れば、己の感情がおさえられなくなると思ったからである。それに、逢ってもどうなるものでもなかった。未練が残るだけである。新見は、せつのためにもこれでよかったと思っていた。

新見は辰之助にも会わなかった。会えば、辰之助は自分たちと行動を共にすると言い出すだろう。新見はせつのためにも辰之助を罪人の汚名を着せて酒井の手に落としたくなかったのである。

山内もまた、一昨日、騎馬町へ出かけ、夜陰にまぎれて見張りの目を盗み、自邸に投げ文をしてきていた。それには、藩のために死ぬことと父母に先立つ親不孝を詫びる内容が認《したた》めてあるという。

「まだ、下城には早い」

新見が、太い杉の樹陰から坂下の道を見下ろしながら言った。

その道は酒井が、城への行き来に使う道である。七ッ（午後四時）ごろに、駕籠《かご》で下城し供をつれてここを通るはずであった。

「おれが前から飛び出し、護衛の梶を引きつける。その間に、おまえは坂を駆け下り、駕籠の酒井を突き刺せ」

新見が言った。

酒井は梶のほかに四人の護衛をつけていた。いずれも屈強の武士である。逃亡しているふたりや他の反酒井派の襲撃を警戒しているにちがいない。まともに襲ったのでは、酒井の乗る駕籠に近付くこともできないだろう。

そのため二人はこの地を選んだのである。道は窪地《くぼち》を通り、両側が坂になっている。ひとりが敵を引きつけ、隙をついてひとりが一気に坂を駆け下りて、駕籠に乗った酒井を刺す。それがふたりの作戦だった。

「分かった」

山内はこわばった顔でうなずいた。

そろそろ、支度をしよう。そう言って、新見は袴の股立を取り、刀の下げ緒《お》で襷をかけた。山内も同じように身支度をととのえた。

いっとき待つと、複数の跫音が聞こえてきた。道が樹林のなかを縫うように通っているので姿は見えないが、酒井たち一行にまちがいない。

決然と新見が立ち上がった。眦《まなじり》を決した悲壮な面貌《おもて》である。

「山内、さらばだ」

一声残し、新見は山内をそこに置いて数間先の樹陰へ移った。二度とふたりが顔を合わせて言葉を交わすことはないはずだった。

林間に酒井たち一行が見えてきた。護衛は駕籠の前に梶とひとりの武士がつき、左右にひとりずつ、後ろにひとり。駕籠かきはふたりだった。

新見は抜刀し、駕籠の前方へ飛び出した。

「ご家老、お命、ちょうだいいたす！」

叫びざま刀身を振り上げて、駕籠へ突進した。

狼藉者《ろうぜき》！　と、ひとりの武士が叫び、梶以下四人の武士がばらばらと駆け寄って来た。

駕籠がとまり、左右についていた武士が離れた。そのとき、駕籠の右手の坂を抜き身を手にした山内が駆け下りてきた。

こっちだ！　と、後ろにいた武士が叫んで、前へ飛び出す。ふたりの駕籠かきが、悲鳴を上げて前後へ逃げる。

駆け下りてきた山内が、駕籠にむかって刀身を突き刺すのと、後ろから飛び込んできた武士が山内の肩口へ斬り下ろすのが、ほぼ同時だった。

山内の刀身は駕籠の隅を突き、武士の刀身は山内の首根に入った。骨肉を断つにぶい音がし、山内の首が喉皮を残してぶら下がった。次の瞬間、首根から小桶でぶちまけたように血が飛び散った。山内は駕籠におおい被さるように倒れ、血を噴出させた。悲鳴も呻き声もない。水を撒《ま》くような音だけが聞こえた。首の血管《ちくだ》から噴出した血飛沫《しぶき》が、駕籠へ当たる音だ。

この様子を見て、ふたりの武士が駕籠の方へ駆けもどったが、そのとき梶は新見との斬撃の間に踏み込んでいた。

「新見、死ねい!」

叫びざま、梶が八相から袈裟《けさ》に斬り込んできた。

たたきつけるような剛剣だった。新見はこの斬撃を刀身を振り上げてはじいたが、梶の勢いに押されて腰がよろめいた。

梶は弾かれた刀身を返し、さらに踏み込みざま薙《な》ぐように新見の胴を払った。その切っ先が、新見の腹を横一文字に裂いた。

だが、浅い。皮膚と肉を裂いただけで、臓腑には達しなかった。

イヤアッ!

新見は目をつり上げ、喉の裂けるような気合を発して梶の肩口へ斬り込んだ。捨て身の一刀である。

一瞬、梶は身を引いたが、その切っ先がわずかに肩口をとらえ、着物が裂けて血がにじんだ。

「さすが、堀川道場で学んだだけのことはあるな」

梶は不敵な嗤いを浮かべ、八相から青眼へ構えなおした。

足裏を擦るようにして間合をつめると、全身に気勢をこめ、グイと切っ先を突き出した。

その仕掛けが新見の目に胸元を突いてくるように見え、体が反応して、切っ先を弾こうと刀身を払った。

その刀身が空を切った刹那《せつな》、
ヤッ！

と、鋭い気合を発し、梶の切っ先が新見の手元に伸びた。瞬間、新見の右の手首ちかくが截断《せつだん》され、刀の柄を握ったまま右手がぶら下がり、斬り口から血が噴いた。

新見が呻き声を上げてのけ反る。梶は流れるような体捌《たいさば》きで新見を追い、刀身を振り上げ二の太刀を浴びせた。

籠手から面へ。

壺を割るような骨音がし、新見の顔が割れて血と脳漿《のうしょう》が飛び散った。新見は腰からくだけるようにその場に倒れ込む。悲鳴も呻き声も聞こえなかった。細い虫の音のような血の流出音がするだけである。

「ご家老が、お怪我を」

駕籠から姿を見せた酒井に、武士のひとりが声を上げた。

酒井の右頬に血の線がはしっていたが、かすかに切っ先が頬に触れた程度の傷である。

「かすり傷じゃ」

顔を赭《あか》黒く染め、憮然《ぶぜん》として言った。

「襲ったのはふたり、新見と山内でございます。ふたりとも仕留めましてございます」

梶がそばに来て、抑揚のない声で言った。

「うむ。……それにしても、はねっ返りどもを根絶やしにせねば、外も歩けぬな」

酒井はたるんだ顎のあたりを指先で撫ぜながら、倒れているふたつの死骸を睨むように見すえた。

五

翌日、辰之助は堀川道場で、新見と山内の死を知った。門弟が噂していたのを耳にしたのである。森山町から通っている門弟のひとりが、現場を見ていたかのようにくわしく話していた。その門弟から話を聞くと、自邸が現場ちかくにあり、様子を見てきた家士から話を聞いたという。

それによると、新見と山内のふたりが酒井の下城途中を襲い、護衛の者に返り討ちにあったということだった。

その日、辰之助は道場から帰ると、仏壇の前に座していたせつにこのことを伝えた。辛《つら》い話だったが、隠していてもすぐに知れることである。せめて、兄の口から知らせてやり、すこしでも心の痛みをやわらげてやりたかったのだ。

「新見さんは、覚悟の上で斬り死にしたようだ」

と、辰之助は告げた。

そのとき、せつは背中でもたたかれたようにビクッとしたが、紙のように蒼ざめた顔でちいさくうなずいただけだった。あとは、仏壇にむかって掌《て》を合わせ、小刻みに肩を震わせていた。

――せつは、新見さんが死ぬことを知っていたのだ。

と、辰之助は察知した。

「せつ、気をしっかり持て。兄も母上もおまえのそばにいるぞ」

辰之助はせつの後ろに座して、そう言った。

せつは、大きく二度、三度とうなずき、上半身を震わせてクックックッと喉を鳴らした。突き上げてくる嗚咽を嚙み殺しているのである。

辰之助はしばらくせつの背後に座していたが、立ち上がった。新見の死は辰之助にとっても辛い出来事だった。無二の友であり、ときには兄のように思うこともあった男なのである。辰之助は木刀を持って井戸端へ行き、素振りをはじめた。腹の底から突き上げてくる激しい悲憤があった。その激情に、辰之助は木刀を振ることで耐えていた。

それから半月ほど経った夕方、辰之助が西御門の警備からもどると、母が蒼ざめた顔で戸口へ出て来た。

「辰之助、せつの姿が見えないのです」

「いつから……」

辰之助の胸が騒いだ。

新見の死後、せつは努めて明るく振る舞っていた。以前と変わらず、母の畑仕事を手伝ったり炊事をしたり、ときには母に代わって辰之助の衣類を繕《つくろ》ったりしてくれた。ただ、ひとりになると暗い顔で物思いに沈んでいることが多かった。せつは新見を失った悲しみを背負ったまま、秋月家のひとりとして懸命に生きていたのである。

「午後、畑からもどるとせつの姿がなかったのです」

母は、付近を探してみたがどこにもいない、と不安にゆがめた顔で言った。

「探してみます。……母上は、もう一度家のちかくを探してみてください」

辰之助はそう言い置くと、提灯を持って家を飛び出した。

すでに日は暮れ、辺りは夕闇につつまれていた。どんより曇った、冬の到来を思わせるような寒い日だった。辰之助は走った。まだ明るさの残っているうちに、せつを探し出したかった。

だが、これといった当てはなかった。まず、二度ほどせつと新見が逢っているのを見た長瀬川の川岸へ行って見たが、姿はなかった。辰之助は川岸から新見の家の近くへまわってみた。すでに辺りは夜陰につつまれ、道をたどるのもやっとだった。辰之助は提灯に火を入れた。足元は明るくなったが、かえって周囲の闇は濃くなり、せつがいても気付きそうもなかった。

せつ、いるか、辰之助だ、と何度となく声をかけながら新見の家の前まで行ってみた。家は洩《も》れてくる灯《ひ》もなく、濃い闇のなかに沈んでいた。

新見の死後、新見家では弟に家禄を継がせて欲しいと願い出たが、許されなかったと聞いている。藩の実権を握っている酒井を襲撃したのである。家禄を継ぐどころか、一族もろとも闕所《けっしょ》のうえ追放ぐらいの処罰を受けても当然だが、家族にも何の沙汰《さた》もなかった。

酒井の温情だろうという者もいたが、辰之助はそうは思わなかった。禄を失った下級藩士がどうやって生きていけばいいというのか。これは、生殺《なま》しだった。後に残された家族は、この冬を越すこともできないはずだ。物乞《ものご》いでもして歩くか、家を捨てて領内から出て行くかしかないのである。

せつが、新見の家のなかにいるはずはなかった。辰之助は急いで家へ引き返した。母もせつを見つけられなかったと見え、灯も点けずに父の仏壇の前の闇のなかで掌《て》を合わせていた。辰之助も母のそばに座って掌を合わせた。いまはそうやって、亡き父にせつの無事を祈るよりほかなかった。

風が出たらしく、家の屋根や壁がみしみしと鳴っている。母と辰之助を濃い闇がおしつつんでいた。辰之助は暗黒のなかから、得体の知れぬ魔物が牙《きば》を剥いて襲いかかってくるような気がして身震いした。

せつの行方が知れたのは翌朝だった。朝といっても五ツ（午前八時）過ぎに竹之助《たけのすけ》という新見の弟が、知らせに来たのである。

「今朝早く、慶林寺から知らせてきました。兄の墓の前で、若い娘が自害していると」

竹之助は、泣きだしそうな顔で、せつさんだと思います、と言い添えた。

すぐに、辰之助は母とともに家を出た。

雪が降っていた。どんよりと曇った空から、ちらちらと地上に落ちてくる。初雪だった。積もりそうな雪ではなかったが、大気には肌を刺すような冷気があった。

せつは新見の墓前に、うずくまるように倒れていた。墓といっても、新見家の墓の隅に白木の墓標が立っているだけである。新見家としては、藩の家老を襲った咎人《とがにん》を先祖と同列に埋葬することをはばかったのであろう。

うずくまったせつの背中とその墓標の周辺に、うっすらと雪が積もっていた。その真っ白な雪のなかで、せつの髷に挿した簪の赤い玉が、目を刺すほど鮮明に見えた。せつの生命を一点に凝縮したような鮮やかな色である。

せつの細く白い右手に、懐剣が握られていた。父の切腹の後、母が辰之助とせつのふたりに切っ先をむけた懐剣である。その懐剣は、母から祝儀用の着物とともにせつに与えられていた。せつはその懐剣で喉を突いて果てていた。流れ出た血はほとんどなかった。いや、流れて出た血は新見を埋葬するために新しく土盛りした黒土に吸い込まれてしまったのであろう。

せつ、せつ……と、母は悲痛な声をあげてその場に座り込むと、すがりつくようにせつの体を抱き起こした。そして、せつの肩口に顔を埋めて、低い嗚咽を漏らしながら激しく身を震わせた。しばらく、母はせつを抱きしめていたが、

「こ、この子は、新見どのの許へ嫁にいったのです……」

と、嗚咽のなかで絞り出すような声で言った。

辰之助は、せつの死骸を抱きしめた母のそばに無言で佇立《ちょりつ》していた。どんよりとした天空から落ちてくる無数の雪が、辰之助の身をたたくように降りそそぐ。

――あのときと同じだ。

と、辰之助は思った。

辰之助の脳裏で、父の死の直後に見た慶林寺の桜の散る光景が重なり、胸をえぐるような悲痛が衝《つ》き上げてきた。そして、その悲痛の底から激しい憤怒が、炎のように噴き上げてきた。酒井に対する怒りである。

六

雪をかぶった杉や檜の樹間から、倉田城下の雪景色が垣間《かいま》見えた。積雪はまだ一寸（約三センチ）ほどで、すっぽりと雪におおわれているわけではなく、城下の通りや田畑の一部などには黒い地肌がのぞいている場所もある。

辰之助は城の東側にあたる森山町の高台にいた。以前、新見と山内が酒井を討つためにひそんでいた樹林のちかくである。

さっきまで薄日が射して雪が輝いていたが、いまは上空を雲がおおい、鬱蒼とした森のなかを薄暗くしていた。雪の樹間を渡ってきた風が、肌を刺すように冷たい。ときおり、風で梢《こずえ》が揺れ、林間のあちこちで雪の落ちる音がした。

辰之助は両刀を差し、裁着袴に草鞋履きで蓑《みの》を着ていた。蓑の下は襷で両袖を絞ってある。すぐに戦える装束のまま、辰之助は樹間に身をひそめ、酒井が下城してくるのを待っていた。

顔は蒼ざめ、双眸は切っ先のような鋭いひかりを放っていた。

――酒井を討つ。

辰之助は決意し、ここ数日ひそかに酒井の行動を追っていた。

酒井は新見たちに襲撃されたことで、さらに警戒を強めたらしく、警備は厳重をきわめていた。城の行き帰りには、梶をはじめとする屈強の武士が十人前後も駕籠の周囲をかためていた。そのなかに金十郎の顔もあった。また、屋敷内は侵入者を防ぐため夜通し何人かの武士が巡視をつづけていた。むろん、酒井の寝所ちかくには宿直《とのい》の者が護衛しているであろう。これだけ警戒が厳しいと、城下での襲撃や屋敷内への侵入は無理だった。

辰之助は、狙うならこの森のなかの小径に身をひそめ、一気に駕籠へ駆け寄り、なかにいる酒井を刺すより他に手はないと判断した。これは新見と山内が為損《しそん》じた戦法であった。辰之助も、ふたりがこの場で襲ったことは知っていたので、同じ戦法であろうことは承知していた。

――だが、ひとりで酒井を討つにはここしかない。

と、辰之助は臍《ほぞ》を固めていたのである。

樹陰に身をひそめていっとき待つと、複数の雪を踏む跫音が聞こえてきた。酒井たちの一行である。

駕籠の前に三人の武士がいた。真ん中にいるのが梶で、左手に金十郎がいる。金十郎も長年堀川道場で稽古を積んでおり、相応の遣い手だった。前から突破するのは無理である。

駕籠の左右にふたりずつ、そして背後に三人いた。

——あれは、斎藤どの！

駕籠のすぐ後ろ、駕籠かきの脇にいる壮年の武士が斎藤だった。

斎藤は、左右からの襲撃者に応戦するため、その場についているのだ。まさに鉄壁の守りだった。駕籠の前後に梶と斎藤の手練がつき、どこから襲われても、対応できるような布陣をとっていた。

辰之助は動けなかった。一気に坂を駆け下りても、駕籠に一撃を揮《ふる》う前に、護衛の武士に取り囲まれ討ち取られるのは目に見えていた。ここで仕掛けても、自ら敵の罠のなかに飛び込むようなものである。

——手出しできぬ！

弓や鉄砲で駕籠のなかの酒井を狙うのも、むずかしかった。左右にぴたりとついたふたりの護衛が、盾の役割をしているのである。

酒井の乗った駕籠は、辰之助の眼前を何事もなく通り過ぎて行く。一行の後ろ姿を、辰之助はむなしく見送ることしかできなかった。

だが、それで酒井の襲撃をあきらめたわけではなかった。徒組の仕事の合間をみて執拗《しつよう》に尾《つ》けまわし、その機会を狙った。

そんなある日、西御門の警備を終えて家にもどると、老齢の武士が辰之助の帰宅を待っていた。人目をあざむくためであろうか、手に笠を持ち、裁着袴《たつつけばかま》で肩に打飼《うちがい》をかけた旅装である。

上がり框に腰を落とし、母の出した茶を飲んでいた武士は、入ってきた辰之助の姿を見てすぐに立ち上がった。

「拙者、小島槙右衛門さまにお仕えしております池村孫兵衛《いけむらまごべえ》と申す者にございます。小島さまの使いで、お伺いしております」

と、慇懃《いんぎん》に述べた。

「して、ご用の筋は」

「今夕、わが屋敷へお越しいただきたいとのことでございます」

池村は、辰之助に引き合わせたい人がいることと、他人に知られぬように来て欲しいことを言い添えた。

「承知いたしました」

辰之助は、酒井にかかわることだろうと予想した。

その日の夕刻、辰之助は大きな通りを使わず、人目のない小径をたどって森山町にむかった。小島邸は森山町のはずれにあった。築地塀に囲まれた広い敷地の屋敷だが、ひっそりとして夜陰のなかに沈んでいるようだった。

表門のくぐり戸が開いていた。なかに入ると、池村が待っていて、すぐに玄関から招じ入れてくれた。

五ツ半（午後九時）ごろであった。屋敷内に人声はなく、闇にとざされ静まり返っていた。池村の手燭にしたがって廊下を歩くと、奥座敷に灯《ひ》が点《とも》っており、くぐもったような人声が聞こえてきた。

「秋月さまをお連れいたしました」

池村が廊下に片膝をついて声をかけると、入るがよい、と障子のむこうから、槙右衛門の低い声が聞こえた。

障子を開けて辰之助はなかに入った。数人の男がいた。行灯《あんどん》に浮き上がった顔が、いっせいに辰之助にむけられた。槙右衛門を正面に据え、五人の武士が半円形に座していた。

「秋月、待っていたぞ、まずは、ここへ座れ」

槙右衛門が満足そうに言って、自分の脇へ座るよううながした。

「ご無礼つかまつります」

一同に一礼してから、辰之助は槙右衛門の脇へ座った。

「これが、前々から話していた秋月平八郎の倅、辰之助じゃ。よう、似ておろう」

槙右衛門が目を細めて紹介すると、一同から感嘆の声が漏れた。

その後、居合わせた五人が順に姓名と役柄などを名乗った。辰之助はすでに知っている者が多かったが、座している者はいずれも藩の重臣であった。

次席家老徳田《とくだ》直八郎《なおはちろう》、組頭土屋《つちや》右京《うきよう》、側用人福山亀之丞《ふくやまかめのじよう》、蔵奉行佐野仙左衛門《せんざえもん》、郡代森《もり》島周吾《しましゆうご》の五人である。佐野は森山町騒動で斬り死にした佐野三郎の一族である。他の四人も藩の名門で、長く倉田藩を支えてきた一族の出であった。

ひととおり紹介が終わると、秋月は一同の末席に下がった。

槙右衛門が辰之助を直視し、

「さて、酒井の件じゃが、いまやつを斬ることはできぬ」

と、唐突に言った。

以前、堀川道場で対面したときは、おだやかそうに見えたが、行灯に横から照らされた槙右衛門の顔は夜叉《やしや》のような凄味があった。隠居中とはいえ、代々筆頭家老職を務める小島一族の長老である。この凄味のある顔が、庄左衛門が死んだ後の一族を率いる小島槙右衛門の本来の顔なのかもしれない。

「小島さま、秋月がいてもかまいませぬか」

と、徳田が槙右衛門の発言を制するように声をかけた。密談を辰之助に聞かれることを危惧しているようだ。

「案ずることはない。秋月の酒井に対する憎しみはわれら以上だ。……この男、われらの計画を敵側に漏らすようなことは断じてない。のう、秋月」

槙右衛門の言葉に、辰之助は黙って頭を下げた。

明らかに、この場は酒井を排除するための密会だ。その中核になっているのが、槙右衛門のようである。辰之助にとっては驚きだった。これだけの重臣が反酒井で、槙右衛門の許に集まっているのだ。ここに座しているだけでも、藩を二分するような勢力である。

酒井もある程度こうした藩の重臣たちの動きを察知しているにちがいない。あれだけ警備が厳重なのも、こうした動きを警戒してのことなのであろう。

「それに、酒井を誅殺《ちゆうさつ》するためには、何としても秋月の腕が必要なのじゃ」

そう言って槙右衛門は一同に視線をまわし、辰之助に目をとめて、

「だが、いま酒井を斬ってはならぬ」

と念を押すように言った。辰之助が酒井を付け狙っているのを承知しているような口振りである。

辰之助は黙したまま、槙右衛門を凝視していた。

「警戒が厳重過ぎて簡単に討てぬこともあるが、大事なことは殿のお心が、酒井にあることなのじゃ。このまま酒井を討ったとて、われらは逆臣にすぎない。おそらく、殿の逆鱗《げきりん》

いた者たちは一掃され、かりに酒井は死んだとしても、生き残った酒井派が藩政を牛耳り、いま以上の悪政を行なうじゃろう」

槙右衛門は、一同に視線をまわしながら言った。

「ですが、これ以上、酒井の専横を座視しているわけにはまいりませぬが」

土屋が声を大きくして言った。大柄な男で、声も野太い。

「まず、酒井を討つことを殿に認めていただかねばならぬ」

槙右衛門は断定するように言った。

「小島さま、それは難しゅうございますぞ。酒井は殿の寵臣でござる。その酒井を討つなどという、われらの諫言《かんげん》をお聞きになるはずはございますまい」

徳田が言った。

「いや、たとえ殿が不服でも、聞き入れていただく。そのための途《みち》がふたつござる」

「それは」

徳田がグイと膝を進めた。一同の目も槙右衛門に集まる。

「ひとつは、執政の立場にある重臣の連名による血判状を作成し、酒井を排除せねば、倉田藩の先はないことを殿に訴えるのでござる。そうなれば、殿とてわれらの諫言を聞き入れざるをえなくなろう」

「その血判状に名を連ねるのは、われら六名では足りませぬか」

徳田が訊いた。

「足りぬな。……現状ではわれらと酒井側についている者、およそ半々であろう。ならば、殿はわれらより酒井側の言い分を信じよう。少なくとも殿を納得させるには、三分の二ほどの勢力は必要であろうな」

「それほどの者を、われらに引き入れることができましょうか」

これまで黙っていた福山が口をはさんだ。

「できる。……酒井の専横を苦々しく思い、藩の行く末を案じている者は多いはずじゃ。酒井を排除できる途が見えてくれば、そうした者たちがいっせいにわれらにつく。……内心、酒井に反感を持つ者に近付き、味方に引き入れるのが、当面のわれらの仕事じゃな」

「もうひとつの途とは」

また、徳田が訊いた。

「機をとらえて、一気に酒井を討ち、それまでに仲間にくわわった者たちの血判状を持って殿に言上し、酒井の誅殺《ちゅうさつ》を認めていただく」

「その機とは」

「藩を揺るがすような騒動が起こったときじゃな」

「都合よく、そのような騒ぎが起こりましょうか」

「起こると見ておる。微禄の藩士や領民の間に、酒井の苛政に対する強い不満があるはずじゃ。……森島、どうじゃな」

槙右衛門の言に、一同は郡代の森島の方に目をむけた。髭の濃い、顎の張った男だった。外を歩きまわっていることが多いらしく、陽に灼《や》けた浅黒い肌をしていた。

「おおせのとおり、郷村の多くは苛烈な年貢の取り立てに加え人別銭の徴収で苦しみ、執政者に対する不満がつのっております。今年の米の収穫は平年並でございますが、年貢が納められず、村によっては欠落や逃散なども起こっております。……何かことあれば、一気に火の点く恐れがございます」

森島が低い声で淡々と話した。その静かな物言いには、説得力があった。

「われらがことを起こすのも、そう遠い先ではない。それまで、酒井にわれらの動きをつかまれてはならぬ。……あやつ、いままでのやり方でも分かるように、敵対する勢力と見れば勝手に罪過を捏造《ねつぞう》し、命を狙ってくるぞ」

槙右衛門が念を押すように言うと、一同は互いに顔を見合わせてうなずき合った。

それから、半刻（一時間）ほど、酒井派についている者の確認や中立の立場をとっている者への働きかけなどを確認し合い、話がついたところで、まず、徳田が立ち上がった。酒井側に不審をいだかせぬよう時間を置いて、ひとりひとり夜道を帰ることになっているようである。

最後に、土屋が腰を上げ、槙右衛門に一礼して座敷から出て行くと、

「さて、秋月、そこもとを呼んだのは、こうしてわれらの手の内を知ってもらいたかったからじゃが、もうひとつ、そこもとに話しておきたいこともあったのじゃ」

そう言って、槙右衛門が辰之助の方に膝をむけた。

「……………」

「秋月、己を失い火中に飛び込むような真似はつつしまねばならぬぞ。いかなるときも平静さを失わず、機を見定めてから果敢に戦うことが真の勇者だと、わしは思う」

槙右衛門は辰之助を見つめて言った。両眼には慈父のようなやさしさがあった。槙右衛門は、辰之助がひとりで酒井を襲撃しようとしていることを諫《いさ》めているのである。

「いざ、酒井を討つときがきたら、そこもとの手を借りたい。われらの決起は酒井ひとりの命を奪うためではなく、殿のお心を動かし、藩政を変えるという大義のためなのじゃ」

槙右衛門は訴えるような口調で言った。

「しかと、承知致しました」

辰之助は深く叩頭《こうとう》した。

七

奥州は、冬の間深い雪につつまれる。ただ、この年はどういうわけか、比較的暖冬で積雪も例年に比べて少なかった。

そのため春の訪れも早く、二月（旧暦）の下旬には雪も溶け、長瀬川の岸辺の川柳も銀色の穂をつけていた。川面を渡ってきた風にも春の訪れを感じさせるやわらかさがある。

この春から、辰之助は堀川道場の師範代を務めていた。

小島邸を訪れてから半月ほど経った雪の日、徒組小頭の青木俊助が家に来て、出仕を遠慮するようにとの話があった。理由は、私利のために藩の家老に凶刃を揮った新見と山内の計画を事前に察知しながら、見逃した罪だという。

そして、その半月後には、追い討ちをかけるように俸禄を元の十俵にもどすという沙汰もあった。あきらかに酒井の報復だった。

そんな折、堀川から道場の師範代をしてくれぬかとの話があった。

「とても減石分はおぎなえぬが、多少の足しにはなろう」

堀川は顔をほころばせて言った。

この冬、長く師範代を務めていた高須が出仕のため道場をやめたので、堀川にすれば辰之助を後釜《あとがま》に据えたかったのであろう。

辰之助は堀川の申し出を喜んで受け、この春から師範代として堀川道場に勤めることになったのだ。

この日、辰之助は平井といっしょに堀川道場に向かって岸辺を歩いていた。

「秋月、稽古が終わったら、柳原町に行ってみないか。会わせたい男がいるんだ」

平井が辰之助を振り返って言った。

「だれだ」

「それは会ってからのお楽しみさ。……もっとも、昼間行ってもおもしろくない。日が暮れてからということになるが」

平井がいたずらっぽい目で辰之助を見ながら言った。

「かまわん」

辰之助は稽古を終えた後、いったん家に帰り、母に門人と出かけるとだけ伝えて、柳原町へ出かけた。

平井は約束した太鼓橋のたもとで待っていた。辰之助は平井の後について、柳原町へ入った。料理屋や飲み屋が軒を連ねる通りは華やかな灯につつまれ、酔客の濁声《だみごえ》や女の哄笑《こうしょう》、三味線の音などが聞こえていた。町人より黒羽織姿の武士の姿が目についた。ときおり、従者に提灯を持たせた藩の重臣らしい武士も通っていく。

「あいかわらず、賑やかだな」

辰之助は、以前田島屋へ来たことがあるが、ここ数年柳原町へは足を運んでいなかった。

「それが、ひところに比べると半分とのことだ。盛っているのは、この通りだけで、裏通りなどは客がなく、つぶれた店も多いそうだ」

「知らなかったな」

そういえば、田島屋もつぶれたと聞いていた。事件後、ときおり徒目付が顔を出し、藩士たちの足が遠のいたのが原因だと噂されていた。

平井が辰之助を連れていったのは、福乃屋《ふくのや》という小体な料理屋だった。

土間に飯台をいくつか並べ、奥に座敷がふたつあった。手前の大きな座敷へは何組かの客を上げるらしく、間仕切りの衝立《ついたて》がいくつか置いてあった。二階もあるらしく、土間を上がったところに階段もあった。

間仕切りのしてある座敷の隅に平井と辰之助が座ると、すぐに長身の男が顔を出して、ふたりのそばに座った。まだ若いが、この店のあるじらしかった。

「秋月さん、お久しぶりでございます」

男は懐かしそうに目を細めて頭を下げた。

「おまえ、宗七か」

辰之助は驚いたように目を剝いた。子供のころはひょろりとしていたが、いまは肉がついてがっちりしていた。だが、受け口や丸い目などには、むかし子供組にいたころの面影がある。

「いまは宗兵衛《そうべえ》と申します」

宗兵衛は町人らしいもの言いをした。

次男である宗七が堀川道場をやめ、柳原町で奉公しているという話は平井から聞いていたが、料理屋のあるじにおさまっているなどとは思ってもみなかった。

「なにせ、家督を継ぐことも藩のお役に就くこともできぬ身ですからね。剣術の稽古をつづけてもしょうがないと思ったんですよ。……どうせ、婿《むこ》の口などないし、いっそのこと商人《あきんど》のところへ丁稚《でっち》奉公にでもいこうかと思っているときに、この店のあるじから遊んでいるなら下働きでこないかと話がありましてね。それで、ここへ……」

宗兵衛によると、この店のあるじは母方の親戚筋で、微禄の武士の次男だったという。当初は葦簀《よしず》を張った小屋のような店からはじめ、小さいながらも料理屋のあるじとして何人か女中や料理人を雇うほどの身になったという。

「わたしは、皿洗いから客の帰った後の掃除、料理人の手伝い、客の送り迎え、なんでもやりましたよ。ですが、ちっとも苦しくなかった。この店のあるじ夫婦には子供がなく、多少血のつながりがあるわたしを、実の子のように可愛がってくれましたので……」

その後、何年かしてあるじが病《やまい》で死ぬと、残された連れ合いが宗兵衛を養子にして店を継がせたという。

「そんなわけで、この店におさまっているわけでして」

宗兵衛は照れたような笑いを浮かべた。

そんな話をしている間に、女中が酒肴を運んできた。すでに、平井から辰之助が来ることは話してあったらしく、料理の手配もしてあったようだ。

辰之助もたしなむ程度には、酒を飲んだ。しばらくお互いの近況を話した後、子供組に通っていたころの話になった。

「それはそうと、松次郎はどうしました」

宗兵衛が訊いた。酒で赤くなった頬が、行灯の灯《ひ》に熟柿《じゅくし》のように照り輝いていた。酒はあまり強くないようである。

「金十郎と名を変え、家督を継いだよ」

辰之助は、梶とともに酒井に取り入って屋敷に出入りしていることなどは話さなかった。もっともすぐに平井の知るところとなり、そのうち金十郎の現在の様子も宗兵衛の耳に届くだろう。

「大助は死にましたよ」

宗兵衛が言った。

大助は元服した後、堀川道場をやめ、しばらく家にいたが、十五のときに風邪をこじらせ胸を病んで亡くなったという。

「そうか……」

いまの辰之助に、大助に対する憎しみは微塵《みじん》もなかった。むしろ、幼友達のような懐かしささえある。

それにしても、多くの人が死んだ、と思い、辰之助は暗い気持になった。新見、小島、山内、大助、それにせつ……。子供のころから共に生きてきた者たちが、この世を去っていた。

一刻（二時間）ほど三人で飲み、酒がまわってきたところで、

「そろそろ、次のお楽しみといきましょうかね」

と、宗兵衛が口元に笑いを浮かべながら言った。

話を聞くと、酌婦が呼んであり、席を変えて二階で楽しむことになっているという。

八

二階の座敷で、三人の酌婦を相手にしばらく酒を飲んだ後、辰之助と平井はそれぞれ別の部屋へ移った。宗兵衛がすべて手配していたらしく、いっとき待つとお琴《こと》と名乗ってい

た年増の酌婦が、辰之助の部屋へ入ってきた。

辰之助は女を抱いた経験がなかった。それに、さきほど、死んだ新見やせつのことを思い出したばかりで多少の後ろめたさもあった。

「どうしたのさ、そんな怖い顔してさ」

ふたりだけになると、お琴は急に蓮《はす》っぱなもの言いをした。

「何でもない」

辰之助は下をむいたまま言った。

「何だか、そばにいるのも怖いようだよ。そんなに思いつめてると、身が持たないよ。たまには、息抜きしなくちゃァ。あたしが、息を抜いてあげる」

お琴は帯を解き、襦袢《じゆばん》と二布《ふたの》だけになると、辰之助の首筋に抱きついてきた。白粉《おしろい》と汗の匂いがした。官能を刺激する匂いである。

辰之助はお琴の背に腕をまわした。若い肉体に宿っている強い情欲と酒の力が自制心を奪い、お琴を抱かせたのだ。

辰之助は、お琴の白い柔らかな体にわれを忘れてむさぼるように求めた。そして、お琴に導かれるままに精を放ち、めくるめくようないっときが去ると、辰之助は慌てて身繕いを始めた。

「あら、もう、帰っちまうのかい」

お琴は、乱れた襦袢の襟《えり》を指先で合わせながら、投げやりに言った。肌を合わせた後の虚脱感が、言葉のひびきに出ていた。

「すまぬ、今夜は帰らねばならぬのだ……」

酔いが醒《さ》めたこともあり、辰之助は強い罪悪感を覚えた。酒や女に溺《おぼ》れているような立場ではないのだ。

隣の部屋の平井に先に帰ることを告げると、

「いっしょに帰るよ。じゅうぶん楽しんだからな……」

そう言って、平井は笑いながら出て来た。

泊まっていけ、という宗兵衛に、明日の稽古が早いので、と言い、再会を約して暖簾《のれん》をくぐった。

その夜、辰之助は平井とともに、四ッ（午後十時）過ぎに福乃屋を出た。

上空に三日月が出ていた。提灯はなくとも歩けそうだ。青い月光のなかを流れる細風《そよかぜ》には、早春のやわらかさがあった。柳原町の通りにはまだ人影があり、下駄を鳴らして足早に通り過ぎる女や、何やらつぶやきながら擦れ違う飄客《ひようかく》などの姿があった。

料理屋や飲み屋の並ぶ通りを過ぎると、急に人影が途絶え辺りは寂しくなった。太鼓橋を渡り、小川沿いにしばらく歩いたとき、瀬音に混じってかすかな跫音が聞こえた。

——だれか尾けてくる！

辰之助は振り返った。

淡い月光のなかに、数人の人影が見えた。五人いた。覆面《ふくめん》で顔を隠していたが、いずれも武士のようである。すこし前屈みで、鍔元《つばもと》に左手を添え足早に迫ってくる。その男たちの姿に殺気があった。

――刺客《しかく》だ！

辰之助は、酒井の手の者であろうと察知した。福乃屋にいたときの浮いた気持はふっ飛んだ。

――斬り抜けられるか。

咄嗟《とっさ》に辰之助は敵の戦力を読んだ。五人のなかに、梶がいるはずである。他の四人も、相応の遣い手とみなければならない。強敵だった。同時に、ここで刺客の手に落ちるのは、犬死にだと思った。

「平井、逃げよう」

小声で言い、辰之助は駆け出した。

すでに、平井も襲撃者に気付いていて、ちいさくうなずくと辰之助の後ろについて走り出した。後方の集団も、いっせいに駆け出し、ふたりの後を追ってきた。

「前からも、三人！」

平井が声を上げた。

路傍の松の樹陰から三人の武士が飛び出し、行く手に立ちふさがった。前後から挟み撃ちにするつもりだったらしい。

――梶だ！

前方の三人の真ん中にいる男の体軀と走り寄る姿勢に見覚えがあった。覆面で顔は見えないが、梶である。

あの三人を突破しなければ逃げられない、と察知し、走りざま辰之助は抜刀した。平井も抜く。

「平井、一気に突破するぞ」

叫びざま、辰之助は八相に構えた。

平井も堀川道場の遣い手のひとりである。梶さえ、相手にしなければ後れをとるようなことはないはずだ。

辰之助は八相に構えたまま前方へ走った。辰之助には剣の修行で身につけた気魄と、子供のころからの素振りや坂道を疾駆して鍛えた強靭《きょうじん》な体力とがあった。刀を構え疾走する姿には、夜走獣のような凄まじい迫力がある。

辰之助は一気に、前方の三人に迫った。梶が抜き、他のふたりが左右に間をとって青眼に構えた。

イヤアッ！

裂帛《れっぱく》の気合を発して、辰之助は梶との間合に踏み込んだ。

梶は迎え撃つように、青眼から切っ先を背後に引いて腰を沈めた。脇構えである。辰之助の上からの斬撃をかわし、胴を薙《な》ぐつもりのようだ。

辰之助は真剣で斬り合うのは初めてだったが、臆さなかった。梶の動きも心の内も読めていた。ただ、己の気が異常に昂《たかま》り、足が地についていないような実感があった。

一足一刀の間境を越えた刹那《せつな》、辰之助の体が躍った。ほとんど意識はなく、辰之助の体が勝手に動いたといっていい。次の瞬間、辰之助は八相から梶の肩口へ袈裟に斬り下ろしていた。

オオッ、と声を発し、梶は左手へ跳びながら、掬《すく》い上げるように辰之助の刀身をはじいた。

甲高い金属音がひびき、夜陰に青火が散った。

梶が脇へ跳んだ間隙をついて辰之助がすり抜けようとしたとき、右手にいた武士が肩口へ斬り込んできた。咄嗟に、辰之助は体をひねってその切っ先をかわすと、刀身を返して横に払った。

武士の右腕の付け根あたりに、一瞬白い骨が見えたあと、だらりと腕が落ちた。腕の斬り口から筧《かけい》の水のように血が流れ落ちた。

——斬れる！

辰之助の手に、かすかな感触があっただけである。辰之助の軽く払った一刀は、骨を断ち、皮だけを残して腕を截断していた。

武士は呻き声を上げ、截断された腕を左手でかかえながらその場にうずくまった。

そのとき、背後に梶の気合が聞こえ、肩口に疼痛《とうつう》が疾った。後ろから梶が斬りつけたのである。だが、辰之助は足をとめなかった。走りながら平井の方に目をやると、敵の脇をすり抜け、後を追ってくる。

いっとき走ると、背後から追ってきた集団の跫音が遠ざかった。追ってくるのは平井だけである。

「平井、無事か」

「おおっ」

見ると、平井は元結が切れ、ざんばら髪だった。着物の左肩が裂け、血が出ていた。敵刃を浴びたようである。興奮しているらしく、顔が蒼ざめ目がひき攣《つ》っていた。

「やられたのか」

辰之助は足をとめた。

「か、かすり傷だ。……そっちは」

平井は荒い息を吐きながら、辰之助の肩口に目をとめた。

「こっちも、たいした傷ではない」

まだ痛みはあったが、傷は浅いようで腕は自由に動くし、出血もたいしたことはなさそうだった。

「それにしても、あいつら何者なのだ」

並んで歩きながら、平井が訊いた。まだ、顔はこわばっている。

「堀川道場にいた梶たちさ。……いまは、家老の酒井の配下だ。あいつらに、新見さんも、小島さんも、みんな殺《や》られたんだ」

辰之助は昂った声を押さえながら、藩内に対立があり、酒井が敵対する勢力を梶たちを使って殺そうとしていることなどを簡単に話した。

「やはりそうか。うすうす感じてはいたが……」

平井は、何度もうなずきながら辰之助の話を聞いていた。

やがて、ふたりの耳に瀬音が聞こえてきた。長瀬川の岸辺の道である。夜の静寂が辺りをつつんでいた。対岸の雑木林や丈の高い葦《あし》や茅《かや》などは闇につつまれ黒く見えていたが、川の浅瀬は月光を反射《はね》て銀の粉を撒《ま》いたように輝いていた。

「秋月、この辺りだったな、金十郎たちとやりあったのは」

ふいに、平井が立ち止まって川の方へ目をやった。

「そうだ……」

辰之助は、金十郎も酒井屋敷に出入りしていることを平井に話した。

「金十郎には、まだ、あのころの思いが残っているのかな」

「そうかもしれん」

金十郎が梶や酒井になびいたのは権力者の威光の下で己の出世と保身をはかるためであろうが、その心底には辰之助や平井に対する対抗心があるのではないかと思った。

「おれも、宗兵衛も、金十郎たちとやりたかったんだぜ」

そう言うと、何を思ったか、平井は土手を駆け下り、バシャバシャと浅瀬に入っていった。そして、袖をたくし上げて肩の傷口や顔を洗いだした。

辰之助も、すぐに川のなかに入り、同じように洗った。水は刺すように冷たかったが、上気した体に沁《し》み込むようで爽快だった。

「秋月、相手がご家老では、強敵すぎるぞ」

水音に負けないよう、平井は声を張り上げた。

「ああ……。だが、おれはやる」

辰之助も大声を出した。

「おまえは、いつも、強いやつにつっかかっていく。……あのときの喧嘩と同じだぞ」

「そうかもしれん」

「女を抱くようになっても、餓鬼《がき》のままか」

そう言うと、平井は顔を天空へ向け、声を上げて笑い出した。

平井の言うとおりだ、と思った途端、辰之助の腹からもおかしさが衝《っ》き上げてきた。辰之助も、上空を仰いで大声で笑った。

ふたりして、ひとしきり笑い合った後、岸辺へもどった。ふたりの顔から拭い取ったようにこわばった表情がとれ、目がひかっていた。

# 第六章　一揆

## 一

その年の四月（旧暦）、藩主松木駿河守直勝が、参勤で在府していた江戸から国許へもどってきた。それを待っていたかのように、酒井は城内の直勝の許に日参し、言葉巧みに嫡子忠丸君に娘のおらくを嫁がせる話を進め始めた。

直勝が国へもどり、一月《ひとつき》ほどすると、城内に殿が忠丸君とおらくとの婚礼をお認めになったようだ、との噂が流れた。気の早い家臣のなかには、祝儀は今秋のようだ、などと口にする者も出てきた。

酒井は忠丸君とおらくの婚礼話を進める一方で、反酒井派に対する弾圧も強めていた。五月の上旬、借り上げを一部猶予したらどうか、と酒井に言上した用人のひとりが捕らえられ処断された。

理由は、家中の者を扇動し騒擾《そうじょう》を起こそうとした、とのことである。用人は、困窮のどん底にある微禄の者の免除を口にしただけだったが、酒井の反感を買い、あらぬ罪状が捏造《ねつぞう》された上での処罰であった。

　さらに半月ほど後、夫役として留山の下草刈りを課せられた滝川《たきがわ》村の百姓が免除を願い出たが、その肝煎《きもい》り役だったふたりの百姓と庄屋が捕らえられ、磔《はりつけ》に処された。この極刑は領内にくすぶっている苛政に対する不満を押さえ付け、沈静させるための見せしめであった。

　だが、その極刑で領内の郷村の不満と怒りは沈静するどころか、さらに強まる結果となった。苛酷な仕打ちに対し、百姓の多くが強い反感をもったのである。くわえて、このころから天候不順による米の不作が取り沙汰されるようになってきていた。

　四月の末ごろから長雨がつづいて気温が上がらず、夏になっても綿入が欲しいほど冷える日さえあった。冷夏である。この天候不順は盛夏になってもつづき、しだいに百姓たちの不安はつのった。そして、ひそかに年貢の減免や訴えが聞き入れられない場合の逃散などがささやかれだした。

　辰之助は郡代の森島周吾に従って、城の北側に位置する大越《おおごし》村をまわっていた。ほかに村役人ふたりと庄屋の益田作兵衛《ますださくべえ》が同行していた。

　畔道《あぜみち》の左右は、青々とした田圃《たんぼ》が広がっていたが、空はどんよりと曇り、稲穂の上を渡ってきた風は湿気をふくんで冷たかった。

この日、辰之助は森島から、話したいことがあるから同行してくれ、と家士を通じて連絡があり、大越村に駆け付けたのである。

村役人の屋敷で顔を合わせた森島は、同行していた作兵衛に、

「話しておいた、秋月平八郎どのの嫡男、辰之助どのだ」

と、紹介した。

「これは、これは、大越村の庄屋益田作兵衛でございます。お父上のご恩、いまでも忘れてはおりませぬ」

そう言って、老齢の作兵衛は嬉しそうに目を細めた。ふたりの村役人も、頭を下げながら懐かしそうな目を辰之助にむけた。

どうやら、三人は父を知っているらしかった。森島は大越村をはじめ近隣の六村を管轄する郡代だった。父は大目付で森島とも大越村の住民とも直接の接点はないはずだった。

「父上を知っているのか」

辰之助が訊いた。

「はい、大目付さまには、何度か村にお越しいただき助けてもらったことがございます」

作兵衛が目を細めたまま答えた。

さらに、父が村で何をしたのか、辰之助が訊こうとすると、

「わしから話そう」

と言って、森島が口をはさんだ。

森島の話によると、父は疲弊《ひへい》した村の惨状に心を痛め、森島とともに庄屋同士の寄り合いなどに顔を出したことがあるという。立場上、話を聞くだけで多くは語らなかったが、酒井の酷政に反対し農民側に立つことが多かったという。

「村の者は、そのときの恩をいまでも覚えているのだ」

森島は遠くを見るように目を細め、しみじみとした口調で言った。

「……」

辰之助は、父の異なった一面を見たような気がした。侍としての剛毅《ごうき》さにくわえ、困窮した農民にも心をくだくやさしい心も持っていたのである。

村役人の屋敷を出た一行は、田圃の広がる畔道へ出た。

「秋月、穂を取ってつぶしてみろ」

歩きながら森島が言った。

言われたとおり、辰之助は穂をちぎり、指先でつぶしてみた。ちいさな青い籾《もみ》のなかに実はなかった。

「もう、実がついておらねばならぬ時期だ。この寒さと日照不足のため、実がつかぬ」

森島は顔をしかめて言った。

稲は青々として二尺ほども伸びていた。それぞれに穂もついているが、実がつかないいため垂《た》れていない。

「このままですと、例年の半分ほどしか収穫できますまい」

作兵衛が暗い顔をして言った。

「これからでも、暑い日がつづいてくれるといいんだがな……」

森島は笠《かさ》を右手でつかんで上げ、田圃を見渡しながら言った。

一行はしばらく畔道を歩いた後、作兵衛の家で小憩をとることにした。

「草鞋を脱いで、足を休めてくだせえ」

そう言って、作兵衛は座敷へ上がるよう勧めたが、

「なに、ここで茶を一杯もらえばじゅうぶん」

森島は笠を取って、縁先に腰を落とした。辰之助とふたりの村役人も縁先に腰を落ち着けた。

森島は女中が運んできた茶をすすった後、横目が村に放たれているようなので、大きい声では言えぬが、ここならば心配あるまい、と前置きして話しだした。

「森山町騒動のあった当時だがな、状況が今年と似ているのだ。……やはり、冷夏とウンカの発生で米が穫《と》れなかった。例年の半分ほどの収穫であったかな。当然のことながら、藩のどの村も決まりどおりの年貢は納められず、二分の一の減免を訴え出た。ところが、藩の財政逼迫《ひっぱく》を理由にこの訴えを、酒井が退けようとした。そのため、そこもとの父親の秋月

どのやご家老の小島さまなどが、軒役や村の収穫高に応じて年貢の減免を認めるよう主張し、酒井と対立したのだ。……むろん、それだけが原因ではない。藩の困窮や領民の疲弊をよそに、殿の寵愛をいいことに私腹を肥やし、豪奢な私邸を建てて平然としている酒井に対する強い反感があってのことだ」

森島は、喉が渇《かつ》したのか、そこまで喋るとまた茶をすすった。

「……そうしたなかでのあの騒動だ。狡猾《こうかつ》な酒井は、反対派を一掃しておいて、憤《いきどお》った農民をなだめるため、四分の一ほどの減免を認めた。そして、各地に救済小屋を建てて粥《かゆ》を出した。そのため、大規模な一揆はまぬがれたのだ」

茶碗を膝先に置いて、森島は苦々しい顔をした。

脇に腰を落として話を聞いていた作兵衛が、

「それでも、多くの村から欠落や逃散が出ましたし、娘を売って飢えをしのぐ家もありました。……それに、一揆を出さずにすんだのは、減免や救済小屋だけのせいではなかったのです。秋月さまが、一揆はならぬ、一揆を出せば村も藩もつぶれる、と仰せられたことが、わたしらの耳に残ってましてな。秋月さまたちの死を無駄にしてはならぬ、という思いもあって、何とか持ちこたえたのです」

と、目をしばたかせながら言った。ふたりの村役人もうなずいている。

「そんなことがあったのですか」

辰之助には何も話さなかったが、父は命を賭《と》して酒井と対立したらしい。領民を守ることが、倉田藩を守ることになるという思いがあったのであろう。

「見てみろ、秋月、あそこの雑木林のそばに、ふたつ廃屋《はいおく》があるだろう」

森島が遠方を指差した。

田圃の先にわずかな雑木林があり、そのちかくにくずれかけた藁葺《わらぶ》き屋根の廃屋がふた棟《むね》あった。

「あれは、昨年つぶれた百姓の家だ。平年並でも、あのようにつぶれた家もある。今年の冷害で、どれだけの家がつぶれるか……」

森島は髭の目立つ顎を指先でこすりながら心配そうな顔をした。

「昨年並の年貢は、納められそうもありません」

作兵衛が暗い顔をして言った。

「今年も、何とか乗り切りたいものだが、小島さまの読みどおりになるかもしれぬぞ」

そう言って、森島は辰之助を直視した。目に何か訴えかけるようなひかりがあったが、それ以上口にしなかった。

「………！」

小島槙右衛門が、酒井を誅殺する機は藩を揺るがすような騒動が起こったとき、と言っていたのを、辰之助は思い出した。

森島は口にしなかったが、一揆がその機だぞ、と辰之助に知らせたかったようである。

「さて、もうひとまわりしてこようか」

そう言って、森島は立ち上がり、腰を伸ばした。

作兵衛の屋敷を出、田圃のなかの畔道へ入ったところで、森島が辰之助に話しかけてきた。

「秋月、おまえの父親のことは、よく知っているぞ」

「それは……」

辰之助は、森島の方に顔をむけた。

「倉田藩を守るという大義のためなら、火中でも平気で飛び込むような男だったよ。義と勇を併《あわ》せ持った誠の武士とは、秋月どののような男のことをいうのかもしれんな」

森島は、つぶやくような声で言った。

二

倉田藩を揺るがすような騒擾は、郷村ではなく思いがけないところで勃発《ぼっぱつ》した。長瀬川の西側に広がっている弓町、鍛冶町、鞍町などの職人の多く住む町方から、騒ぎが始まったのである。それも、秋の収穫が始まる前だった。

辰之助が稽古を終え、堀川道場を出ようと玄関先に立ったとき、その日稽古を休んだ平井が顔色を変えて飛び込んできた。

「秋月、暴徒が大勢、押し出しているぞ」

「百姓たちか」

「ちがう、町人だ。弓町や鍛冶町の職人たちが多いらしい」

「どういうことだ」

咄嗟に、辰之助は何が起こったのか分からなかった。少し遅れて道場から出てきたふたりの門弟も、顔をこわばらせ不可解そうな表情を浮かべた。

「打ち壊しだ。暮らしに窮しているのは、百姓だけではないということさ。暴徒は弓町の大徳屋《だいとく》を襲い、長瀬川沿いを津島湊の方へむかっている」

大徳屋というのは、弓町では名の知れた大店《おおだな》の米屋だった。

「まだ、襲う気か」

津島湊ちかくの街道沿いには、大石屋をはじめ材木問屋や米問屋などの大店が多い。暴徒はそうした大店を襲うつもりではあるまいか。

「行ってみよう。鎮圧に、徒組と先手組が出ているらしい」

「分かった」

辰之助は、状況を見て、槙右衛門に伝えねばならぬと思った。この騒動が、槙右衛門の言うところの酒井を討つ機会なら、その討っ手にくわわらねばならない。

困惑した顔で立っている門弟ふたりに、ともかく家へ帰れ、と指示し、辰之助は平井とともに道場を駆け出した。

中洲橋のちかくまで来ると、弓町の方から尻《しり》っ端折《ぱしょ》りした町人がふたり、棒を手にして川下の方へ駆けて行くのが見えた。

辰之助は追いかけて話を訊いてみようと思ったが、とても話しかけられるような雰囲気ではなかった。目が血走り、殺気だっていた。声でもかければ、殴りかかられそうである。

しばらく川沿いの道を行くと、脇道から顔見知りの男が走り出て来た。河合《かわい》という堀川道場の門弟だった若者である。確か、親は先手組だったはずだ。

「河合、暴徒は多勢か」

辰之助は河合に足を合わせながら訊いた。

「に、二百あまりだそうです。倉越街道沿いの大店を襲い、土蔵を破っているそうです。父も鎮圧のため出動しました」

河合は息を乱しながら言った。

「それにしても、職人たちが、なぜ蜂起したのだ」

「詳《くわ》しいことは分かりませんが、米の値段のようです」

「米の値段」

辰之助が聞き返すと、河合は走るのをやめ歩きながら話した。

河合の話によると、この秋の飢饉を予想して米が急騰しているという。

「昨年まで、百文で一升の米が買えたのに、ちかごろは三合ほどしか買えないそうです。それというのも、米価の高騰を見込んで米問屋が売り惜《お》しみしているためで、それに怒った町方の者が徒党を組んで押し出したらしいんです」

「そうか……」

米の急騰は、日銭で買い求めている町方の者を直撃する。とくに、その日暮らしの職人や日傭取《ひようとり》などが、真っ先に影響を受けることになるのだ。

そんな話をしている間に三人は、津島湊に着いた。湊はひっそりとして、船頭や船荷を運んでいる人足などの姿もない。大石屋の持ち船の弁才船や高瀬船なども、何事もなく波静かな海面に停泊していた。

「街道の方へ行ってみよう」

平井が言い、すぐに三人は走り出した。

漁師たちの軒の低い家がつづく路地を走り抜け、三人は倉越街道へ出た。

「見ろ！」

平井が声を上げた。

街道には大勢の人の姿があった。怒号や悲鳴のなかに、家財を放り出す音、板戸を破る音などが聞こえた。街道は騒然としている。尻っ端折りに襷がけで棒や竹竿《たけざお》などを手にした男たちが血走った目で駆けて行く。なかには掛矢《かけや》や叺《かます》のような袋を担《かつ》いでいる者もいた。路傍では、女子供や老人がたたずみ、打ち壊された店先や駆けて行く男たちを不安そうに見ている。

「やられたのは、平野屋《ひらの》だ」

平井が街道の斜向《はすむ》かいを指差した。

平野屋は米問屋だった。板戸が破られ、家具や建具が放り出され、二階の連子窓《れんじ》が壊され、衣類までが散乱していた。米蔵から米俵がいくつも運び出され、米が店先へぶちまけられていた。すでに、打ち壊しをかけた叛徒《はんと》の姿はないが、近所の店者や女子供までが群がり、手にした桶や袋に米をかき集めていた。

「散れ！　散れ！　そばに寄るな」

店先に撒かれた米に集まっている者たちを、鉢巻き襷がけの数人の藩士が追い散らしている。

藩士たちが怒号を上げ刀や槍を突きつけて威嚇《いかく》すると、群がっていた者たちは悲鳴を上げて逃げ散った。

「おい、暴徒は大石屋を襲っているぞ」

そう言って、平井が大石屋の方へ走り出した。辰之助と河合も走った。

通りに面した大石屋の庭に棒や掛矢などを持った男たちが集まり、店舗の板戸を打ち壊して押し入ろうとしていた。男の叫び声や雨戸をぶち破る音などがひびき、女の悲鳴や喚《わめ》き声なども聞こえた。

そのとき、土蔵の方から刀や槍を持った一隊が、大勢駆け出してきた。徒組と先手組の藩士たちである。大勢の藩士の出現に、暴徒たちは悲鳴を上げて逃げまどう。

――すぐに、鎮圧される。

と、辰之助は思った。

統率者のない暴徒たちには抵抗する術《すべ》も気もなく、簡単に追い散らされ逃げまどうだけである。

「打ち壊しはあれだけか」

辰之助は路傍に立っていた店者らしい男に訊いた。

「い、いえ、油浜の方へ行った者もいるようです」

男は怯えたように声を震わせて言った。

「油浜……」

大石屋の別邸のある地だった。どうやら、暴徒たちは大石屋の別邸も狙ったようである。町方の蜂起の直接の理由は、米の高騰に対する不満だが、その胸の底には藩の執政者に対する怒りもあるようだ。町人たちは、大石屋が執政者と結びついて藩専売の米や材木を独占し、暴利をむさぼっていることを知っているのだ。そのため、怒りの矛先《ほこさき》が米の小売りはしていない大石屋にもむいたのだろう。

「どうする」

平井が訊いた。

「もどろう、ここにいても仕方がない」

辰之助は、騒動は一時的なものですぐに鎮圧されるだろうと思った。

だが、辰之助の読みははずれた。たしかに、この日の騒ぎはすぐに収まったが、その後も町方の打ち壊しは日をおいて散発的に発生し、しだいに規模を広げていった。しかも、町人だけでなく、騒動に足軽、中間、半士半農の微禄の郷士などがくわわるようになったのである。そして、こうした町方の騒然とした空気に誘発され、郷村でも一揆の動きが急速に高まってきた。

三

秋の収穫の終わった九月（旧暦）中旬、領内の十七の郷村から代官所へ、冷害による不作を理由に、収穫に応じておおむね二分の一程度の年貢の減免、軒役の廃止、夫役の軽減などの願いが出された。同時に、十七か村の農民、二千人ほどが竹槍や筵旗《むしろばた》などを持って、領内のほぼ中心部にある三か村内の寺や神社に集まり、聞き入れられなければ、さらに多くの村がくわわって城下へ押し出すと訴えた。

ただちに、代官三人が手勢を率いて、集まった農民たちに各村へ帰るよう説得にあたったが、農民たちの勢いに圧倒され、ほうほうのていで逃げ帰った。

逃げ帰った代官は、すぐに使者を藩の重臣の許へ走らせ農民蜂起の子細とかれらの要求を伝えた。

この急報を受けた酒井は、すぐに、大目付の斎藤、それに先手組や足軽組を支配している番頭の里中彦三《さとなかひこぞう》を呼び、

「百姓どもの要求を聞くことは、あいならぬ。ただちに叛徒どもを鎮圧し、首謀者を捕らえよ」

と、他の重臣には諮《はか》らず独断で命じた。

酒井の胸には、今秋にも忠丸君とおらくの婚儀をとりおこないたい思いがあった。そのためには、大金がいる。そうでなくとも、財政難のおりに、年貢の減免や軒役の廃止などできようはずがなかった。減税どころか、増税したいほどだったのである。

このとき、藩主直勝は長瀬川の上流の渓谷沿いにある静養のための別邸、紅葉《こうよう》荘にいたが、一揆の知らせはなかった。

ただちに、斎藤と里中が徒組、先手組、足軽組など三百人ほどを率いて、農民たちの蝟《い》集《しゅう》している村へ向かったが、城下を出ることができなかった。先遣隊の報告によると、新たに八か村の農民が一揆勢に加わり、三千から三千五百ほどにふくれ上がっているという。しかも、手に手に竹槍や鎌などを持ち、鎮圧隊を迎え撃つべく、気勢をあげているというのだ。

——多勢すぎる。

と、斎藤は思った。

自勢三百に対して、一揆勢は十倍の余である。しかも、農村地帯には百姓たちに地の利がある。いかに、槍、鉄砲で武装した軍勢であろうと、一揆勢に呑み込まれてしまうと斎藤は判断した。

それに、藩から派遣された鎮圧隊が百姓たちに殲滅《せんめつ》されるような事態となれば、勢いづいて一揆勢は城下になだれこみ、城をも取り囲んで攻めるかもしれない。そうなれば、藩の総力を上げて一揆勢と戦うことになるが、たとえ鎮圧できたとしても、失政を幕府に咎《とが》められ、藩の存続そのものがあやうくなるのだ。

斎藤は里中と相談し、城下への侵入道で一揆勢を待ち受け、撃退するより方法はないと判断した。

手勢を侵入道の要所に配置し終えた斎藤は、すぐに城へとって返し、あらたに百人ほどの徒組や先手組の者を集め、要所の守りをかたくすると同時に、横目を村々に放って百姓たちの動きを探らせた。

その日、一揆勢は動かなかった。百姓たちもまた、城下への道筋に武装した藩兵が待ち受けていることを察知したのである。


その夜、森山町の槙右衛門の屋敷に八人の男たちが集まっていた。槙右衛門、次席家老徳田、組頭土屋、側用人福山、蔵奉行佐野、郡代森島、辰之助、それに佐野の腹心である町村《まちむら》という代官がいた。

座敷の隅に置かれた燭台の灯に浮かび上がった男たちの顔には、苦悩と緊張した表情があった。

しばし、沈思した後、槙右衛門が白湯《さゆ》の入った茶碗を手にしながら、

「どうじゃな、一揆勢の様子は」

と、静かな声音で訊いた。槙右衛門はこうした事態を予想していたらしく、どっしりとした落ち着きがあった。

「はい、滝野《たきの》村、横瀬《よこせ》村、野上《のがみ》村の三か村に三千余の百姓が集まり、気勢をあげております。このままですと、城下へ押し出す懸念もございます」

森島が答えた。滝野村、横瀬村、野上村は、領内の郷村地区のほぼ中央にある村だっ

た。

「それで、制圧のための藩の軍勢は」

「城下への侵攻を阻止するため、要所を固めております」

「睨み合ったまま、動かずといったところか」

「いかさま」

「それで、百姓たちを指揮しておる者は」

「……数人の庄屋、肝煎《きもい》り役の本百姓、それに何人かの郷士もまじっているようでございます」

森島に代わって、町村が答えた。

その庄屋のなかには、大越村の作兵衛もいたのだが、森島はその名を口にしなかった。

「うむ……。それで、殿はどうしておられる」

槙右衛門が別のことを訊いた。

「はい、静養のため紅葉荘にお出かけでございます」

側用人の福山が細い声で言った。

「なに、紅葉荘に」

槙右衛門が驚いたように聞き返した。

福山の話によると、側室と数人の奥女中、側近、それに二十人ほどの警護の家臣を連れて紅葉荘に宿泊しているという。

そのとき、話を聞いていた徳田が槙右衛門の方にひと膝進め、

「小島さま、いまが酒井を討つ絶好の機会ではございませぬか」

と、声を落として言った。

「うむ……」

槙右衛門は膝先に視線を落としたまま凝《じっ》としていた。

「いま、酒井の屋敷は手薄なはず、手勢を連れて踏み込めば、討てますぞ。それに、いまなら、われらの血判状を紅葉荘に持参し殿に酒井の失政を言上して、酒井の誅殺《ちゅうさつ》をお認めいただくこともできましょう」

土屋が声を大きくして言った。昂《たかぶ》っているらしく、燭の火に照らされた両眼がぎらぎらとひかっている。

「……」

槙右衛門は小さくうなずきながら聞いていたが、押し黙ったまま口をひらかない。

「小島さま、ご決断を」

語気を強くして、土屋が膝を寄せた。

「しばし、待て。もうしばらく、一揆勢の様子を見てからだ。たしかに、いまが酒井を討つ好機だが、一揆の規模が予想以上に大きい。下手をすると倉田藩そのものがつぶれる

ぞ。いま、家中が二分して争ったらどうなる。一揆勢につけこまれて、城が攻められる。……倉田城が落とされるようなことはあるまいが、仕置はたちゆかなくなり、領内は無法の地と化す。幕府の知るところとなれば、他藩から軍勢をくりだして鎮圧するような事態になるかもしれぬ。そうなれば、倉田藩は幕府によって、つぶされよう」

「まさに……」

徳田がつぶやくような声で言った。

一同は苦渋の顔で、視線を落とした。次に口を開く者はいなかった。重く苦しい沈黙が座を支配した。八人はいっとき黙ったまま座していたが、燭台に羽虫でも飛び込んだのか、チリ、と音がし、炎が揺れた。

そのとき、土屋が顔を上げ、

「で、ですが、この好機を黙って見逃すのでございましょうか」

と、絞り出すような声で言った。

「いや、機を見て動く。……一揆勢が沈静するようであれば、計画どおり酒井を討ち、殿にわれらの処置をお認めいただく。……森島、町村、それに土屋、一揆勢の動きと鎮圧隊の動きを探り、逐一知らせてくれ」

「承知しました」

森島が言い、土屋と町村が同時にうなずいた。

## 四

翌朝まで、一揆勢も鎮圧隊も動かなかったが、その日の午後から事態は思わぬ方向へ転がりだした。この日、堀川道場は門を閉めたままだったので、家にいた辰之助のところへ平井が駆け込んできた。

「あ、秋月、大変な騒ぎだぞ」

平井は息をはずませながら言った。

「一揆勢が動いたか」

「いや、ちがう。町方で、新たな蜂起があった」

「町方で」

「そうだ、先日の職人町の者たちのほかに柳原町、それに津島湊ちかくの住人も加わって、倉越街道沿いに押し出しているようだ」

平井は長瀬川沿いの道で、宗兵衛に出会って話を聞いたという。

「それで、鎮圧にあたっている藩の部隊は」

辰之助は、その動きが気がかりだった。町方の暴動を制圧するために、要所を固めた部隊が動けば一揆勢が城下に侵攻し、収拾がつかなくなる。槙右衛門の言うように、幕府の知るところとなり、他藩から鎮圧隊が派兵されるかもしれない。そうなれば奸物《かんぶつ》酒井を排除し、藩政を改革するどころか、藩の存続そのものがあやうくなるのだ。

「分からん」

「よし、行ってみよう」

辰之助は状況を把握し、槙右衛門に報《し》らせねばならぬと思った。槙右衛門ならば事態を冷静に見つめ、的確な判断を下すであろう。

「おれも行くぞ」

平井も辰之助につづいて走り出した。

津島湊へ行く途中、藩の鎮圧隊と思われる一隊が倉越街道へ向かうのを見た。総勢三十人ほどが、小頭に率いられて走って行く。裁着袴《たっつけばかま》に鉢巻き襷がけで、刀のほかに槍や白《しら》樫《かし》の棍棒《こんぼう》などを手にしている者もいた。

倉越街道沿いは大変な騒ぎだった。暴徒は以前よりかなり多い。手に棒や石を持った暴徒の群れが大石屋をはじめ他の大店を打ち壊そうと、つめかけている。それを制圧しようとする藩の一隊が、刀槍をふりかざして威嚇している。徒組や先手組、腹当を着た足軽も大勢いた。怒号や悲鳴が飛び交い、追い立てられて砂埃のなかに逃げ回る暴徒の姿も見えた。

「四百はいようか」

「いや、もっと多い」

平井がうわずった声で言った。

「藩の部隊も、かなりいるな」

ここには藩士と足軽が百人以上派兵されている、と辰之助は見た。ちかくの物陰から、騒動の様子を見ていた町人から話を聞くと、暴徒は油浜にも向かい、それを鎮めるために別の一隊も出向いているという。

——一揆勢の城下への侵攻を阻止できぬぞ。

これだけの手勢が町方にまわってしまうと、城下へ通じる要所の守りは手薄になっているはずだった。

「平井、おれは行くぞ」

辰之助は城下に大きな騒乱が起こることを予感した。

「どこへ」

「小島さまのところだ」

辰之助は、こうした事態を予想し槙右衛門をはじめとする反酒井の重臣たちが集まり、藩政をたてなおそうとしていることを簡単に話した。

「おれも行く」

話を聞いた平井は袖をたくし上げ、目をひからせた。

「だが、命がけだぞ」

「分かってるさ」

「これは、あのときの喧嘩のようにはいかぬぞ」

「大喧嘩だ。だが、おまえといっしょならなんとかなる」

そう言うと、平井は丸い目を瞠《みひら》き、口を引き結んだ。子供のとき、長瀬川のちかくで会ったときに見せた顔である。

「よし、行こう」

辰之助は駆け出した。平井も後につづく。

小島邸の表門のくぐり戸からなかに入り訪いを請うと、すぐに家士の池村が姿を見せた。

池村は平井を見て訝《いぶか》しそうな顔をしたが、辰之助が堀川道場の仲間だと伝えると、ふたりとも玄関から上げた。

ただ、そのままふたりを槙右衛門には会わせず、しばらく玄関脇の控えの間で待たされた。

「内密な話なので、秋月どのだけ通すよう命じられましたので、平井どのはここでお待ちくだされ」

池村はすまなそうな顔をして言った。

だが、辰之助も平井も気にしなかった。この騒動のさなかに、見ず知らずの若者を密談の場所へ同席させる者はいない、と思っていたのだ。辰之助は平井と行動を共にする以上、槙右衛門にその許しを得ておこうと同道したのである。

奥座敷には、槙右衛門のほかに、徳田、福山、土屋の三人だけがいた。

「秋月、どうだ城下の様子は」

座敷の隅に辰之助が座ると、すぐに槙右衛門が訊いた。

「はい、大店の並ぶ倉越街道沿いに、四、五百の暴徒が押し出し、それを制圧するため藩の部隊もかなり出ております」

辰之助は見聞した騒動の様子をかいつまんで話した。

「斎藤たちは、手勢を動かしたな」

槙右衛門が低い声で言った。

「町方への移動は、酒井からの指示によるものらしい。……森山町の自邸と大石屋を暴徒から守ろうとしているのでござろう」

徳田が憎々しげに言った。

そんな会話を交わしているところへ、池村が顔を見せ、森島さまがお見えでございます、と告げた。

「すぐに、ここへ」

槙右衛門が言った。この時刻に郡代の森島が来訪したとなると、事態が急変したにちがいない。

「小島さま、火急の報らせがございます」

森島は顔をこわばらせ、座るとすぐに言った。

「どうした」

「はい、一揆勢が城下へ侵入してございます」

「なに、まことか」

槙右衛門が膝を乗り出し、目を剝いた。他の男たちの顔にも緊張が疾った。

「はい、一揆勢の半数ほどが筵旗を立て城の濠のちかくへ」

森島の話によると、城下への入り口にあたる道筋をかためていた藩の一隊は、十数倍にもあたる大勢の叛徒たちに圧倒され、さしたる抵抗もせずに突破されたという。

「ですが、城にむかった叛徒たちは粛然としており、肝煎り役の者たちは訴願を聞き入れられればおとなしく村へ帰ると申しております」

このとき、一揆勢を率いていたひとりに作兵衛がおり、郷士としてくわわっていた森島の家士を使って、お互いの意思を通じあっていたのだ。むろん、森島は作兵衛の名を口にしなかった。

「小島さま、二分の一の減免は無理でも、三分の一、あるいは四分の一でも認め、一揆にくわわった者たちを罪に問わねば、百姓たちは引き下がると思われます。……いまこそ、ことを起こす好機かと」

　森島は重いひびきのある声で言った。物静かな森島にしてはめずらしく、顔が紅潮している。

「うむ……」

　槙右衛門は考え込むように視線を落としたまま石のように動かなかった。槙右衛門が熟考するときは、いつもこうである。

　いっとき凝《じっ》としていた槙右衛門は何か気付いたように、ふいに顔を上げ、

「それで、あとの半数はどうした」と訊いた。

「一部は、倉越街道へむかったようでございます。おそらく、町方の暴徒に付和雷同し、打ち壊しにはしったと思われます。さらに、一部は紅葉荘にむかったとのことでございます」

「紅葉荘とな。殿のところか」

　槙右衛門は驚いたような顔をした。

「はい」

「何をする気だ」

「おそらく、殿が紅葉荘で静養されていることを知り、直訴しようとの肚《はら》でございましょう」

「うむ……。して、その数は」

「およそ、三百ほど」

「……」

また、槙右衛門の視線が落ちた。

そのとき、徳田が口をはさんだ。

「小島さま、まさに絶好の機会でござるぞ。われらはふた手に分かれ、一手は手勢を率いて、酒井を誅殺する。同時に、もう一手が紅葉荘に出向き、殿に血判状をお渡しし、この騒乱を招いたのは酒井の苛政のためだと、その失政を訴えるのでござる。叛徒の群れを目の前にすれば、殿もわれらの言を信じざるをえまい」

徳田が昂った口調で一気に喋ると、すかさず、まさに上策でござる、と福山が同調した。土屋と森島もうなずく。

槙右衛門が一同の方に顔を上げ、

「分かった、そうしよう」

意を決したように言ったとき、隅で黙って話を聞いていた辰之助が、お待ちください、と声を出した。

一同の視線が、辰之助にむけられた。

「恐れながら、いまは酒井さまを討つときではないと愚考いたします」

辰之助はひとつ大きく息を吸い、必死の思いでつづけた。

「紅葉荘には、殿の側近のほかに二十人ほどの警護の者がいるだけだと聞いております。そこへ、三百ほどの叛徒が押し寄せております。血気にはやり思慮を失った者たちが、どのような暴挙にでるか、予断は許されませぬ。……殿がこのような危機にあるとき、家中で争っていてもよいものでしょうか。いまはすべてをさておき、一刻も早く殿をお救いするときかと存じます」

低頭したまま、辰之助は絞り出すような声で訴えた。

五

槙右衛門は何かに打たれたように身を震わせ、ぐいと立ち上がった。

「まさに、秋月の言うとおりじゃ。まずもって、殿のお命を救うことが、臣たる者のつとめじゃ。森島、土屋、すぐに手勢を連れて、紅葉荘にむかえ。わしらも、すぐに駆け付けようぞ」

槙右衛門が強い口調でそう言うと、ハッ、と応じて、森島と土屋が立ち上がった。すぐに、徳田が、わしも行こう、と言って立ち、福山もつづいた。

森島たち四人が座敷を出たところで、

「秋月、わしの手勢を連れて、馬で先行してくれ」

槙右衛門が辰之助に命じた。紅葉荘までは、二里ほどの距離がある。老齢の槙右衛門には馬で疾駆するだけの体力がないのだ。

「平井なる者の同行、お許しいただけますか」

平井のことは、池村から伝えてあるはずだった。

「そうしてくれ。わしも後から行く」

辰之助は、一礼して座敷から出た。

小島邸には馬が三頭いた。数人の家士が、急いで近所の屋敷をまわり、五頭を調達した。槙右衛門のために一頭を置き、辰之助と平井、それに槙右衛門の家士五人が騎乗し、紅葉荘へ走らせた。

紅葉荘は長瀬川の上流にあった。山裾の紅葉や楓《かえで》などの雑木林にかこまれた閑静な地で、秋は紅葉が見事なことからこの名で呼ばれている。藩主直勝は、紅葉の美しい秋に静養の目的でこの別邸で過ごすことが多かった。

辰之助たち七騎は、長瀬川に沿って馬を疾駆させた。途中何人かの百姓と出会ったが、一揆勢らしき集団は見られなかった。

やがて道は、山裾の紅葉に染まった雑木林のなかに入った。この辺りまで来ると坂道が多くなり、長瀬川の瀬音や支流の小川の懸瀑《けんばく》の音などが聞こえてきた。大気も清涼として山間《やまあい》に入ってきたことを感じさせる。

「もうすこしだぞ」

背後にいる平井が手綱を取りながら声をかけた。

坂道がつづき、馬は鼻息を荒くし口に泡を嚙んでいる。灌木《かんぼく》や熊笹などでおおわれた石の多い荒れ地を抜けると、また紅葉、楓、漆《うるし》などの紅葉に染まった雑木林のなかに入り、その先に紅葉荘の甍《いらか》の一部が見えた。その辺りは視界がひらけて眺望もよく、眼下に倉田城や城下の町並などが見えるはずである。

「馬を下りろ」

先頭にいる辰之助が指示した。

林間の向こうに大勢の話し声や跫音が聞こえた。一揆勢が紅葉荘のまわりをとりかこんでいるようだ。辰之助は、このまま一揆勢のなかに馬で乗り入れてはならぬと直感した。興奮した百姓たちが藩兵の襲撃と勘違いし、それがために紅葉荘に押し込むかもしれない。辰之助たちは、わずか七人。いかに剣が遣えようと、いきりたった大勢の暴徒の前では火中の虫と同じである。

「様子を見てみよう」

辰之助が馬を下りると、おれも行く、と言って、平井も下馬した。ふたりは槙右衛門の家士に手綱をあずけ、足音を忍ばせて紅葉荘に近付いた。

「このままでは、別邸内にも入れぬな」

紅葉荘の木戸門や生け垣の周辺に百姓たちが集まっていた。三百人ほどが筵旗、竹槍、鎌などを手にして立っている。何人かが、木戸門の前で叫び声を上げ、それに呼応するように群衆のかたまりが揺れ動き、辺りの大気を震わすような大喚声が起こる。紅葉荘は殺気をはらんだ重苦しい雰囲気につつまれていた。

「秋月、上流にまわり、川沿いに来て裏口から入ろう」

平井が言った。

それしかない、と辰之助も思った。林間を大きく迂回《うかい》して長瀬川の上流に出て川伝いに紅葉荘の裏にまわるのである。行ったことはなかったが、川岸へ下りる出入り口ぐらいはあるはずである。

ふたりはいったん家士たちのところへもどった。そして、馬を林間に隠した上で、家士たちも連れて道のない林のなかを通って、長瀬川の上流に出た。そこから浅瀬や岩場を歩き、紅葉荘の裏手にまわった。思ったとおり、生け垣の隅に小さな木戸があった。

辰之助たちがなかに入ると、ふたりの護衛の藩士が駆け寄って来た。驚きと恐怖に、目がひき攣《つ》っている。

「拙者、小島槙右衛門さまの手の者にございます」

と、辰之助が告げると、ふたりの藩士の顔がこわばった。森山町騒動で処分された槙右衛門の名を出したので警戒したのかもしれない。

「われら、殿をお守りするため馳《は》せ参じました。すぐに、森島さまや土屋さまの援軍も参ります」

そう言い添えると、こわばった藩士の顔に安堵の色が浮いた。

「か、かたじけのうござる」

「殿は」

藩主、直勝の安否が気掛かりだった。

「ご、ご無事で……。奥方さまたちと屋敷内にとどまっておられる」

藩士のひとりが、声をつまらせて言った。

「まず、一揆勢の様子を見させていただく」

そう言うと、辰之助は平井たちを連れて表の木戸門の方へまわった。

門の周辺には十数人の藩士たちがいたが、みな一様に顔をこわばらせ恐れと興奮とで身を震わせていた。

門の向こうからは、百姓たちの叫び声や喚声がひびいていた。百姓たちの怨嗟《えんさ》と憤怒の叫びである。飢饉による困窮を訴え、年貢の減免や軒役の廃止など口々に叫んでいる。失政に対する不満の声もあった。とくに酒井と大石屋に対する批判の声が集中していた。百姓たちも、ふたりの癒着《ゆちゃく》と豪奢な暮らしぶりに憤りを感じているのであろう。

辰之助たちは、すぐに状況を見た。木戸門には閂《かんぬき》がかかっていたが、それほど頑強な造りではなかった。百姓たちが持っている掛矢で、すぐに破られる。屋敷の周囲を囲った生け垣は、背丈ほどでその気になればどこからでも這い上れる。紅葉荘は叛徒たちに対して無防備といってよかった。

——あやうい！

辰之助の顔がこわばった。

百姓たちが押し込んでくれば、ひとたまりもない。たった、二十数人の護衛では守りようもなかった。藩主直勝は、断崖の際《きわ》に立たされている状況だった。集まった百姓たちにひと押しされれば、たちまち千尋《せんじん》の谷底に落下する。

辰之助は、百姓たちを刺激してはならぬと思った。それに、この状況のなかでは森島や土屋たちの援軍の到着も危険だった。背後から攻められれば、百姓たちはこのまま紅葉荘内になだれ込むであろう。そうなれば、荘内の護衛では殿の身が守りきれない。

辰之助は平井と五人の家士に、危険な状況を話し、

「すぐに、さきほどの場所にもどり、後続の手勢を待機させるよう伝えてくれ」と頼んだ。

「分かった」

平井は五人を連れて、裏口から長瀬川の上流にむかった。迂回して、さきほどの場所で

森島たちを待つためである。

平井がその場を離れて、小半刻（三十分）ほど経った。紅葉荘の前に集まった百姓たちの声は、しだいに甲高くなり絶叫や怒号も混じってきた。群衆の動きも波のように激しくなり、木戸門や生け垣に手をかける者も出始めたらしく門扉が音をたて、生け垣が揺れた。大きな津波でも襲ってきそうな気配がある。

「ど、どのようにいたせば……」

護衛のひとりが、声を震わせて訊いた。

「話してみよう」

辰之助には百姓たちを説得できる自信はなかったが、やらねばならない。

何としても、百姓たちを踏み込ませてはならぬ、という強い思いが辰之助にはあった。いっときの激情で、藩主のいる屋敷へ押し込めば、ここに集まった百姓の多くは生きてはいられない。それに、藩と領民との対立は決定的なものになり、藩の存続もあやうくなる。

六

「聞こえるか、おれは秋月平八郎の一子、辰之助だ！　門前にいる百姓衆に伝えたいことがある」

辰之助は、大気を揺るがすような大音声《だいおんじょう》を上げた。

その声で、門扉の向こうの百姓たちの声がやみ、門扉や生け垣を揺する音がとまった。ざわざわとささやき合うような声が聞こえたが、百姓たちは辰之助の次の言葉を待っているようである。

「いま、出て行く。ひとりだ！」

そう声を上げ、そばにいる護衛の藩士に、外に出たらすぐに門扉を閉めるよう頼んだ。

辰之助は二刀を鞘ごと抜いて藩士にあずけ、門を外して門の外へ出た。

門前近くにいた十人ほどの百姓が慌てて後ろに下がり、数人の竹槍を持った百姓が駆け寄って来て、尖《とが》った先を辰之助に向けた。同時にとりかこんでいた群衆が大きく揺れ動き、数百の血走った目が辰之助に集中した。なかに父親のことを知っている者もいるらしく、秋月さまのお子だ、先の大目付さまだ、などという声も聞こえた。

「おれを殺すつもりなら、すぐにも殺せる」

辰之助は両手を上げ、無腰であることを見せた。

「話とはなんだ」

門前にいた恰幅《かっぷく》のいい百姓がなじるように訊いた。庄屋ではないようだが、肝煎り役の百姓であろう。そばに、裁着袴に草鞋履き、脇差を帯びた郷士らしい壮年の男がふたりと、黒羽織姿の本百姓らしい男がふたり立っていた。どうやら、五人がこの集団の先導者らしかった。

「この場は、おとなしく引き下がってくれ。頼む」

辰之助は絞り出すような声で言って、低頭した。

途端に、できねえ、そこをどけ、お殿さまに会わせろ、などという叫び声や怒号がわき起こり、騒然とした雰囲気につつまれた。

「わしら、命をかけてここに来てますだ。このまま帰っても、暮らしはたたねえ。ここで死んでも同じことだ」

初老の黒羽織姿の男が、強い口調で言った。

「おぬしらの訴願は、かならず殿に言上する。軽格の身ゆえ、約束はできぬが、百姓衆を救う方策が何かあるはず……」

辰之助は苦しかった。腹をえぐられるような無念の思いがある。いまの自分には、何もできない。実のない言葉を弄《ろう》して、時間を稼ぐだけである。

「そこをどいてくれ、わしらお殿さまに直《じか》に申し上げる」

初老の男が強い口調で言うと、集団から同調する声や怒りの声があがり、人の波が揺れて辰之助の方へじりじりと迫ってきた。

「待て、この門を破ってはならぬ！　屋敷内に踏み込んではならぬ！　分からぬか、ここを越えれば、藩も領民も生きてはおれぬぞ」

　辰之助は必死で叫んだ。百姓衆を踏みとどまらせたい一念で、顔は蒼白になり目はひき攣《つ》っていた。

　辰之助が門外へ出て百姓衆とやりあっていたとき、平井が槙右衛門と森島を連れて紅葉荘にもどった。連れてきた手勢は少し離れた林間に待機させ、状況を見ようと裏口から入ったのである。

——確かに、秋月の見立てどおりだ。これでは、いかな軍勢で攻めても、百姓たちがここに押し込むほうが早い。

　と槙右衛門は見てとった。

　そして、表門の外で一揆勢の代表とやりあっている辰之助の声を聞き、あやつ、死ぬ気で百姓衆の侵入をとめようとしている、と察知した。

「森島、秋月を助勢しろ。わしは、殿に会ってくる」

　そう言い置くと、槙右衛門は急いで紅葉荘の玄関からなかに入った。

　藩主直勝は、奥の書院にいた。奥といっても、玄関から三部屋ほど行った先の座敷である。ふだんなら、廊下の向こうに錦繡《きんしゅう》に染まった山肌や城下の一部が見え、長瀬川のせせらぎや山鳥の啼《な》き声などが聞こえるのだが、障子は閉められ門外から聞こえてくるのは叛徒の怒号や叫び声だけだった。

七

直勝は脇息《きようそく》に身をもたせかけ、蒼ざめた顔で虚空を見据えていた。脇には、お染《そめ》の方と呼ばれるお国御前が座し、左右にふたりの奥女中が侍《はべ》り、少し離れた隅に藩主に近侍する三人の側役がつめていた。

小島槙右衛門にござりまする、と声をかけ、槙右衛門は急ぎ足で座敷へ入っていった。通常なれば、勝手に御前に進み出るようなことはできぬが、緊急の折である。槙右衛門は許しを得る前に、直勝の前に座してから叩頭した。

直勝は、隠居している槙右衛門が突然前に進み出たので、驚いたように目を剝いたが、

「ま、槙右衛門か。どうして、ここへ」

と、声を震わせて訊いた。

直勝は病弱のうえに癇癖《かんぺき》があった。恐怖と怒りとで顔がひき攣り、目がせわしく動いている。

「殿の窮状を察知いたし、隠居の身ながら駆け付けました。郡代の森島も同行し、おっつけ徳田、福山、土屋なども参る手筈《てはず》となっております」

「そうか、余を助けに来たか」

一瞬、直勝の顔に喜色が浮いたが、すぐに眉間に縦皺を寄せ、

「酒井はどうしたのじゃ」と訊いた。

槙右衛門の口から出た名は、いずれも日頃疎《うと》ましく思っている重臣たちばかりである。この危機に、日頃寵愛している酒井や手の者がまったく姿を見せないことに、直勝は疑念と不満を持ったようだ。

「城下にも、叛徒の群れが溢《あふ》れております。酒井どのは、その対応に忙殺されているのでございましょう」

槙右衛門はこまかいことは口にしなかった。

「ともかく、助けに来たからには、すぐに百姓どもを追い散らせ」

直勝は喝《かつ》するような声を上げた。

「それは、できませぬ」

「できぬと、なぜじゃ」

「すでに叛徒は、この紅葉荘を十重《とえ》二十重《はたえ》に取り囲んでおります。殿もご承知のごとく、ここには防壁も濠もございませぬ。背後から手勢をもって攻めれば、叛徒は一気になだれこみ、殿の御身をお守りすることもかなわなくなりましょう」

「うむ……」

直勝の顔が紙のように白くなり、また体が激しく震え出したが、何か思い付いたように
ひょいと顔を上げ、
「ならば、槙右衛門はどうやってここへ来たのじゃ」と訊いた。
槙右衛門が林間を迂回し、川沿いを下って裏口から入ったことを伝えると、
「それじゃ。余もその径《みち》を使えばよい」と、声を大きくして言った。
「それもなりませぬ」
槙右衛門は、険しい径でお国御前や奥女中を連れて逃れることは無理だし、うまく脱出
できたとしても、城のまわりに大勢の一揆勢が入り込んでいるので途中捕捉される危険が
大きいことを手短に話した。
「なれば、余はどういたせばよいのじゃ……」
直勝は、顔をゆがめて苛立ったように言った。
「殿、百姓たちの声をお聞きになりませんでしたか。表の者たちは、殿が憎くて集まって
おるわけではございませぬ。このままでは暮らしがたたぬゆえ、わずかな慈悲《じひ》を訴願して
いるだけでございます」
そこまで槙右衛門が話したとき、表から辰之助の必死の叫びが聞こえてきた。
「……殿、お聞きくだされ。殿の御身を守るため、一命をなげうって駆け付けた者もおる
のです」

槙右衛門の言葉に、直勝も声の方に耳をたてた。

……どうあっても、ここは通さぬ！　分からぬか。われらは武士だ。殿の身に万一のことあらば、家中の者ひとり残らず、うぬらを殿の敵と見、草の根を分けても探し出し親子もろとも討たずにはおかぬぞ。

……よくよく分別しろ！　ここを越えれば、藩も領内の百姓衆もともにつぶれる。それを望むなら、まずその竹槍でわれらを突き殺してから行け！

辰之助の声には、聞く者の胸を打つ死を決した悲壮なひびきがあった。

「殿、よき家臣を持たれましたな。あの者、森山町騒動で腹を切った秋月平八郎の倅にございますぞ」

「なに、秋月の子か」

直勝は驚いたように目を剝いたが、すぐに眉宇《びう》を寄せ複雑な表情を浮かべた。

十年前の騒動は、直勝の記憶にも残っていた。ただ、藩の世継ぎに関しての陰謀、二の丸御殿再建の工事費の着用などが露見したため、酒井たちに捕らえられたと聞いていた。そのため、直勝自身が断罪を命じたのである。

そのとき処罰された秋月の一子が、身を投じてわが命を守ろうとしている、と気付いて、直勝は複雑な思いにとらわれたようである。

逡巡するような直勝の顔を見て、

──いまこそ、その機だ。

と、槙右衛門は直感した。

「森山町騒動の際、酒井どのが言上したお世継ぎの陰謀は、でっち上げでございますぞ」

槙右衛門は、たたみ込むように二の丸御殿再建の工事費の着用も酒井と大石屋によることを伝えた。

「ま、まことか……」

直勝は瞠目して槙右衛門を凝視した。

「殿、百姓たちの声に酒井どのに対する怨嗟の声があるのが、聞こえませぬか。……あの者どもにも、酒井どのの仕置に対する強い不満があるのですぞ」

槙右衛門は直勝を見据えて言った。

「……………！」

「このまま酒井どのに仕置を任せておけば、藩はたちゆかなくなりますぞ」

「余は、仕置のことはよく分からぬ。……酒井に任せておいたのでな」

直勝は困惑の顔をゆがめて言った。

「殿、このままでは、この場から逃れることもかないませぬ」

「……………」

直勝は不安そうな目で槙右衛門を見、何とかいたせ、と小声で言った。

「ここに、われらの血判状がございます。藩の行く末を案じ、身を捨てて藩を立て直そうとする者たちにございます」

槙右衛門はふところから血判状を出し、膝行《しっこう》して直勝に手渡した。屋敷で血判状の話をした後、槙右衛門はとりあえず小島派の者たちの名だけを記して作成しておいたのである。状況に応じて、その血判状を示し、直勝に人心の刷新と藩の改革を求めるため持参したのである。

直勝は、しばし血判状に目を落としていたが、

「重臣どもが、大勢おるのう」

と言って、困惑と皮肉の入り交じったような表情を浮かべた。ここまで、反酒井派が結束しているとは思わなかったのであろう。

「殿、このままでは藩も領民もつぶれますぞ。酒井どのを排し、われらをお認めいただけますか」

直勝を見据えた槙右衛門の双眸がひかり、語気には有無を言わせぬ鋭さがくわわった。

一瞬、直勝の顔に負け犬のような表情が浮かんだが、すぐに消え、開き直ったような顔で、

「よ、よし。……そちらの手で、この場を何とか収めろ」

と、甲走《かんばし》った声で命じた。

「されば、すぐにも、百姓どもにこの場から引き上げるよう説得いたしましょう」

すぐに、槙右衛門は立ち上がった。


木戸門の外には、辰之助、平井、森島の三人が必死の形相で立っていた。対峙した一揆衆は、辰之助の説得にいくぶん心を動かされたのか、三人を殺してまで押し込むつもりはないようだったが、かといって、このまま引き下がるような気配もなかった。

三人の前に立った槙右衛門は一揆の肝煎りに、このまま引き下がれば、租税の減免と一揆にくわわった者たちを処罰しないことを約した。

初老の肝煎りが年貢の二分の一の減免を要求したが、

「藩の財政も逼迫している折、そこまでは認められぬが、百姓衆の暮らしがたちゆくよう配慮いたす」

と、槙右衛門が言い、何としても領民から餓死者は出さぬ、と語気を強くすると、初老の百姓も納得したようだった。

粛々《しゆくしゆく》と林間の道を去って行く百姓たちの背を見送った槙右衛門は、森島にすぐに城下へ走り、他の一揆勢にもことの次第を告げ、おとなしく帰村するよう説得することを指示した。

「心得ました」

森島は一礼して駆け出していった。

# 第七章　襲撃

## 一

遠方の山肌は残雪につつまれ、陽を浴びて白銀のように輝いていた。木々や建物の陰にも雪が残っている。陽射しには春らしい強い輝きがあったが、残雪の上を渡ってきた風は肌を刺すような冷気をふくんでいた。

辰之助は、井戸端で沐浴をした後、上半身裸になって真剣を振っていた。木刀を振ることは日課にしていたが、真剣を遣うのはまれである。

辰之助は一振り一振り上段から気魄を込めて振り下ろし、手の内を絞って刀身を水平にとめる。白刃が一閃するたびに、清冷な大気が震える。

小半刻ほど素振りをした後、辰之助は上空に目を見やった。陽がだいぶ西に傾いている。八ツ半（午後三時）を過ぎたころであろうか。そろそろ頃合だと、辰之助は思った。

この夜、辰之助は森島たちと森山町の酒井屋敷へ出向き、酒井を討つことになっていた。

紅葉荘から百姓たちが引き下がった後、領内にはあわただしい動きがあった。槙右衛門に命じられた森島は、ただちに城下へ馬を走らせ一揆を率いていた益田作兵衛と会い、槙右衛門の意向を伝えて百姓たちがおとなしく帰村するよううながした。当初から森島と作兵衛は意思を通じ合っており、この一揆に対しても、双方の衝突は極力さける、との考えで一致していたので、作兵衛はすぐに同意した。

各村の百姓たちは、肝煎りに率いられて粛々《しゆくしゆく》と帰村した。倉越街道へ向かった一部の一揆勢も略奪や打ち壊しにはくわわらなかった。暴徒と化し、藩兵と衝突したのは町方の者だけだった。

翌朝、藩主直勝とともに倉田城へ入った槙右衛門は、次席家老の徳田や側用人の福山らとともに、直勝から酒井に対する上意を得た。内容は、こたびの騒動に対して不手際があったので、しばらく蟄居《ちつきよ》せよ、とごく簡単なものだった。

だが、同時に槙右衛門の家老への登用が決まり執政の座に返り咲くと、藩内の勢力図は急変した。酒井派は失政を責められて処罰されることを恐れて鳴りをひそめ、代わりに徳田や福山などの発言力が増し、実権は小島派に移ったのである。

執政の立場にたった槙右衛門は、徳田や福山たちと相談し、まず、百姓たちと約束した年貢の減免に対し、本年だけ一律三分の一程度の免除を認め、さらに飢えに苦しむ郷村には救済小屋を建てて粥を出し、この冬をひとりの餓死者もなく乗り切った。さらに、一揆勢の態度がきわめて真摯《しんし》であったこともあり、罪に問わぬ、との約束も守った。

　こうして領内の騒擾を沈静させると、槙右衛門たちは藩の財政改革に取り組んだ。まず最初に手をつけたのが、酒井と大石屋の結びつきを切ることだった。

　藩財政の大部分を占める米と木材の専売権を大石屋から奪い、他の材木問屋と米問屋も自由に扱えるようにした。そして、領内の商売を活性化させるとともに、運上金を多くの商人から納めさせるようにした。また、米価の高騰をまねき領内の騒擾を引き起こした罪過により、大石屋へのこれまでの借金を棒引きにし、すべての運上金が藩に入るようにした。これにより、大石屋から酒井への金の流れも遮断したのである。この処置で、大石屋は大打撃を受け、商いを大幅に縮小せざるをえなくなり、つぶれるのも時間の問題だろうと噂された。

　さらに、米のみに頼っていた百姓の暮らしを安定させるため、青苧《あおそ》や漆木の栽培など換金作物を奨励することにした。

　こうして、次々に改革の手を打った小島派の動きを酒井は黙って見ていたわけではなかった。

　表向きは屋敷内で謹慎していたが、自派の重臣を通じて直勝に働きかけ、嫡子忠丸君とおらくとの婚礼を強引に進めようとした。酒井にすれば、直勝が隠居し忠丸君が倉田藩を継げば、形勢は一気に逆転し、いままで以上に藩の実権を握ることができるのである。

だが、この世継ぎの婚礼に対して直勝はなかなか首を縦に振らなかった。

「殿はまだまだお若い上に、領民の信望は絶大でございます。倉田藩の危機に際し、何としても殿のお力が必要でございます」

との、槙右衛門の巧みな甘言に乗り、直勝はその気になっていたのである。

愚鈍ではないが、直勝は直情的で他言を信じやすい。そのために酒井につけ入られたのだが、紅葉荘で酒井の真実の姿を知らされてからは酒井を排し、槙右衛門たちの言を信認することが多くなっていた。

直勝の心が離れたと見た酒井は、実力行使に出た。刺客を使って、小島派をひそかに始末しようとしたのである。

まず、狙われたのが槙右衛門だった。下城途中の槙右衛門を黒覆面の一団が奇襲した。夜盗を装った襲撃であった。このとき、酒井の悪計を予測していた森島が辰之助と平井に命じて警護させていたため、何とか撃退することができた。

この襲撃後、槙右衛門は、このまま酒井を放置できぬ、と決意した。そして、槙右衛門は、十一年前の森山町騒動のおり、あらぬ罪を捏造して多くの忠臣の命を奪った旧悪と大石屋と結託して私欲によって仕置を行なった咎とで、切腹の沙汰を下すよう直勝に進言した。

直勝は、槙右衛門の進言を受け入れた。それというのも、紅葉荘で死を賭して己を守ろうとした秋月平八郎の一子辰之助の気魄迫る叫びを聞いていたからである。

直勝の胸の底には、あのような者こそ誠の武士であり得難い忠臣にちがいない、との思いがあった。そして、酒井の讒訴《ざんそ》を鵜呑みにして秋月平八郎たちを処断したことを悔《く》い、酒井の罪は許しがたいと思うようになったのである。

直勝の上意が下りたのは、まだ日陰には残雪のある二月（旧暦）の中旬であった。

処分内容は、次のとおりである。

酒井は切腹の上、家禄は千石から三百石に減石。腹心として動いていた斎藤は一揆勢の対応の不始末もあり切腹の上、家禄は半減。梶は罪のない藩士を斬殺したことが咎められ切腹。金十郎や小姓頭の野沢など酒井派として動いていた家臣たちは、それぞれの罪過により蟄居、隠居、減石などの処分が決まった。

直勝は酒井派の処分を決断するとともに、余に尽くしてくれた秋月たちには、じゅうぶん報いるよう、との言葉も添えた。

直勝から上意の承諾を受けた槙右衛門は、その使者を決める折に迷った。

——酒井は容易に上意を聞き入れまい。

と、思ったのである。

それに、酒井の身辺にはいまだに斎藤と梶がついていることが多いとの情報も得ていた。なまじの使者では、上意を伝えるどころか、何か理由をつけて斬殺される恐れがあった。

かといって、武装した手勢を率いて屋敷を取り囲み、酒井の手勢と一戦交えることにも抵抗があった。やっと領内の騒動が沈静し藩政も軌道に乗ってきたのに、家中の処分で騒ぎを起こしたくなかったのである。

このことを大目付も一時的に兼務することになった森島に話すと、

「酒井どのが上意に従わず、抵抗した場合、斬り捨ててもかまいませぬか」

と、森島は訊いた。

「かまわぬ」

「されば、拙者と秋月とにお任せいただけませぬか」

このとき、森島の胸には秋月に父の敵《かたき》として酒井を討たせてやりたい、との思いがあったのである。

「それはよいが、そうなると秋月が無役というわけにはいかぬな。殿から直々に秋月や平井の処遇を考えるようにと言われているが、とりあえずふたりを徒目付ということで同行させるがよい」

「では、今夕にも」

森島は一礼してその場を去ると、そのまま下城し、秋月の家へ姿を見せた。

森島から話を聞いた辰之助は、酒井は切腹すまい、と読んだ。同時に、これで父やせつ、新見たち同志の敵も討てると勇みたったが、これは敵討ちではない、と思い直した。

「お供させていただきます」

私怨を晴らすための使者ではなかった。殿のご意向で出向くのである。いかなる状況でも、使者の任を忘れてはならぬ、と辰之助は思った。

「だが、この使者、容易ではないぞ。酒井のそばには斎藤や梶がついているようだ」

森島が言った。

強敵だった。森島に同行者について訊くと、ふたりの他に家臣のなかから腕に覚えのある者を数人連れて行くという。

「心してまいります」

斎藤や梶は抵抗するだろう。そのときは、斬らねばならない。辰之助は、ふたりと勝負を決するときがきたと思った。


辰之助は冷水を絞った手ぬぐいでもう一度汗ばんだ肌を拭い、袖に腕を通して母屋にもどった。陽射しのなかにいたせいか、土間や座敷は夕暮れどきのように暗かった。薄闇にとざされた仏壇の前に座っている母の姿が見えた。丸まった背が、子供のように小さかった。母は何かつぶやいているようだったが、内容は聞きとれなかった。

辰之助は母の脇に座し、

「これより、行って参ります」と、告げた。

森島が帰った後、辰之助は母に、上意の使者として森島さまに従い酒井屋敷へ出向くことになった、とだけ伝えた。

それだけで、母はすべてを悟ったようである。一瞬、母は顔をゆがめて胸に衝き上げてくる感情に耐えているようだったが、すぐに平静な顔にもどり、ちいさくうなずいただけだった。

母は膝をまわして、辰之助に顔をむけた。

「いま、父上やせつにことの次第をお話ししました。……これも、父上やせつが導いてくれたのかもしれませぬな」

母は静かな声音で言った。

「なれど、辰之助、これは私事ではありませぬ。まず、使者の役儀を第一と心せねばなりませぬぞ」

「心得てございます」

母は、それからな、辰之助、と、幼子に語りかけるようにやさしい声で言い、

「何かことあらば、母も武家の女として潔《いさぎよ》う身を処すつもりでおるゆえ、後のことを心配せずともよいぞ」と、目を細めて言った。

「………！」

辰之助は母の胸の内が痛いほど分かった。

母は森島が帰った後、沐浴し真剣を振っている辰之助の姿を見たのである。そして、これはただの上意の使者ではない、生死を賭けた戦場に出向くのだ、と察知したのだ。それゆえ、辰之助が後に残した母の身を案じて後れをとらぬよう、覚悟の言葉を伝えたのである。それは、辰之助に対する、すべての私心を捨てて戦わねばならぬ、という戒《いまし》めの言葉でもあった。

土間に立った辰之助は、もう一度振り返って母を見た。母は仏壇にむかって掌を合わせていた。その姿は、薄闇のなかに溶け込みそうに小さかった。その母の頭の先に、白い位牌が二つ浮き上がったように見えていた。父とせつの位牌である。

ふいに、辰之助はここに、父と母と妹がいる、と思った。そして、いまも秋月家の家族はこの小さな家のなかにいるのだ、という思いが胸に衝き上げてきた。

——かならず、この家に帰ってきます。

辰之助は父母と妹につぶやき、一礼して戸口から出て行った。

## 二

家の前の通りで、いっとき待つと急ぎ足でやってくる平井の姿が見えた。二刀を帯び、黒羽織に半袴という、普段は目にしない身装《みなり》である。

「親父のを借りてきた」

平井は目を輝かせて言った。

辰之助も似たようなものである。初めて出仕したとき着た父の遺《のこ》した黒羽織と袴姿だった。

「おい、聞いたか、目付だぞ、目付」

肩を並べて歩き出した平井は、昂《たかぶ》る胸を押さえかねるように声をはずませた。その話は辰之助も森島から聞いていた。今日の使者は、徒目付という身分で森島に従うことになっていた。

「これで、おれたちも石取り侍だ」

扶持の話まではなかったが、徒目付となれば何十石かの禄は喰《は》めるはずである。それに、同じ内容でも俵取りより石取りは格が上だった。

「それより、今日の役目、容易ではないぞ」

辰之助は斎藤と梶、それに酒井の家士たちも抵抗するであろうことを話した。

「分かっている。……それに、金十郎がいるかもしれんぞ。あいつ、殿のご沙汰があった後も、酒井家に出入りしているようだ」

平井は挑むように目をひからせた。

「酒井家の家士もくわえると、われらより多勢になるな」

「なに、おまえがいっしょなら平気だ。この喧嘩はおれたちの勝ちだぞ。……いれば、金十郎はおれが斬る。大将首はおまえが取れ」

と、平井は意気込んで言った。

ふたりは森山町へ向かう道筋の古刹《こさつ》の山門で森島たちが来るのを待った。そこで七ツ半(午後五時)に会い、酒井の屋敷へ同道することになっていたのだ。

陽はだいぶ西に傾き、鬱蒼とした杜《もり》にかこまれた山門のちかくは、薄い夕闇が忍んできていた。杉の葉叢《はむら》の間から射し込む夕日が、短い石段に鴇色《ときいろ》の斑《まだら》を落としている。

「おいでになった」

平井が声を上げ、石段を下りた。辰之助も後につづく。

森島は騎乗していた。馬の口取りと槍持ちを従えている。背後に、六人の武士が同道していた。いずれも肩衣や黒羽織姿だったが、屈強の武士で、辰之助の顔見知りもふたり混じっていた。堀川道場の早野と山王原の試合で竹刀を合わせた龍上である。

ふたりは、辰之助に目礼したが何も言わなかった。顔がこわばっている。今日の任務が命がけであることを承知しているのだ。

「では、参ろうか」

近寄ってきた森島はそう言っただけで、馬首を森山町の方へむけた。

前方に酒井邸の長屋門が見えたとき、森島は馬をとめ、先に抜いてはならぬぞ、とだけ念を押すように言った。

一同は黙したまま、ちいさく低頭した。目ばかりが異様にひかっている。屋敷内で何が起こるか、承知しているのである。

酒井の屋敷はひっそりと静まっていた。すでに、上意の噂は酒井の耳にとどいているはずである。門扉もかたく閉ざしたままであった。

同行したひとりがくぐり戸から入り、藩主直勝の使者として来たことを伝え、開門させた。玄関先にあらわれた初老の家士が、しばし、お待ちくだされ、と言い置いて、慌てて奥へもどった。ふたたびあらわれた家士は、酒井の意向を聞いてきたらしく、一行を控えの間に招じ入れた後、お腰の物をお預かりしたい、と言った。

「これは役目がら必要な物、渡すわけにはいかぬ」

と、森島はつっぱねた。

「で、では、ご使者の方だけ、奥の書院へお越しいただきたい」

家士は声を震わせ言った。

「われら一同が使者でござる。ただ、これだけの多勢が酒井さまにご対面するのも、無礼かと存ずる。われら三人だけ酒井さまにお会いし、後の者は廊下にて待機させましょう」

森島は強い態度をくずさなかった。

酒井側が使者を分断するであろうことは、予想していた。そのときの対応策として、すぐに近付ける場所に待機することが一同の間で確認してあったのだ。

初老の家士は困惑したような顔をして逡巡していたが、われらは上意の使者でござるぞ、という森島の言葉にしぶしぶと一行を奥へ導いた。

森島と辰之助、龍上の三人が案内された座敷へ入り、平井たち六人が廊下で待機した。

座敷に酒井の姿はなかった。部屋は薄闇にとざされ、屋敷内は不気味なほどの静寂につつまれていた。

森島をなかにして上座に座った三人は、すばやく周囲に目を配った。廊下側と後方が老松と鷹を描いた襖で右手は障子。その障子の向こうにも廊下があり、その先が庭になっているらしく、障子に仄《ほの》かな残照が映じていた。辺りに人のひそんでいるような気配はない。なかなか酒井は姿をあらわさなかった。障子に映った残照がしだいに薄くなり、白紙に薄闇が忍んでくる。

小半刻も待ったろうか、部屋の隅々を闇がとざしはじめたとき、庭側の廊下を歩く足音がした。大勢いそうである。

がらりと障子が開いて、恰幅のいい酒井が顔を出した。艶《つや》のいい赤ら顔が、夕闇のせいもあってか、どす黒く見えた。背後に斎藤、梶、それに金十郎の姿があった。さらにその後ろに家士らしい男が四人従っていた。総勢八人である。いずれも羽織袴姿だったが、左手に大刀を持っていた。無言のまま斎藤たちは、辰之助と龍上に鋭い視線をむけた。

「なにゆえ、郡代の森島どのが上座に座っておるのかな」

酒井は立ったまま、なじるような声で言った。

「われら、殿のご沙汰を伝えに参った。ひかえられよ」

森島は酒井を見つめ、重いひびきのある声で言った。

「殿のご沙汰だと、どうせ、小島が殿をたぶらかし、勝手に記したものであろう。茶番だな」

酒井は鼻先で嗤《わら》ったが、しぶしぶと下座に腰を落とした。その後方に七人が刀を持ったまま座った。

このとき、酒井は断崖の際に立たされてはいるが、まだ挽回《ばんかい》の手立てはあると考えていた。使者を斬って時を稼ぎ、その間に槙右衛門や徳田、土屋などの小島派の重臣を暗殺する。そして、直勝の側に残っている酒井派の者たちを動かし、おらくと忠丸君の婚礼を強引に取り決めるのである。そうなれば、一気に失地は挽回できるのだ。そうした考えが、酒井にふてぶてしい嗤いを浮かべる余裕をあたえていた。

おもむろに森島が立ち上がり、書状に記した罪状と処分を読み上げた後、

「上意でござる」

と強い口調で言い、サッと書状をひるがえして酒井に書面を見せた。

酒井はぎょろりとした目を剝き、憮然とした顔で虚空を睨んだまま動かなかった。その

とき、ふいに平井たちの待機した廊下側で跫音が起こった。複数の駆け寄る跫音である。すぐに、廊下にいる平井たちの間から短い叫び声や衣擦れの音が聞こえた。それほどの多勢ではないようだったが、酒井の手の者であろう。

「笑止。うぬらの手によるまやかしの書状であろう」

この手勢を待っていたかのように、酒井が立ち上がり、同時に斎藤たち七人が片膝を立てて刀を取り上げた。

「正気か。われらに刃を向ければ、殿に向けたことになるのだぞ」

森島が喝するような声を上げた。辰之助と龍上は左右に立ち、すばやく袴の股立を取り、柄に手をかけた。

「死人に口無し。ここからひとりも生きては帰さぬわ」

酒井は吐き捨てるように言い、斎藤たちの後ろにまわりこんだ。

すかさず七人が腰を沈め足裏を擦るように前に出、辰之助たち三人と対峙した。向き合った男たちの間に殺気が疾《はし》る。

そのとき、廊下で斬り合いが始まったらしく、激しい跫音と衣擦れの音がし、つづいて襖や障子を倒す音にまじって、怒号、気合、刀身を弾き合う音などがひびいた。

騒然としたなかで、梶、金十郎が抜き四人の家士が抜いた。斎藤だけは、刀の柄に手をかけたまま一歩身を引いた。

「この屋敷から、ひとりも生かして帰さぬ」

梶が鋭い声で言った。

つづいて金十郎が、まわり込め、と甲高い声を上げると、四人の家士たちが森島たちを取り囲むように動いた。

三

そのとき、激しい甲声《かんごえ》とともに、バサリと襖が倒れた。

突如、抜き身をひっ提《さ》げた平井が座敷へ飛び込んできた。目がギラギラひかり、袖をたくし上げた両肩が躍っている。

「おれは、こっちでやるぜ！」

平井は辰之助に目をむけ、廊下は五人でなんとかなる、と言い、座敷内に視線をまわして、金十郎の姿を見つけると、いたな！　と叫んで、そっちへ歩み寄ろうとした。平井は金十郎の声を聞きつけたようだ。

その平井の動きが、斬り合いのきっかけになった。

「こやつ！」

と、叫びざま平井のちかくにいた男が、身を低くして平井へ突いてきた。

その切っ先を、平井が体をひらきながら弾くと、勢いあまって男の刀身が襖を突き刺した。襖を蹴倒し、男が反転しようとしたところへ、ヤアッ！　という甲高い気合を発して、平井が袈裟に斬りつけた。

男の羽織の肩口がざっくりと裂け、肉が割れて、真っ赤な血が噴き出した。男は獣の咆《ほう》哮《こう》のような悲鳴を上げて後じさる。

その間に、金十郎は座敷の隅に逃げた。平井の凄まじい斬撃に驚いたらしい。顔が蒼ざめ、目がつり上がっている。

平井のそばにいた男が仕掛けるのとほぼ同時に、他の男たちも動いた。障子側にいた辰之助は、正面にいた男が青眼のまま斬撃の間に踏み込んで来ると、切っ先で相手の刀身を巻くようにし、スッと身を寄せた。

その気魄と寄り身の鋭さに気圧《けお》された男は、そのまま辰之助へ斬り込もうと刀身を振り上げた。その出端《でばな》の一瞬を、辰之助がとらえた。

鋭い斬撃である。絶叫とともに男の右腕が、棒切れのように虚空へ飛んだ。截断口から噴血が火花のように散る。男は呻き声を上げて後方へよろめき、右腕の斬り口を腹にかかえこむようにしてその場にうずくまった。

気合も聞こえず、動きもわずかだった。辰之助は、わずかな呼気をもらしただけである。平青眼に構えたまま辰之助は、すばやく他の敵の動きを追った。

梶が切っ先を辰之助にむけたまま間をつめてきていた。細い目が、獲物を追うように辰之助を見つめている。

左手にいた龍上は長身の男と対峙し、平井は廊下側で金十郎に切っ先をむけていた。森島と斎藤は後ろに身を引いている。

「秋月、うぬの相手はおれだ」

間合をつめた梶が声を上げた。

低い上段に構えていた梶は、刀身を水平にし、左拳が耳の上あたりにくる低い八相に構えなおした。天井に切っ先が触れないようにしたのである。

対する辰之助は青眼に構え、切っ先を梶の喉元につけた。

梶は八相にとったまま、足裏を擦るようにしてジリジリと間合を狭めてきた。全身に気勢がみなぎり、痺《しび》れるような殺気を放射していた。凄まじい威圧である。

辰之助は全身に気魄を込めたまま剣尖《けんせん》を小刻みに動かした。剣尖を動かすことで気を鎮め、梶の激しい気《き》攻《ぜ》めを受け流そうとしたのである。

ふたりは斬撃の間境で対峙し、足をとめた。梶は八相に構えたまま微動だにしない。対する辰之助の剣尖は、昆虫の触角のようにピクピクと動いた。

だが、ふたりが足をとめて対峙していたのは、ほんのいっときである。鋭い気合を発して長身の男が龍上に斬りかかったとき、辰之助の剣尖がわずかに沈み、梶の上体がかすかに浮いた。

刹那、ふたりの間に稲妻のような剣気が疾《はし》った。

ふたりは気合を発しなかった。その凄まじい剣気に、大気が揺れただけである。

一瞬、白刃が閃き、両者の体が躍った。

牽制も誘いもなかった。ふたりは、身を捨てて正面から一気に斬り込んだ。東軍流の神髄でもある一撃必殺の剣である。

八相から斬り込んだ梶の切っ先が辰之助の着物の肩口を裂き、青眼から相手の手元に斬り込んだ辰之助の切っ先が梶の右手の甲を浅くとらえた。いずれも皮膚を裂かれただけの浅手であった。お互いの気魄におされ、やや踏み込みが浅かったのだ。

ふたりは交差し反転すると、ほとんど同時に横に跳んだ。間合を取ろうとしたのである。その動きで、梶は障子を肩口で押し破り、辰之助は柱に背が当たった。

「表へ、表へ出ろ！」

梶が苛立ったような声を上げた。広い額が昂《たかぶ》って赤みをおびている。狭い座敷内では思うように刀が揮えないのだ。

オオッと応じて、辰之助は廊下から庭へ飛び出した。

そのとき、酒井は斬り合いのつづく座敷から出て、廊下伝いにさらに奥の座敷へ逃れていた。斎藤も廊下へ出たが、酒井には従わず、ひとり庭へ出たようである。

座敷内は修羅場と化していた。血飛沫《しぶき》に染まった障子が斬り払われ、襖が倒れていた。血海のなかに斬られた腕や指が落ち、腹を裂かれた男が臓腑を溢れさせて這っていた。その横では、刀を握った男が目を剝き、柱に背中を当てて尻餅をついたまま血達磨《だるま》になって息絶えている。

平井は荒い息を吐きながら、金十郎を座敷の隅に追いつめていた。返り血を浴びた顔はどす黒く染まり、目ばかりが異様にひかっている。すでに金十郎は数太刀浴びて、ざんばら髪になり着物は裂けて胸や腕が血に染まっていた。柱に背を当てた金十郎は、切っ先を突き出すように構えていたが、体が震えて、刀身が笑うように揺れている。

「ひ、平井、刀を引け！」

金十郎が狂気の形相《ぎようそう》で叫んだ。

「引かぬ。金十郎、覚悟しろ！」

平井は目を据えて金十郎の前に近寄ると、そのまま突くような気配を見せた。金十郎は恐怖に顔をひき攣《つ》らせ、反転して逃げようとした。

その脇腹へ、ヤアッ！　と、声を上げて、平井が刀身を突っ込んだ。体ごと突いた平井の刺撃は凄まじく、刀身は金十郎の脇腹を刺し貫いて一尺ほども切っ先が抜けた。

グワッ、という呻き声を上げて、金十郎は平井の肩口にしがみついた。平井が肩口で突き飛ばすと、金十郎はのけ反り、柱に背を当ててずるずると腰からくずれるように倒れた。

「やっと、あのときのけりがついた」

そう言うと、平井は荒い息を吐きながら周囲に視線をまわした。

そのとき、龍上も長身の男を斬り伏せていた。

「酒井は」

「奥へ逃げた」

座敷の隅にいた森島が、

「酒井を追う、いっしょに来い」

と、龍上と平井に声をかけ、障子側の廊下へ走り出た。ふたりは血刀をひっ提げて、森島の後を追う。


一方、辰之助は庭で梶と対峙していた。

池のちかくの小砂利を敷いた地で、剣を揮うにはじゅうぶんな広さがあった。辺りを暮色がつつんでいたが、上空に十六夜《いざよい》の月があり、闇に視界が閉ざされることもなかった。

梶は上段に構えていた。月光を浴びた刀身が、青白くひかっている。

対する辰之助は、敵の喉元に切っ先をつける青眼である。

構えの威圧も気魄も、ふたりはほぼ互角だった。構えからの気攻めだけでは、相手をくずせないと見てとったふたりは、少しずつ間合を狭めていった。

一足一刀の間境の手前で、ふたりはぴたりと足をとめた。隙がない。上段と青眼に構えたまま、ふたりは塑像のように動かなかった。

だが、辰之助の趾《あしゆび》が地を這うように、少しずつ少しずつ前に出ていた。梶に敗れた合戦試合の後、辰之助は心身を削るような辛苦の修行を積んでいた。その修行が、辰之助に豪胆さと鋭い勘をあたえていた。

——負けぬ。

と、辰之助は思った。

己の心に梶に対する怯えがないのを感知していた。その自信が辰之助に間をつめさせたのである。

辰之助の切っ先が前に出るにしたがい、かすかに梶の腰が浮いてきた。わずかな変化だったため、梶自身も気付かなかったにちがいない。

チリ、と音がした。辰之助の趾が小石を踏んだのである。

一瞬、梶の顔にハッとしたような表情がよぎった。かすかに間がつまっていることを感知したのだ。同時に凄まじい剣気が交差し、ふたりは弾かれたように前に跳んだ。

ふたつの刀身が月光を反射《はね》て夜陰に銀光を曳《ひ》き、黒い体が激しく交差した。

反転して構えようとした梶の顔が、ふいにひき攣ったようにゆがみ、額から左の鬢《びん》にかけて肉が裂けた。

辰之助は、梶が上段から斬り込んできた太刀を斜め前方に跳びながらかわし、横に刀身を払ったのである。その切っ先が梶の額をとらえたのだ。

鬢毛《びんもう》をつけた肉がひらき、梶の半顔は赤い布を当てたように真っ赤に染まった。

「お、おのれ！」

叫びざま、梶は辰之助の肩口に斬り込んできた。

梶は顔を斬られ、逆上していた。気攻めも牽制もない唐突な仕掛けだった。辰之助がその切っ先を弾くと、梶の体《たい》が泳いだ。

辰之助は鋭く振り上げ、正面に斬り落とした。

鈍い骨音がし、梶の顔が柘榴《ざくろ》のように割れ、血と脳漿《のうしょう》が飛び散った。悲鳴も呻き声も上げず、梶は腰からくずれるように倒れた。かすかに血の噴出音がするだけで、梶は動かなかった。即死である。

「まさに、死合《しあい》だな……」

背後で、声がした。

振り返ると、池の端のつつじの植え込みのそばに、人影が立っていた。

四

斎藤だった。彫りの深い顔が月光を浴び、冷たくひかっていた。辰之助と梶の立ち合いを見ていたらしい。斬り合いにもくわわらなかったと見え、着衣の乱れもなく二刀も腰に差したままだった。

辰之助は、すばやく切っ先をむけた。だが、斎藤は抜かなかった。その立ち居は静かで、殺気もなかった。

「先に使者の役を果たしたがよかろう。おれは、ここにいる」

そう言うと、斎藤は屋敷の方に目をむけた。斎藤には、敵意も逃亡の意思もないようだった。

辰之助が振り返ると、奥の座敷に明かりがあり、障子に数人の人影が映っていた。そこから罵倒するような男の声が聞こえてきた。どうやら、そこに森島や酒井がいるようだった。辰之助は斎藤に目礼して駆け出した。

畳に腰を落とした酒井の肩口を、平井と龍上が押さえていた。その酒井を取り巻くように、早野と他の男ふたりが立っていた。廊下にいた者もここに駆け付けたようだ。激しい斬り合いだったと見え、森島以外は衣類を裂かれ、手傷を負っている者が多かった。

酒井は顔をこわばらせ、大きな目を落ち着きなさそうに動かしていた。興奮しているらしく、体が激しく震えている。辰之助が入っていくと、一瞥《いちべつ》したが苦々しそうに顔をゆがめただけだった。

「酒井どの、ご沙汰にしたがわれよ」

森島は重い声で、切腹をうながした。

「な、なにを言うか。殿にな、直にお会いし、そのような沙汰は撤回してもらうわ」

酒井は声を震わせて言った。どうやら、切腹の意思はないようである。

「すでに下されたご沙汰ゆえ、潔くしたがわれよ」

「…………」

酒井は大きく首を横に振った。

「されば、われらの手で、お命をいただかねばなりませぬが」

「か、家老のわしを斬ろうというのか」

酒井は喉をつまらせながら言い、森島を見上げた。恐怖と憤怒とで、顔がひき攣っている。

「やむをえませぬ。……秋月、そこもとの手を借りるぞ」

森島が辰之助に声をかけた。斬首せよ、と言うのだ。

「心得ました」

　辰之助は懐紙を取り出すと、刀身の血糊を拭って、酒井の脇へまわった。その動きに応ずるように平井と龍上が両腕を取り、酒井の首を前に突き出すように両肩を押した。

「ま、待て、き、切る、腹を切る……」

　酒井は声を震わせて、激しく身をよじった。

　平井と龍上が腕を離すと、酒井は肩を震わせながら座り直し、紙のように蒼ざめた顔で、脇差に手をかけた。だが、酒井は逡巡するように柄を握ったまま抜かなかった。きょときょと、と目が動き、垂れた厚い下唇が震えている。

「酒井どの、召されよ」

　森島がうながすように声をかけると、酒井は襟に左手をかけ、胸を押し広げた。たるんだ胸の肉が波打っている。

　ゴクリと唾を飲み、酒井は脇差を抜いた。だが、何を思ったか、ふいに酒井が手を振りながら立ち上がり、

「わ、わしは死なぬ」

　と、叫びざま、脇差を振りかざして森島に斬りつけようとした。

「ごめん！」

　瞬間、辰之助の手にした刀が一閃した。

　振り下ろした一刀が酒井の首根に入り、太い首がざっくりと割れた。一瞬、魚肉のよう

な斬り口が見えたが、血管《ちくだ》を斬ったらしく赤い帯のように血が疾《はし》った。

酒井は首を傾《かし》げたまま棒立ちになり、左手で首の出血を押さえようとした。その指間から、音をたてて血が八方に散り、見る間に酒井の巨体が血に染まっていく。

酒井は目を剝き血を撒きながらつっ立っていたが、よたよたと足を前に運び、そのままドウと倒れた。

「せめて、武士らしく切腹してもらいたかったが……」

森島は顔を曇らせてつっ伏した酒井の体に目を落としていたが、顔を上げて、斎藤と梶はどうした、と視線をまわして訊いた。

「梶どのは討ちました。斎藤どのは、まだ、庭におられます」

辰之助が答えた。

すぐに、森島たちは庭にまわった。

池の端に、斎藤は立っていた。二刀を帯びた端然とした姿が月光に浮かび上がっている。

駆け寄った平井や龍上たちが、斎藤を取り囲んだ。

「何もせぬ」

斎藤は静かな声音で言った。

「なぜ、逃げなかった」

森島が訊いた。斬り合いをさけて、部屋からひとり去ったのを見た森島は逃走したと思ったようだ。

「逃げ場はあるまい。……して、拙者への申し渡しは」

斎藤が訊いた。

「切腹でござる」

「それは、かたじけない」

斎藤は無表情のまま、酒井さまや梶の果てたこの場が、ふさわしかろう、と言って、腰から鞘ごと二刀を抜くと小砂利の上に座した。どうやら、斎藤はこの場で腹を切るつもりで待っていたようである。

「さて、介錯は、秋月に頼もうか」

斎藤は辰之助を見上げた。月光に浮かび上がった顔は、すこし蒼ざめてはいたがおだやかな表情に見えた。

辰之助にむけた視線を天空に移し、月の位置を見ると、斎藤は少し膝をずらして月を背にするように座りなおした。介錯人のため、己の首筋がよく見えるようにしたのである。

太い首だが、鬢には白い物も混じっていた。

ふと、辰之助の脳裏に、慶林寺で父の遺言を伝えにきた斎藤の姿がよぎった。そのとき、斎藤の姿が黒い大きな巌《いわお》のように見え、押しつぶされるような恐怖を感じたことを思い出した。いま、眼下に座している斎藤に、あのときの威圧はない。鬢の白髪が、あれから十余年の歳月が流れたことを知らせているだけである。

斎藤は襟に手をかけ、押し広げようとしたところで手をとめ、秋月、と声をかけた。

「遺言どおり、侍らしくなったな」

「……」

「おれも、侍らしく死にたいと思ってな」

そう言うと、斎藤はグイと襟を押し広げて腹を出した。

「秋月辰之助、介錯つかまつります」

辰之助は抜刀して、斎藤の脇に立った。そばにいた森島たちが、スッと身を引く。

刀をふりかぶろうとしたとき、辰之助は己の刀身が血で汚れているのを見た。しばし、お待ちを、と言って、急いで刀身を懐紙で拭おうとすると、

「待て、これを使え」

と、言って、斎藤が脇に置いてあった大刀を辰之助に差し出した。

「因果だな。これは、そこもとの父の首を刎ねた刀だ」

そう言うと、斎藤は口元にうすい笑いを浮かべた。

斎藤はおもむろに小刀を手にして抜くと、刀身を懐紙でつつみ、右手に握って切っ先を左脇腹に当てた。

「首を打つのは声を、かけてからにしてもらおうか」

斎藤が静かな声音で言った。

「心得ました」

辰之助が答えた。斎藤は自力で割腹するつもりのようである。

斎藤は前に上体を傾げながら切っ先を突き立てると、一気に横一文字に引き、一度刀身を抜いて、臍《へそ》の上あたりに突き刺したところで、

「打てい！」

と、喝するような声を発した。

瞬間、ふりかぶった辰之助の刀が一閃した。わずかな骨音を残して、首が黒い鞠《まり》のように夜陰に飛んだ。その後を追うように、首根から赤い血が疾った。辰之助の視界を疾った鮮明な血は、肉体から飛び出した斎藤の命そのもののように見えた。父の切腹のとき見た血と同じ侍の血である。

# 解説――成長を描く鮮やかさ

細谷正充《ほそやまさみつ》（文芸評論家）

時代作家・鳥羽亮を語る上で、特に注目すべき作品が、現在のところ三つある。ひとつは『三鬼の剣』。江戸川乱歩賞を受賞して、ミステリー作家として活躍していた作者の初めての時代剣豪小説である。この作品が切っ掛けとなり、作者は活動の場をミステリーから時代小説へとシフトさせていった。

ふたつ目が『覇剣』だ。『三鬼の剣』以降、秘剣の遣い手をヒーローにした、チャンバラ・エンタテインメントに徹していた作者は、この作品で宮本武蔵と柳生兵庫助を主人公に据え、対蹠《たいせき》的な生き方をする実在の大剣豪の肖像を、風格のある筆で活写。剣豪小説のニュー・ステージへ立ったのである。

そして三つ目が、本書『さむらい　青雲の剣』である。これは父親の遺言を胸に、厳しい人生を真っすぐに歩く青年武士を描いた、成長小説といっていいだろう。剣豪小説の味わいもあるが、それを内包して、より大きな武士の物語を創造しているのだ。剣豪小説の鳥羽亮から、さらなる一歩を踏み出した、記念すべき作品なのである。

『さむらい　青雲の剣』は、二〇〇二年十二月、祥伝社からハードカバーで刊行された、書き下し長篇だ。刊行時タイトルは『さむらい　遺訓の剣』だったが、文庫化に際して『さむらい　青雲の剣』と改題された。物語は、奥州倉田《くらた》藩十三万石で起きた、藩内抗争が決着する場面から幕を上げる。

藩主の寵愛を受けて藩政を壟断《ろうだん》する中老の酒井兵庫《さかいひょうご》派。それに反発する家老の小島庄左衛門《こじましょうざえもん》派。ふたつの派閥の争いは、酒井派が勝利をおさめた。酒井派の急襲を受けた小島派は壊滅。生き残った人々も、罪人として切腹の命が下る。その罪人の中に、大目付で、東軍流の遣い手だった秋月平八郎《あきづきへいはちろう》もいた。従容と切腹の場についた平八郎は介錯人《かいしゃくにん》の斎藤精一郎《さいとうせいいちろう》に息子への遺言を託す。「侍らしく、生きよ」——と。

十歳の遺児・秋月信助は、見事に割腹した父親の姿と、精一郎から知らされた遺言を胸に、新たな生活を始める。しかしそれは、苦難に満ちたものだった。百石から十俵に家禄を減じられ、下級武士の暮らす石原町へ、母親と七歳になる妹のせつの三人で移った信助は、極貧に耐える日々を送る。かつて信助が通っていた東軍流の道場の主・堀川達右衛門《ほりかわたつえもん》の好意で、剣術修行は続けられたが、そんな彼を「罪人の子」として辛く当たる者も、少なからずいた。兄弟子の梶綾之介《かじあやのすけ》を目標にしたが、酷薄な人間性に気づき距離を置いたりもした。さまざまな鬱屈《うっくつ》を晴らすように信助は、剣の修行に打ち込み、少年から青年へと成長する。

一方、藩内には再び不穏な空気が流れていた。家老になった酒井の専横に対する怒りが高まっていたのだ。酒井派・反酒井派の暗闘に、微妙に巻き込まれた信助だが、なんとか身をかわして事なきを得た。だが反酒井派にせつの許婚《いいなずけ》がいたことで、秋月家に深い悲劇が襲いかかる。おりしも、凶作と酒井の失政により、藩内で一揆が発生。静養のため別邸宅にいた藩主が、一揆勢に取り囲まれる事態となった。酒井を討つ千載一遇《せんざいいちぐう》のチャンスだが、騒動が拡大すれば藩が取り潰される。人々の思惑が錯綜《さくそう》する中、幾多《いくた》の試練を経た信助は、侍の道を貫こうとするのだった。

先にも述べたように、本書は鳥羽作品の中でも、特に注目すべきものである。これに関連して、初刊サブタイトルの〝遺訓の剣〟について触れておきたい。

『三鬼の剣』『隠猿《おぬざる》の剣』『鬼《き》哭《こく》の剣』『死神の剣』……。鳥羽作品には『××の剣』というタイトルが多い。その「××」の部分は、だいたい剣の技の名称や、剣の遣い手のイメージを表現していた。剣豪小説のタイトルとしては、きわめてオーソドックスなものといえよう。だが〝遺訓の剣〟は違う。

ここでいう〝遺訓〟は、もちろん秋月平八郎が息子の信助に遺した「侍らしく、生きよ」を指す。つまり〝遺訓の剣〟とは、侍らしく生きるための剣なのだ。

では、侍らしく生きるための剣とは、どのようなものか。答えは信助の生き方にある。極貧世界の中で、自らに刻苦を強いた信助は、時に迷いながらも、真っすぐに伸びていく。その過程で彼は、いろいろなことを知った。過去の政争の真実を。父親がいかに領民を愛したかを。人間の醜さと、美しさを。強さと、弱さを……。父親の遺言を胸に、今までのすべてを糧《かて》にした信助は、大きな人間へと成長するのだ。

だから、一揆の騒乱の中で、酒井を討つチャンスをもちながら「恐れながら、いまは酒井さまを討つときではないと愚考いたします」と、藩の重役たちにきっぱりといってのけ、藩主を助けるため、危地に飛び込むのである。その姿が、藩主の目の曇りを晴らし、酒井の上意討ちへとつながる。上意討ちの使者のひとりに選ばれた信助は、酒井が切腹を承服せず斬り合いになることを確信するが、

〝私怨を晴らすための使者ではなかった。殿のご意向で出向くのである。いかなる状況でも、使者の任を忘れてはならぬ〟

と、自分を戒《いまし》める。そう、本書で信助が私の剣を抜くことは、一度もないのだ。私の怨みは腹に飲み込み、藩主と領民のためのみに抜く剣。それこそが、侍らしく生きるための剣だったのである。作者は主人公の凛冽《りんれつ》たる成長を鮮やかに描き切った。そこが本書の読みどころであり、作者の新たな境地であったのだ。

といっても、そこは剣豪小説の雄・鳥羽亮である。山王原の戦いや、刺客の襲撃を退ける場面など、要所／＼のチャンバラが、本書のもうひとつの読みどころであることはいう

までもない。なかでも特にいいのが、それまでの信助の隠忍が爆発する、クライマックスの凄絶な剣戟《けんげき》場面だ。酒井の上意討ちに赴いた信助は、かつての道場の兄弟子で、因縁のある梶綾之介と、ついに対決する。ほんの二ページほどの斬り合い。だが、なんと濃密であることか！　己の腕を、技を、いや人生をぶつけ合う一瞬の死闘に、興奮せずにはいられないのである。

　この物語を書き上げたことは、作者の自信となったことだろう。秋月信助の成長は、すなわち鳥羽亮の成長だったのである。実際、本書刊行と踵《きびす》を接するように始まった「剣客春秋」シリーズや、二〇〇三年から始まった「はぐれ長屋の用心棒」シリーズを見ると、主人公とその周囲の人々が、より深く掘り下げられるようになっているのだ。

　剣豪小説の面白さを堅守しながら、剣豪小説の枠組みを超えていく。その最初の一歩が本書だ。今後の作者の活躍を考える上で、絶対に忘れてはならない、記念すべき作品なのである。

（この作品『さむらい　青雲の剣』は、平成十四年十二月、小社から四六判で『さむらい　遺訓の剣』として刊行されたものです）

# 一〇〇字書評

切り取り線

さむらい

**購買動機**（新聞、雑誌名を記入するか、あるいは○をつけてください）

- □（　　　　　　　　　　　　　　　）の広告を見て
- □（　　　　　　　　　　　　　　　）の書評を見て
- □ 知人のすすめで
- □ タイトルに惹かれて
- □ カバーがよかったから
- □ 内容が面白そうだから
- □ 好きな作家だから
- □ 好きな分野の本だから

●最近、最も感銘を受けた作品名をお書きください

●あなたのお好きな作家名をお書きください

●その他、ご要望がありましたらお書きください

| | | | | | |
|---|---|---|---|---|---|
| 住所 | 〒 | | | | |
| 氏名 | | 職業 | | 年齢 | |
| Eメール | ※携帯には配信できません | 新刊情報等のメール配信を<br>希望する・しない | | | |

## あなたにお願い

この本をお読みになって、どんな感想をお持ちでしょうか。

この「一〇〇字書評」とアンケートを私までいただけたらありがたく存じます。今後の企画の参考にさせていただきます。

あなたの「一〇〇字書評」は新聞・雑誌などを通じて紹介させていただくことがあります。そして、その場合はお礼として、特製図書カードを差しあげます。

前ページの原稿用紙に書評をお書きのうえ、このページを切り取り、左記へお送りください。電子メールでもお受けいたします。なお、メールの場合は書名を明記してください。

〒一〇一-八七〇一
東京都千代田区神田神保町三-六-五
九段尚学ビル　祥伝社
祥伝社文庫編集長　加藤　淳
☎〇三（三二六五）二〇八〇
bunko@shodensha.co.jp

祥伝社文庫

上質のエンターテインメントを！　珠玉のエスプリを！

祥伝社文庫は創刊15周年を迎える2000年を機に、ここに新たな宣言をいたします。いつの世にも変わらない価値観、つまり「豊かな心」「深い知恵」「大きな楽しみ」に満ちた作品を厳選し、次代を拓く書下ろし作品を大胆に起用し、読者の皆様の心に響く文庫を目指します。どうぞご意見、ご希望を編集部までお寄せくださるよう、お願いいたします。

2000年1月1日　　祥伝社文庫編集部


**さむらい　青雲《せいうん》の剣《けん》**　長編時代小説

平成16年9月5日　初版第1刷発行
平成20年8月30日　第5刷発行

著者　鳥《と》羽《ば》亮《りょう》
発行者　深澤健一
発行所　祥《しょう》伝《でん》社《しゃ》


東京都千代田区神田神保町3-6-5
九段尚学ビル　〒101-8701
☎03(3265)2081(販売部)
☎03(3265)2080(編集部)
☎03(3265)3622(業務部)


印刷所　堀内印刷
製本所　明泉堂


造本には十分注意しておりますが、万一、落丁、乱丁などの不良品がありましたら、「業務部」あてにお送り下さい。送料小社負担にてお取り替えいたします。




ISBN4-396-33183-5 C0193


祥伝社のホームページ・http://www.shodensha.co.jp/

# 祥伝社文庫